U0044305

中國人應知的成語常識 插圖本

The Knowledge Of An Idiom

吳桐禎　編著

序

不知您是否意識到，也許您說的每一句話裏都包含著「文化」——

這本《中國人應知的成語常識》共有250個成語，按筆畫順序排列，說明典故由來，如一壺千金，「一壺千金」的「壺」是水壺嗎？ 一鳴驚人，與「一敗塗地」的「一」是「一次」的意思嗎？ 一籌莫展，是「一籌莫展」還是「半籌不納」？ 了若指掌，是什麼意思？ 了然無聞，與「了然於胸」的「了然」有什麼區別？ 人中騏驥，與「人中龍虎」同義嗎？ 入境問禁，是「入境問禁」還是「入境問俗」？八拜之交，是交友雙方互拜八次嗎？ ……

這些問題，都可以在這本《中國人應知的成語常識》裏找到答案。

這裏所說的「常識」，有兩個重點：一是基礎知識、基本概念，二是讀書時經常遇到、在日常生活中經常使用、大家知其然但未必知其所以然的問題。

中國傳統文化博大精深，包羅萬象，遠不是一本書所能囊括的。本書只是採用雜誌欄目式的方式，選取其中部分內容分門別類進行介紹。許多重要內容、基本常識將在各冊陸續回答。

我們約請的作者，都是各個領域的專業研究者，每一篇簡短的文字背後其實都有多年的積累，他們努力使這些文字深入淺出、嚴謹準確。同時，我們給一些文字選配了圖片，使讀者形成更加直觀的印象，看起來一目了然。

無論您是什麼學歷，無論您是什麼年齡，無論您從事的是什麼職業，只要您是中國傳統文化的愛好者，您都可以從本書中獲得您想要的——

假如您是學生，您可以把它當做課業之餘的休閒讀物，既釋放了壓力，又學到了國學知識。

假如您身在職場，工作繁忙，它「壓縮餅乾式」的編排方式，或許能成爲您快速瞭解傳統文化的加油站。

假如您退休在家，您會發現這樣的閱讀輕鬆有趣，滋養心靈……

目錄

(按筆畫順序排列)

01 一壺千金

「一壺千金」的「壺」是水壺嗎?

當用一種不値錢的東西救了人命或救了急時，人們都愛用「一壺千金」表述。那麼這個「壺」是怎樣的「壺」呢? 如果說它是金水壺或者是玉水壺，又和「不値錢的東西」矛盾，因此有必要把這個「壺」說清楚。原來這個「壺」乃是通假字，通「瓠(hù)」。「瓠」就是葫蘆，其中「無柄而圓大形扁者爲匏(páo)」（《本草綱目》），這種「匏」帶在身上可以使人在水中漂浮，不致淹死。如《詩經・邶風・匏有苦葉》：「匏有苦葉，濟有深涉(匏葉雖然吃起來很苦，但匏卻可助人渡深水)。」再如《鶡(hé)冠子・學問》：「中河失船，一壺千金，貴賤無常，時使物然(如果在河中間沉船了，那麼這時，壺雖輕微，但對人來說就比千金還貴,因爲物的貴與賤不是絕對的，是時機決定了物的貴與賤)。」此中的「一壺千金」即是。北宋陸佃對「壺」還有個注:「壺，瓠也，佩之可以濟涉(過河、趟水)，南人謂之腰舟」。可見渡水的人把「壺」繫在腰間，就像乘船過河一樣。

故宮藏「康熙賞玩」款勾蓮紋葫蘆蒜頭瓶

02 一鳴驚人

「一鳴驚人」、「一敗塗地」的「一」是「一次」的意思嗎?

把「一鳴驚人」、「一敗塗地」的「一」都解釋爲「一次」也勉強講得通。但準確的解釋則並非如此。下面我們先從兩個詞語的出處看這兩個詞:

「一鳴驚人」語出《史記・滑稽列傳》:「齊威王之時喜隱,好爲淫樂長夜之飲,沉湎不治,委政卿大夫。百官荒亂,諸侯並侵,國且危亡,在於旦暮,左右莫敢諫。淳於髡(kūn)說之以隱曰:『國中有大鳥,止王之庭,三年不蜚又不鳴,王知此鳥何也?』王曰:『此鳥不飛則已,一飛沖天;不鳴則已,一鳴驚人。』於是乃朝諸縣令長七十二人,賞一人,誅一人。奮兵而出。諸侯振驚,皆還齊侵地。威行三十六年(齊威王在位時喜歡打隱語。但他沒有節制地追求享樂,往往通宵達旦地歡飲,不管政事,把政事都交給卿大夫辦。這樣使得朝中的百官荒淫放縱,諸侯都來侵略齊國,齊國到了危亡的邊緣,朝中的近臣沒有敢向齊王進諫的。於是淳於髡給齊王打隱語說:『齊國有一隻大鳥,停留在王庭之上。三年了不飛走也不叫,不知此鳥是怎樣的鳥?』齊王說:『這個鳥不飛也就罷了,一旦飛起來就要衝上高空;不叫也就罷了,一旦叫起來會使人震驚。』齊王這樣說完以後就盡召全國七十二縣的長官來見,對他們加以考核。考核後賞了一人,誅殺一人。整肅軍威,發兵討敵,使諸侯十分震驚,紛紛歸還了以前侵占齊國的地盤,就這樣齊國的聲威保持了三十六年)。」

「一敗塗地」語出《史記・高祖本紀》:「天下方擾,諸侯並起,今置將不善,一敗塗地(現在任命大將不恰當,一旦失敗,便不可收拾)。」

「一鳴驚人」和「一敗塗地」的「一」,均應解釋爲「一旦」、「一經」。後來用「一鳴驚人」形容平時默默無聞,突然有驚人的表現;「一敗塗地」形容徹底失敗,不可收拾。

03 一籌莫展

是「一籌莫展」還是「半籌不納」？

兩語都有。「籌」是計數用的籌碼，引申爲計策。前語比喻一點計策也施展不出，一點辦法也拿不出來。後語與前語同義。用例分別是：清趙翼《甌北詩話》卷六：「放翁以一籌莫展之身，存一飯不忘之誼，舉凡邊關風景、敵國傳聞，悉入於詩。」此中的「一飯不忘」是個典故，出自《史記·淮陰侯列傳》：「信釣於城下，諸母漂，有一母見信饑，飯信，竟漂數十日。信喜，謂漂母曰：『吾必有以重報母。』母怒曰：『大丈夫不能自食(sì)，吾哀王孫而進食，豈望報乎!』(韓信未得志時，在城下釣魚維持生計。那裏有許多婦人在漂棉絮。有一個婦人見韓信餓得可憐，就把飯分給韓信吃，一直吃了數十日。韓信很感激，對給他飯的婦人說：『我一定會重重地報答你。』婦人很生氣，說：『大丈夫不能自己養活自己，我是可憐你這位大少爺才給你飯吃，哪裏是圖你報答!』)」「一飯不忘」形容受人點滴之恩，不能忘記，要進行報答。後來韓信封了王，回去找到了那位婦人，報以千金。因此又派生出另一個成語；一飯千金。上引趙翼《詩話》活用了「一飯不忘」和「一籌莫展」，用「一飯不忘」表示「最深厚的感情」，用「一籌莫展」表示「一無所有」。因此引文的意思是；陸游以一無所有之身，懷著極其飽滿的熱情，把邊關風景、敵國傳聞等能寫進詩的內容一律寫進詩。《何典》第九回纏夾二先生評：「及至兵臨城下，將至壕邊，非但一籌莫展，反聽了老婆舌頭，只顧自己，不顧別人，逃走得無影無蹤。」此中的「一籌莫展」則用的是一點辦法也沒有的意思。

「半籌不納」的「納」是交付的意思。如元李文蔚《燕青博魚》第一折：「往常我習武藝學兵法，到如今半籌也不納。」此中的「半籌不納」即是什麼辦法也拿不出來，與「一籌莫展」義同。

04 了若指掌

「了若指掌」是什麼意思?

「了若指掌」的「了」乃是「了然，明白」的意思，「指」乃是「指著」而不是「手指」的意思。「了若指掌」語出《論語・八佾(yì)》：「或問禘(dì)之說。子曰：『不知也。知其說者之於天下，其如示諸斯乎!』指其掌。」這是孔子關於禘禮的答問之辭。其背景是：魯國國君舉行禘祭(天子祭祀祖先的禮)，這是越禮行爲，因爲魯君不是天子，所以孔子對禘祀儀式只看了一個開頭就不想看了。接著就出現了上述答問的情況：「有人向孔子問禘祀的道理。孔子說：『不知道。知道這個道理的人治理天下，可能就像把東西放在這裏一樣容易吧!』一面說一面指著他的手掌。」在這段話中孔子並沒有直接回答「禘之說」，而是打了一個比方，後來人們就從孔子所打的這個比方中提煉出「了若指掌」，其字面義是「明白得就像指著自己的手掌給人看一樣」，用來形容對情況非常清楚。也作「了如指掌」。如《洪波曲》第十二章：「他的一舉一動敵人無不了如指掌。」

05 了然無聞

「了然無聞」與「了然於胸」的「了然」有什麼區別？

前者是「完全」的意思，後者是「清楚明白」的意思。如《紅樓夢》第二十九回：「那黛玉心裏想著：『你心裏自然有我，雖有金玉相對之說，你豈是重這邪說不重人的呢？我就時常提這金玉，你只管了然無聞的，方見的是待我重，無毫發私心了。』」此中的「了然無聞」是完全沒有聽見的意思。《晉書·袁喬傳》：「夫經略大事……智者了於胸心。」此中的「經略大事」是處理軍國大事；「了於胸心」則是心裏很明白，同「了然於胸」。與「了然於胸」同義的還有「了然於心」、「了然於中」。用例依次是：《官場現形記》第四十八回：「怎樣欽差就賞識，怎樣欽差就批駁，他能了然於心，預備停當。」《鏡花緣》第五十三回：「哪知姐姐不假思索，竟把前朝年號以及事蹟，一揮而就。若非一部全史了然於中，何能如此。」此中的「一揮而就」也是成語，指一揮動筆桿就寫成了，形容書法、繪畫或寫作熟練敏捷。

06 人中騏驥

「人中騏驥」與「人中龍虎」同義嗎?

同義。與這兩個成語同義的還有「人中麟鳳」、「人中之龍」。四語均比喻才能出衆的人。用例依次是《南史・徐勉傳》:「(勉)年六歲,屬霖雨,家人祈霽,率爾爲文,見稱耆宿。及長,好學,宗人孝嗣見之,歎曰:『此所謂人中之騏驥,必能致千里。』(徐勉六歲時,有一次下連綿大雨,家人祈禱雨停,徐勉知道以後,立刻就寫祈禱的文章。文章寫成後受到年高素有德望的人的稱讚。等到年長一些,他十分好學,同宗族的人見了他,讚歎地說:『他乃是所謂的才能出衆的人才啊,將來必能飛黃騰達。』)」《隋唐演義》第十六回:「仲堅道:『此女子行止非常,亦人中龍虎。」從此例中可知「龍虎」亦可用來形容女子。毛澤東《給何香凝的信》:「看了柳亞子先生題畫,如見其人,便中乞爲致意。像這樣有骨氣的舊文人,可惜太少,得一二個,拿句老話說叫做人中麟鳳。」「麟」是麒麟,「鳳」是鳳凰,均是古人認爲高貴祥瑞的動物。《晉書・宋纖傳》:「名可聞而身不可見,德可仰而形不可睹,吾而今而後知先生人中之龍也。」這是太守馬岌稱讚宋纖的話。宋纖少有遠操(高尚情操),隱居酒泉南山。弟子受業者三千餘人。馬岌帶了禮物前去拜見,宋纖拒不見後,馬岌即說了引文的話。

07 入境問禁

是「入境問禁」還是「入境問俗」？

兩語都有。「入境問禁」的「禁」是禁令。全語指進入別國國境或一個新的地方時，先要問明那裏的禁令，以免觸犯。語本《孟子・梁惠王下》：「臣始至於境，問國之大禁，然後敢入。」故事的原委是這樣的：齊宣王問孟子：「爲什麼文王的園林方圓七十里老百姓嫌太小，我的園林方圓四十里老百姓卻嫌大?」孟子回答說：「周文王的園林，割草砍柴的老百姓可以進去，打野雞野兔的也可以進去。這園林是文王與百姓共有的，所以百姓嫌它小。我到貴國來時，一到國境就打聽齊國最要緊的禁令然後才敢進入齊國。這時就聽說齊國郊區有方圓四十里的園林，如果誰殺死了裏面的麋鹿，就跟殺死了人的刑罰一樣重。那麼這方圓四十里，就等於在國中設置的一個大陷阱。百姓認爲它大，不是理所當然的嗎?」「入境問禁」就是從引文中提煉而出。再如《禮記・曲禮上》：「入境而問禁，入國而問俗，入門而問諱。」

「入境問俗」的用例如北宋蘇軾《密州謝上表》：「受命撫躬，已自知於不稱;入境問俗(風俗習慣)，又復過於所期。」又有「入鄉隨俗」，意爲到一個地方就順從那個地方的風俗習慣，形容隨遇而安。在佛家禪林用語中，解爲妙用。《五燈會元》卷十二：「『雖然如是，且道入鄉隨俗一句，作麼生道?』良久曰：『西天梵語，此土唐言。』(入鄉隨俗是什麼意思呢? 良久答道：『這就是妙用。比如講述佛法，在西方用的是梵語，在我們這裏，則是講漢語。』)」

08 八拜之交

「八拜之交」是交友雙方互拜八次嗎?

關於「八拜之交」有三種說法：

第一種是說雙方爲了表示結交，以互拜四次爲標誌。雙方互拜四次共八次，稱「八拜之交」。如說「兩人有八拜之交」，即是說「兩人有深厚的友誼」。如元王實甫《西廂記》第一本第一折：「有一故人，姓杜，名確，字君實，與小生同郡同學，當初爲八拜之交。」《古今小說・沈小霞相會出師表》：「老夫與他八拜之交，最相契厚。」兩文中的「八拜之交」均指異姓同輩人結拜爲兄弟之交。這種說法多見於近代小說和評書中。今日結拜爲盟兄弟姊妹者亦可稱爲「八拜之交」。

第二種見於北宋邵伯溫《邵氏聞見錄》中。北宋政治家、任將相五十年的文彥博，聽說國子博士出身的李稷待人十分傲慢，心中不悅。他對人說：「李稷之父是我的門人。按輩分說，李稷應是我的晚輩。他如此傲慢應該讓他收斂。」一次李稷來家拜訪，文彥博就讓李稷在客廳久坐，一直不接見他，讓他感到自己並不被人看重。耗了李稷很長時間之後，文彥博出來並無半點歉意地說：「我與你父是摯友，你就對我拜八拜吧。」李稷聽了不敢造次，乖乖地向文八拜。「八拜之交」也成了有世代交情的兩家子弟見兩家長輩的禮節。此種說法盛行於民間。

第三種說法則把「八拜之交」演化爲「八種交情」，即「伯牙子期知音之交」、「廉頗相如刎頸之交」、「陳重雷義膠漆之交」、「元伯巨卿雞黍之交」、「角哀伯桃捨命之交」、「桃園結義生死之交」、「管仲叔牙管鮑之交」、「孔融禰衡忘年之交」。由於這八種交往代表了交往中各種最高境界的交往，因此就把這八種交往綜合起來稱之爲「八拜之交」，以代表「最深厚的友誼」。

09 千金一諾

「千金一諾」與「季布一諾」有關嗎?

「千金一諾」意為一句諾言價值千金。形容說話算數，極講信用。人們都知道「千金一諾」而不熟悉「季布一諾」。其實「千金一諾」的出處乃是「季布一諾」。「季布一諾」語出《史記・季布欒布列傳》：「曹丘(生)至，即揖季布曰：『楚人諺曰：得黃金百(斤)，不如得季布一諾。足下何以得此聲於梁楚間哉?」這是曹丘生來拜訪季布時說的話。在拜訪之前，季布曾認為曹丘生非忠厚長者，對他印象不好。但曹丘生來到就向季布作揖並且說：「楚人有個諺語：得一百斤黃金，不如得季布的一句諾言。那麼你是怎麼在梁楚之間得到這樣的名聲的呢?」接著曹丘生就說：「你得到如此的名聲，其中也有我宣揚的功勞啊。」至於季布為何有如此高度的威信，《史記》中只介紹了他「為氣任俠，有名於楚」這樣一句話。季布在《史記》中被詳細記載的還有另外三件事：(一)季布作為項羽的部下在與劉邦作戰時曾「數窘」劉邦。項羽兵敗後，劉邦對季布懷恨在心，懸賞「千金」要購求季布這個人，並且宣布敢有放走或藏匿季布的「罪及三族」。當然，後來劉邦認識到季布是「各為其主」後，就收編了他。(二)收編後，季布任中郎將。這時劉邦已死，呂后當權。匈奴來信謾罵呂后，呂后大怒，召諸將議事。上將軍樊噲就提出帶十萬兵去橫掃匈奴。諸將都認為應該這樣做，但季布則說「樊噲可斬也」。理由是：以前劉邦帶四十萬兵打匈奴都被困在平城，現在樊噲帶十萬兵就想去橫掃，這不是大言欺君，要陷國家於險境嗎?《史記》用這件事表明了季布的「剛直不阿」。(三)季布為河東郡守時，有人向漢文帝說季布是賢者，於是漢文帝就召季布進京，「欲以為御史大夫」。還沒等進見，漢文帝又聽說季布勇敢但縱酒難以接近，於是漢文帝接見完就讓季布返回河東。季布對漢文帝說：「臣無功竊寵，待罪河東。陛下無故召臣，此人必有以臣欺陛下者;今臣至，無所受事，罷去，此人必有以毀臣者。夫陛下以一人之譽而召臣，一人之毀而去臣，臣恐天下有識聞之有以窺陛下也(臣下沒有什麼功勞卻受到恩寵，所以在河東等您治罪。現在陛下無緣無故召見我，這一定是有人拿我來欺騙了您;現在我來了，並沒有接受任何事情，就又讓我回去，這一定是又有人在您面前譭謗了我。陛下就這樣因一個人的稱譽而召見，又因一個人的誹謗而要我回去，恐怕天下有識見的人聽了這事，就探得出陛下爲人處事的深淺來了)。」從這件事可知;季布不僅對皇上敢於進行尖銳批評，而且在如何用人方面也有深刻的見解(用人要重然諾，不可輕信輕從)。由「季布一諾」後來又演化出「千金一諾」、「一諾千金」、「季布無二諾」，均用來指說話信實可靠。《歧路燈》第三十八回：「惠養民道：『道義之交，只此已足，何必更爲介(放在心上)。』孔耘軒離坐一揖道：『千金一諾，更無可移。』」元王實甫《西廂記》第二本第二折金聖歎批：「夫人而誠一諾千金，更無食言(說話不算話)者也。」唐魏徵《述懷》：「季布無二諾，侯嬴重一言。」

10 千金敝帚

「敝帚」怎麼會值「千金」呢?

「千金敝帚」是個比喻，出自東漢劉珍《東觀漢記・光武帝記》：「家有敝帚，享之千金。」此語的意思是:家裏有一把破掃帚，也看作價值千金。「千金敝帚」即由文中提煉而出，比喻自己的東西即使不好，卻看得非常珍貴。南宋陸游《無咎郡齋燕集有詩末章見及敬次元韻》：「千金敝帚有定價，周玉鄭鼠難強名。」後來由此語又派生出「享帚自珍」、「敝帚自珍」。唐李善《上文選注表》：「享帚自珍，緘(jiān，封閉)石知謬。」「緘石知謬」還涉及一個故事:據《文選・百一詩》注引《闞子》：「宋之愚人，得燕石於梧臺之東，歸而藏之，以爲大寶。周客聞而觀焉。主人端冕玄服以發寶，華匱十重，緹巾十襲，客見之，盧胡而笑曰:『此燕石也，與瓦甓不異。』主人大怒，藏之愈固(宋國有一個愚人，在梧臺之東得到一塊燕石，回家把石頭藏起來，以爲是寶貝。有一個客居周國的人聽說以後就來看寶，於是主人換上端冕玄服非常隆重地打開寶貝:先開啓十層的櫃子，再開封十層裹寶的緹(tí，橘紅色)巾。客人一看，從喉嚨中發出笑聲說:『這是燕石啊，與磚瓦沒有區別!』主人非常憤怒，藏得更嚴實了)。」由於愚人把石頭裹得層數很多，後來就把愚人所藏的石頭稱爲「緘石」。再如朱自清《房東太太》：「太太常勸先生刪詩行，譬如說，四行中可以刪去三行罷，但是他不肯割愛，於是乎只好敝帚自珍了。」此中的「敝帚自珍」與「千金敝帚」同義。

11 大刀闊斧

「大刀闊斧」與「雷霆萬鈞」

「大刀闊斧」本指作戰中使用的兩種武器。如《東周列國志》第五十五回：「三百個殺手，復合爲一，都跟著杜回，大刀闊斧，下砍馬足，上劈甲將。」此中的「大刀闊斧」即是。後來語義有擴展，也比喻辦事果斷而有魄力。如梁啓超《過渡時代論》：「故必有大刀闊斧之力，乃能收篳路藍縷之功；必有雷霆萬鈞之能，乃能造鴻鵠千里之勢。」 此中的「大刀闊斧」即指辦事果斷而有魄力；「篳路藍縷」指艱苦創業；「鴻鵠千里」指志向遠大，前景廣闊。

「雷霆萬鈞」 的「雷霆」 是霹雷；「鈞」是古代重量單位，30斤爲一鈞；全語比喻威力極大，不可抵擋。語出西漢賈山《至言》：「雷霆之所擊，無不摧折者；萬鈞之所壓，無不糜滅者。」「雷霆萬鈞」即由文中提煉而出。如章炳麟《藩鎮論》：「震於雷霆萬鈞之勢， 雖陰墮其實，而勿敢公違其言（由於被雷霆萬鈞之勢給震住了，雖然實際上已經違反了承諾，但還是不敢公開地違抗他的話）。」

梁啓超像

12 大言不慚

「大言不慚」與「大言欺人」有何不同?

「大言不慚」是說大話不感到慚愧。「大言欺人」是說大話騙人。如《論語·憲問》:「子曰:『其言之不怍(zuò),則爲之也難。』(孔子說:『說大話不覺得慚愧,要他做起來就難了。』)」朱熹集注:「大言不慚,則無必爲之志,而不自度其能否矣。欲踐其言,豈不難哉!(說大話不感到慚愧,就不會有決心去完成它。因此也就根本不會考慮自己能不能做到。這樣要他實踐諾言不是很難嗎?)」此中的「大言不慚」即是。再如《紅樓夢》第七十八回:「如此,你念我寫。不好了,我捶你那肉。誰許你先大言不慚了。」此中的「大言不慚」亦是。也作「大言弗怍」。用例爲清田北湖《與某生論韓文書》:「陳義甚高,大言弗怍(論調很高,大言不慚)。」「大言欺人」用例如《三國演義》第四十三回:「軍敗於當陽,計窮於夏口,區區求教於人,而猶言『不懼』,此眞大言欺人也!」

朱熹像

13 大家風範

「大家風範」、「珠玉在側」都是比喻人品的嗎?

不是。「大家風範」的「大家」本指舊時的豪門貴族，「風範」指風度、氣派。所以此語是指：出自高貴人家的特有氣派。如《三俠五義》第十八回：「獻茶已畢，敘起話來，問答如流，氣度從容，眞是大家風範。」此中的「大家風範」即是。今日對氣度從容、處事大方的人仍用此語形容。

「珠玉在側」的「珠玉」是比喻美好的姿容的。多用此語比喻人品出衆而又俊美的人在身邊。如《晉書・衛玠傳》：「(玠)豐神秀異……驃騎將軍王濟，玠之舅也，每見玠，俊爽有風姿，輒歎曰：『珠玉在側，覺我形穢。』」此中的「珠玉在側」即是。「豐神秀異」指精神飽滿、容顏俊秀。

14 大處落墨

「大處落墨」與「大處著眼」可互相代用嗎?

不可。「大處落墨」本指繪畫、寫文章要統觀全局，在最爲關鍵的地方著意下筆。後來則用以比喻做事要抓住大問題，不要把力量分散在枝節問題上。如《藝風堂友朋書札》：「作志(記事的文字)者要意在題表(要把心意放在標榜上)，大處落墨，方爲有用之文。」也作「大處落筆」。用例如老舍《我怎麼寫的〈春華秋實〉劇本》：「我們需廣泛地搜集材料，從大處落筆。」

「大處著眼」常與「小處著手」連起來用，指既要從全局和長遠的觀點出發去考慮問題，也要在具體事情上一件一件地做好。如李欣《潛移默化》：「移風易俗是一個歷史時期的任務，必須大處著眼，小處著手。」「大處著眼」也單用。用例如范文瀾《中國近代史》上冊附錄：「(曾國藩)認爲這裏應該從大處著眼：『……不宜忘其大者，而怨其小者。』」

15 大喜過望

如何理解「大喜過望」、「大失所望」的「過」與「失」？

「大喜過望」語出《史記・黥布列傳》：「淮南王至，上方踞床洗，召布入見。布甚大怒，悔來，欲自殺。出就舍，帳御飲食從官如漢王居，布又大喜過望。」這說的是：黥布來投奔劉邦時，劉邦正坐在床上洗腳。召黥布入見。黥布見劉邦如此輕視他，大為惱火，後悔不該來，恨不得一死了之。但當他出來後，走到為他準備的官舍時，見帳幔、器用、飲食、從官，都和劉邦的居所一模一樣，又大喜過望。由此可知，「大喜過望」的「過」是達到了由極度失望「想死」一下子又轉為「萬萬沒想到」的程度(與漢王有相同的待遇)。因此「大喜過望」的「過」，「過」的程度應該是很深的。用例如明袁宏道《拙效傳》：「餘偶出，見其淒涼四顧，如欲哭者，呼之，大喜過望。」此中的「淒涼四顧，如欲哭者」是因四下看不到人，感到孤單而欲哭。如今聽到有人叫他，是他想像不到的，故「大喜過望」。

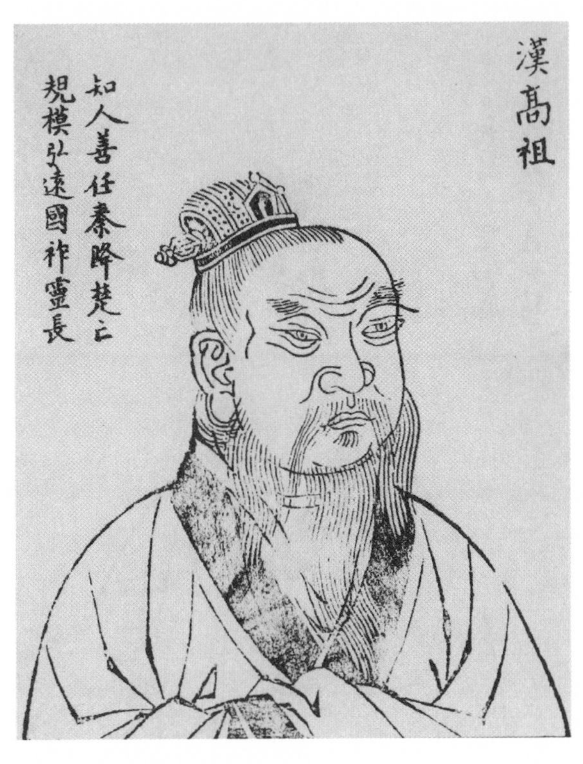

漢高祖像

「大失所望」語出《史記・高祖本紀》：「項羽遂西，屠燒咸陽秦宮室，所過無不殘破。秦人大失望，然恐，不敢不服耳(項羽乃揮兵西進，焚燒咸陽秦的宮室，所過之處，無不弄得殘破不堪，秦人大失所望。但因畏懼，不敢不服而已)。」秦人在秦朝的暴政下已受盡了痛苦，很希望項羽的軍隊來了能改變他們的生活。結果項羽的軍隊照樣是燒殺毀壞，與秦朝的統治一般無二，因此秦人很失望。用例如《舊五代史・李守貞傳》：「守貞以諸軍多曾隸於麾下，自謂素得軍情，坐俟叩城迎己，及軍士詬噪，大失所望。」這說的是李守貞叛變。叛變後，知道征討自己的官軍已經到來。他心想官軍的各個部隊大多數都曾是自己的部下，自認爲和他們的感情還是很深的，他們到來後一定會叩城迎接自己。可是官軍來後，辱罵喧嘩聲不斷，沒有迎接自己的跡象，使自己大失所望。由此可知，「失望」的程度也很深。郭沫若《漂流三部曲》：「惠山的童裸，山下村落的穢雜，蚊蚋的倡狂，竟使他大失所望。」「童裸」代表文明的程度，「穢雜」、「蚊蚋」代表衛生狀況，這兩者都不適於觀瞻和居住，自然令人很失望。

16 大漸彌留

爲何要愼用「大漸彌留」？

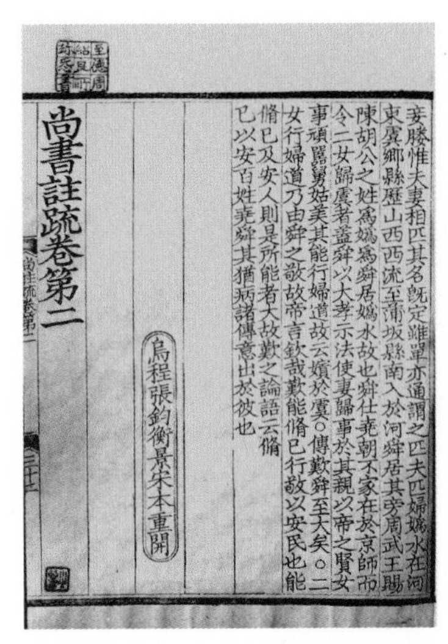

妾媵惟夫妻相匹其名既定雖單亦通謂之匹夫匹婦嬀水在河
東虞鄉縣歷山西西流至蒲坂縣南入於河舜居其旁周武王賜
陳胡公之姓爲嬀爲舜居嬀水故也舜仕堯朝不家在於京師而
令二女歸虞者蓋舜以大孝示法使妻歸事於其親以帝之賢女
事頑嚚舅姑美其能行婦道故云嬪於虞○傳歎舜至大矣○二
女行婦道乃由舜之敬故帝言欽哉歎能脩已行敬以安民也能
脩已及安人則是所能者大故歎之論語云脩
已以安百姓堯舜其猶病諸傳意出於彼也

尚書註疏卷第二

烏程張鈞衡景宋本重開

《尚書注疏》

「大漸彌留」語出《尚書・顧命》：「嗚呼！疾大漸，惟幾。病日臻，既彌留，恐不獲誓言嗣，茲予審訓命汝。昔君文王、武王宣重光，奠麗，陳教則肄，肄不違，用克達殷集大命。」 此中的「疾」 與「病」 有區別：前者病輕，後者病重；「漸」是進，更加；「幾」是徵兆；「臻」是到；「彌」是終；「誓言」是遺言；「嗣」是後代；「宣」是顯揚；「奠」是定； 「麗」是實行；「肄」是謹愼； 「達」同「撻」，引申爲討伐；「殷」是殷商；「集大命」是建立周朝。全引文的意思是：成王說：「嗚呼！我的疾病更加厲害了，已經到了非常危險的地步。在這臨終時刻，恐怕你們得不到我的遺言去約束嗣王。所以我才非常審愼地向你們下達命令，過去文王與武王光照天下，制定了法律，頒發了教令，便懷著畏懼的心情不敢違背。因此才能消滅殷國，成就我們周國的天命。」「大漸彌留」即由「疾大漸……既彌留」中提煉而出，用以表示病危將死。由於涉及「將死」，故要愼用。如南朝齊王儉《褚淵碑文》：「景命不永，大漸彌留。」此中的「景命」原指天命。在這裏指皇帝。「大漸彌留」即表示病危將死。「大漸彌留」又可分爲「大漸」、「彌留」兩詞單獨使用。如北宋蘇軾《東坡志林・單驤孫兆》：「仁宗皇帝不豫(有病)……已而(不久) 大漸。」此中的「大漸」即指病日益嚴重。《金史・后妃傳下・章宗元妃李氏》：「當先帝彌留之際，命平章政事完顏匡都提點中外事務。」 此中的「彌留之際」即指病危之時。

17 子虛烏有

「子虛烏有」爲何與「憑虛公子」同義?

「子虛烏有」語出西漢司馬相如《子虛賦》。在此賦中,司馬相如假託子虛、烏有先生、亡是公三人互相問答。因爲這三人都是虛構的人物,因此後來就把「子虛烏有」作爲成語,用以稱實際上並不存在的人或事物。如《閱微草堂筆記・灤陽消夏錄五》:「然其事爲理所宜有,固不必以子虛烏有視之。」此中的「子虛烏有」即是。也作「烏有子虛」、「烏有先生」。《閱微草堂筆記・槐西雜誌一》:「都察院蟒……嘗兩見其蟠跡(盤伏的蹤跡),非烏有子虛也。」《史記・司馬相如列傳》:「『烏有先生』者,烏(無)有此事也。」「烏有先生」又稱「烏有翁」。南宋陸游《六言》:「烏有翁邊貰(shì,賒欠)酒,無何鄉里尋花。」

「憑虛公子」語出東漢張衡《西京賦》:「有憑虛公子者,心奓(chǐ)體忲(tài)。」唐李善注:「憑,依託也;虛,無也;言無有此公子也。」由此可知「憑虛公子」和「烏有先生」一樣,是一個並不存在的假託人物。

18 山高水長

「山高水長」與「山高水低」同義嗎?

范仲淹像

不同義。「山高水長」指山川阻隔。如唐劉禹錫《望賦》：「龍門不見兮，雲霧蒼蒼;喬木何許兮，山高水長(遙望京都，雲霧蒼蒼。遙望故里，卻山高水長，不知在何處)。」也用「山高水長」比喻人節操崇高，流芳後世。北宋范仲淹《嚴先生祠堂記》：「雲山蒼蒼，江水泱泱，先生之風，山高水長(雲霧繚繞的高山，鬱鬱蒼蒼，大江之水，浩浩蕩蕩，先生的品德啊，比高山還高，比江水還長)。」明高啓《送徐先生歸嚴陵序》：「嘗遊其耕釣之處，山高水長，想瞻遺風。」此中的「山高水長」即指徐先生的節操與山水並存千古。明夏完淳《大哀賦》：「禮魂兮春蘭秋菊，吊古兮山高水長。」此中的「山高水長」指流芳百世。

「山高水低」比喻意外的禍患，多指死亡。如《水滸傳》第四回：「趙員外道：『若是留提轄在此，誠恐有些山高水低，教提轄怨悵。』」《金瓶梅》第三回：「王婆道：『便是因老身十病九痛，怕一時有些山高水低，我兒子又不在家。』」

19 山雞舞鏡

「山雞舞鏡」的含義是什麼?

此語出自南朝宋劉敬叔《異苑》:「山雞愛其毛羽,映水則舞。魏武時,南方獻之,帝欲其鳴舞而無由。公子蒼舒令置大鏡其前,雞鑒形而舞,不知止,遂乏死。」這說的是:山雞特別喜歡自己的美麗羽毛,所以每當走到水邊,望見自己的影子,便情不自禁地跳起舞來。魏武帝(曹操)時,南方進貢一隻山雞,武帝想讓山雞跳舞卻沒有辦法。公子蒼舒令人把山雞放在大鏡子前面,山雞看見了自己的形影,便跳了起來。跳啊跳啊,不知停止,就累死了。文中的「蒼舒公子」即曹沖,他是曹操的庶子,環夫人所生。曹沖有神童之稱,惜因病早卒。「山雞舞鏡」即自文中化出,比喻顧影自憐或自我欣賞。如《鏡花緣》第二十回:「丹桂岩山雞舞鏡,碧梧嶺孔雀開屏。」

20 不忮不求

「不忮不求」 爲何是美德?

「不忮(zhì)不求」的「忮」是嫉妒,「求」是貪求;語出《詩經・邶風・雄雉》:「百爾君子,不知德行。不忮不求,何用不臧。(你們這些大人先生們,不知什麼叫德行。不去忌恨人、不貪吝,哪裏能夠有不善?)」「不忮不求」是不忌恨、不貪婪的意思,因此是一種美德。用例如南朝梁蕭統《陶淵明集序》:「不忮不求者,明達之用心(不忮不求的人,他的用心是通達事理的)。」南宋陳亮《祭石天民知軍文》:「故天下之士有以自負而取名,自足而善謀,未若無挾而好修(不如沒有什麼要求而修養自己),淡然而不忮不求者也。」兩文中的「不忮不求」均是。

21 不知凡幾

「不知凡幾」與「不知薡蕫」有區別嗎?

兩者有很大區別。「不知凡幾」的「凡」是總共。全語的意思是：不知道總共有多少，即指同類的人或事物很多。如孫中山《上李鴻章書》：「則大地之寶藏，全國之材物，多有廢棄於無用者，每年之耗不知凡幾。」范長江《中國的西北角・祁連山北的旅行》：「千佛洞藏有千餘年來之各種珍貴文獻。清末爲英國大探險家斯坦因所發覺，盜竊殆盡。現在此種文獻分藏於倫敦、巴黎者不知凡幾。」兩文中之「不知凡幾」即是。

「不知薡蕫(dǐng dǒng)」的「薡蕫」是一種較細的草。因其柔韌，可製繩。由於此草常見，不知(識別)它，就顯得有些無知，故「不知薡蕫」用來譏諷人愚昧無知。用例爲《爾雅・釋草》：「蘱(lèi)，薡蕫。」西晉郭璞注：「似蒲而細。不知薡蕫者，豈不辨菽麥意乎? (不知薡蕫的人不就是不會分辨豆子和麥子的人嗎?)」

22 不甚了了

「不甚了了」是貶義語嗎?

不是。「不甚了了」的「了」，是象形兼會意字，篆文像嬰兒無臂之形，本義當爲小兒兩臂兩足捆綁於襁褓之中，泛指糾結、收束;由此義又引申指完畢、結束之意。如南宋翁卷《鄉村四月》：「鄉村四月閒人少，才了蠶桑又插田。」此中的「了」即是完畢的意思。由「完畢」即把事情辦利索了，又引申指「決斷」。如「了絕此事」、「了斷」的「了」均是。由「決斷」又引申指「聰慧」。如《世說新語・言語第二》：「韙(wěi)曰：『小時了了，大未必佳。』文舉曰：『想君小時，必當了了。』韙大踧踖(cùjí)(陳韙說：『小的時候聰慧，大了不一定還聰慧。』孔融說：『推想您小的時候，必定很聰慧的。』孔融的話使陳韙非常局促不安)。」此中的「了了」即指「聰慧」。此段引文說的是孔融十歲時，隨父來到洛陽。當時李元禮富有盛名，能到李府來訪問的，都是有清高名聲的俊才。孔融來到李府，對門吏說：「我和李太守是

孔融像

至親，請通報。」見了李元禮之後，李問：「你和我有什麼親戚關係?」融答：「我的祖先仲尼(孔子)和您的祖先李耳(老子)他們有師生之誼(孔子曾向老子請教)，我們世世代代都友好往來。」孔融這樣說之後，讓元禮以及座上的賓客都很驚奇。這時太中大夫陳韙來了，賓客就把孔融的話告訴了他，接著就是引文的話。「了了」的另一義是清楚、清白。「不甚了了」即「不怎麼清楚、不怎麼明白」。如《兒女英雄傳》第三十九回：「……老爺自己卻不甚了了，幸得太太在家交待得清楚。」《清朝野史大觀・寇連材之忠諫》：「至十五日，乃上一折，凡十條：一請太后勿攬政權，歸政皇上。二請勿修圓明園。其餘數條，言者不甚了了……」兩文中的「不甚了了」均是。

23 不祧之祖

「不祧之祖」與「葭莩之親」有關聯嗎?

沒有關聯。前語出自《宋史・禮志》:「今太祖受命開基,太宗繼成大寶,則百世不祧(tiāo)之廟矣(如今太祖接受天命開創了宋朝的基業,太宗又繼承了宋朝的皇位,成爲了永不遷入祧廟參加合祭的始祖)。」此中的「祧」指古代帝王的遠祖祠廟。古制:創業的始祖享有「獨祭」的權利,永不遷入祧廟「合祭」。「不祧之祖」由文中提煉而出,比喻永遠受尊崇的創業人。如清宋有仁《三唐詩品》:「高適達夫七古,與岑一骨,駢語之中,獨能頓宕,啓後人無限法門,當爲七言不祧之祖。」此中的「達夫」是高適的字,「骨」指文學作品的筆力和風格,「七古」是七言古體詩的簡稱,「法門」本爲佛教用語,指入道的門徑,這裏指門徑;全語的意思是:高岑二人爲七古的創始人。鄧之誠《東京夢華錄注》自序:「百餘年來,《醉翁談錄》、《都城紀勝》、《繁盛錄》、《武林舊事》、《夢粱錄》相繼而作,此錄隨爲不祧之祖。」此中的「此錄」指《東京夢華錄》。

「葭莩之親」的「葭莩」是葦杆裏的薄膜,全語比喻關係疏遠的親戚。如《漢書・中山靖王傳》:「今群臣非有葭莩之親,鴻毛之重,群居黨議,朋友相爲,使夫宗室擯卻,骨肉冰釋。」這句話說的是:群臣和皇上連疏遠的親戚關係都沒有。《漢書・鮑宣傳》:「侍郎駙馬都尉董賢,本無葭莩之親,但以令色、諛言自進。」此中的「葭莩之親」指董賢沒有親戚關係,全靠自己溜鬚拍馬得以升官。又有「葭莩之情」。用例爲《聊齋志異・嬰寧》:「葭莩之情,愛何待言(親戚間的感情,自然有愛護,這就不必說了)。」

24 不愧屋漏

「不愧屋漏」與「不欺暗室」爲何同義?

之所以有人認爲兩語不同義，主要的癥結在於對「屋漏」的理解上。如把「屋漏」理解爲「雨水從房頂滲下滴到屋內」之意，那樣就無法與「暗室」比並，兩語自然無法同義。其實「不愧屋漏」的「屋漏」乃兩個詞：「屋」是帷帳之意，「漏」是深處之意;「屋漏」合起來的意思乃是指「古代貴族宗廟室內西北角安放死者並遮以小帳之處」，也是指屋子，這樣就與「暗室」相距不遠了。「不愧屋漏」語出《詩經・大雅・抑》：「視爾友君子，輯柔爾顏，不暇有愆。相在爾室，尙不愧於屋漏(看你宴請賓客，和顏又悅色，沒有過失。你單獨在室內助祭，做事無愧於心)。」「不愧屋漏」即由詩中提煉而出，字面義是「不慚愧於屋中深處」，作爲成語形容「處在暗地裏時心地也很光明磊落」或指「在隱秘處不幹壞事而無所慚愧」。用例如《宋史・張載傳》：「不愧屋漏爲無忝(tiǎn，慚愧)，存心養性爲匪解(心地光明因爲問心無愧，存心養性因爲不願懈怠)。」此中的「不愧屋漏」即是。「不愧屋漏」也作「不慚屋漏」、「不欺屋

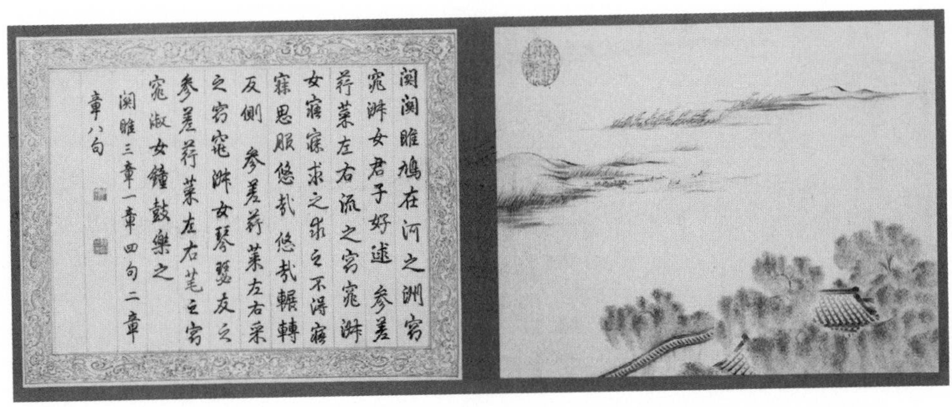

清寫本乾隆御筆《詩經圖》

漏」、「不欺室漏」。依次舉例如下：隋江總《讓尚書仆射表》：「門鷩如市，不慚屋漏；心抱如水，無欺暗室(門前有驚人的喧鬧，好像有什麼事情發生，但屋主人心中平靜如水，坦然處之)。」《好逑傳》第八回：「臺兄乃不欺屋漏之君子，不勝愧悔，故敢特請到縣，以謝前愆(爲以前的罪過道歉)，並申厚感。」《好逑傳》第十三回：「成奇道：『自是大臣守正(堅守正道)，不欺室漏。』」

「不欺暗室」的「暗室」比喻暗中，全語的意思是：即使在無人看見的地方，也不做欺心的事。此語出自《漢魏南北朝墓誌銘集釋．隋王世琛墓誌》：「信行所履(所作所爲講究誠信)，不欺暗室。」「不欺暗室」即由此文中提煉而出，作爲成語形容心地、行爲光明磊落。如《太平廣記》卷六八引《傳奇．封陟》：「陟乃怒目而言曰：『我居書齋，不欺暗室，下惠爲證，叔子是師。』」此中的「下惠」指柳下惠，春秋時魯國賢人，生平不好色，即使有女子坐在他的懷中，他也不會淫亂。「叔子」是西晉平南將軍羊祜，他和東吳都護陸抗在荊州地區南北對峙，是一個光明正大的人。封陟說自己「不欺暗室」，有柳下惠爲證，有羊祜做他的老師，也是說明自己心地光明。與「不欺暗室」同義的還有「弗欺暗室」、「暗室不欺」。前語出自《梁書．簡文帝紀》：「風雨如晦，雞鳴不已。弗欺暗室，豈況三光(心地光明磊落，可與日、月、星作比較)。」後語出自唐駱賓王《螢火賦》：「類(如同)君子之有道，入暗室而不欺。」綜合上述可知「不愧屋漏」與「不欺暗室」同義。

25 不學無術

「不學無術」與「綿力薄材」可通用嗎?

不能通用。「不學無術」語出《漢書・霍光傳》:「然光不學亡術,暗於大理。陰妻邪謀,立女爲后,湛溺盈溢之欲,以增顚覆之禍,死財三年,宗族誅夷,哀哉!」「不學無術」即由「不學亡術」演變而來。「不學亡術」的「學」原指「五經之學」,「不學」指沒學五經,「亡術」指不合道術。「然光不學亡術,暗於大理」,說的是霍光沒有經學的根底,所行不合道術,不符合關乎大局的道理。這表現在何處呢?即表現在引文的那後幾句話上:漢宣帝劉詢即皇位以後,立許妃做皇后。霍光的妻子是個貪圖富貴的女人,她想把自己的小女兒成君嫁給劉詢做皇后,就乘許妃有病的機會,買通女醫下毒害死了許妃。毒計敗露,女醫下獄。此事事先霍光一點也不知道。等到事情出來了,其妻才告訴他。霍光非常驚懼,指責妻子不該這樣做。他也想去告發,但又不忍妻子被治罪,前思後想還是把這件事隱瞞下來。霍光死後,有人向宣帝告發了此案。宣帝

霍光像

派人去調查處理。霍妻聽說了，與家人、親信商量對策，決定召集族人謀反。不想走漏了風聲。宣帝派人將霍家包圍，滿門抄斬。「霍光不學亡術，暗於大理」就表現在「不顧大局，隱瞞妻子犯罪之事」上。「不學無術」後來語義有變化。有人認為這變化起自《宋書‧寇准傳》：「初，張詠在成都，聞准入相(進入內閣)，謂其僚屬曰：『寇公奇材，惜學術不足爾。』及准出陝(等到寇准外放到陝西任職)，詠適自成都罷還。准嚴供帳，大為具待(款待張詠)。詠將去，准送之郊，問曰：『何以教准?』詠徐曰：『《霍光傳》不可不讀也。』准莫諭其意，歸取其傳讀之，至『不學亡術』，笑曰：『此張公謂我矣。』」這說的是寇准虛心接受建議的事。他利用張詠從成都卸任回京路過陝西的機會，向張詠請教。張詠沒直說，而是讓他讀《霍光傳》。讀到「不學無術」處，寇准笑說：「這『不學無術』就是張公說我的呀。」由於張詠說寇准是「學術不足」，所以後來「不學無術」就指沒有學問、沒有本領了。

如果說「不學無術」指沒有學問，那麼「綿力薄材」則側重指力量小，能力低。如《漢書‧嚴助傳》：「越人綿力薄材，不能陸戰。」此中的「綿力薄材」指軍力低。北宋王安石《乞免使相充觀察使第二表》：「在昔之懋勳明德，尙莫敢居，如臣之綿力薄材，豈宜非據。」此中的「綿力薄材」指人能力低，不敢擔任要職。

26　分香賣履

「分香賣履」是表示留戀嗎？

用「分香賣履」表示留戀不夠準確。「分香賣履」是一個典故，出自曹操的《遺令》。此《遺令》是曹操死前寫給他的兒子的。《遺令》中有這樣幾句話：「汝等時時登銅雀臺，望吾西陵墓田。余香可分與諸夫人，不命祭。諸舍中無所爲，可學作組、履賣也(我死之後，你們要時時登上銅雀臺，眺望我的西陵墓田。餘下的香可以分給我的諸夫人，不把它用於祭祀。諸妾無所作爲，可以讓她們學做用絲製成的寬帶和鞋去賣，以補充生計)。」後來就從這段話中提煉出「分香賣履」用來指達官貴人死時對妻妾的留戀。這還曾受到蘇軾的批評。蘇軾認爲：「世之稱人豪者，才氣各有高卑，然皆以臨難不懼，談笑就死爲雄。操以病亡，子孫滿前咿嚶涕泣，留連妾婦，分香賣履，區處衣物，平生奸僞，死見眞性。」蘇軾就是用曹操臨死的「分香賣履」說明了曹操「算不上是人豪」（見《孔北海贊》）。其他用例爲宋李清照《〈金石錄〉後序》：「(趙明誠)取筆作詩，絕筆而終，殊無分香賣履之意。」這幾句話是

《曹操大宴銅雀臺》版畫

李清照敘述她丈夫趙明誠臨終時的情景。她丈夫取筆作詩之後就死了，一點兒也沒有向她表示留戀之意。再如清吳偉業《古意六首》：「可憐同望西陵哭，不在分香賣履中。」此中的「分香賣履」亦是。也作「賣履分香」。如《聊齋志異・祝翁》：「人當屬纊(kuàng)之時，所最不忍訣者，床頭之昵人耳。苟廣其術，則賣履分香，可以不事矣。」這是作者在敘述完《祝翁》這個故事後進行評論的話。《祝翁》說的是：祝翁死了，家裏人正在準備披麻戴孝時，忽聽祝翁大喊。家裏人趕緊來看，祝翁已復活。大家正要慰問，忽聽祝翁說：「我剛才走了以後是決定不回來了。但走到中途一想，拋下老伴這一副老皮骨在兒輩手中寒熱仰人，也覺得她活著沒什麼意思，不如跟我一起走。想到這兒我就回來了。」他老伴一聽，說：「我活得好好的，如何去死?」中間經過祝翁再三催促，這位老婆婆終於和祝翁並排躺在一起，不久兩人就「膚已冰而鼻無息矣」。作者就是針對兩位老夫妻同時過世這件事，說了引文的話，意思是：人當疾病臨危時，所最不願與之分別的就是同床共枕的伴侶。如果把祝翁讓老伴同死的這一辦法推廣，那麼「賣履分香」的那種事，就不用做了。

27 分道揚鑣

「分道揚鑣」是兩方決裂的意思嗎?

不是。「分道揚鑣」的「鑣」是馬勒口。把馬勒口上提可催馬前進。全語的意思是：兩方分路催馬而行，不一定是因兩方決裂而分路行走。此語出自《魏書・神元平文諸帝子孫列傳・河間公齊傳》：「洛陽，我之豐、沛，自應分路揚鑣。自今以後，可分路而行。」「分道揚鑣」即從文中提煉而出。此中的「豐沛」是帝王的故鄉的意思。此文涉及一個有趣的故事：在南北朝時，北魏皇族元志，飽讀詩書，是一個有才華又很驕傲的年輕人。孝文帝很賞識他，讓他當了洛陽令。一天他乘車上街，遇上了大臣李彪的一隊人馬。兩家各不讓路，最後打到了皇上的面前。李彪向皇上說「我比元志官大，元志理應讓路」，元志則說「我是洛陽令而李彪乃洛陽之居民，居民應讓路於洛陽令」，各執一詞，互不相讓。皇上當和事老，說：「洛陽是我的故鄉。我認爲你們應該分開走。自今天以後，你們就各走各的路吧!」「分道揚鑣」即從皇上的話中提出，作爲成語比喻因志趣不同，各幹其事;也比喻才力相當，在地位上互不相讓。用例如《民國通俗演義》第五十九回：「雲南護國三大軍，次第組成。除唐督(繼堯)留守外，第一軍總司令蔡鍔，先向四川進發，第二軍總司令李烈鈞，亦向廣西進發，分道揚鑣，爲國效力去了。」此中的「分道揚鑣」即指各幹其事。再如《南史・裴子野傳》：「蘭陵蕭琛言其評論可與《過秦》、《王命》分路揚鑣。」《過秦》是賈誼所著之《過秦論》，《王命》是班彪所著之《王命論》。這段話是說：蕭琛認爲自己的評論水平可與賈誼、班彪有同樣高的地位。《隋書・文學傳序》：「徐陵、庾信，分路揚鑣。」這句話是說：徐陵與庾信才力相當。此二處的「分路揚鑣」用的即是第二層含義。

28 勾心鬥角

應怎樣理解「勾心鬥角」？

「勾心鬥角」語出唐杜牧《阿房宮賦》：「五步一樓，十步一閣；廊腰縵回，簷牙高啄；各抱地勢，勾心鬥角。」可知「勾心鬥角」原是形容建築群參差布列，彼此回環掩抱，飛簷接連交錯；形容宮室結構錯綜精密。後來多用以指人與人之間明爭暗鬥，各用心計。如魯迅《致鄭振鐸》：「否則勾心鬥角之事，層出不窮，眞使人不勝其擾。」《啼笑因緣》第十回：「你還沒有走入仕途，你哪裏知道勾心鬥角的巧妙。」兩文中的「勾心鬥角」。均指人與人的鬥爭。也作「勾心鬥角」。用例如《紅岩》第六章：「然而竟未發現對方在勾心鬥角的同時，還做了不少幕後工作。」

有時「勾心鬥角」也用來指寫作中的巧妙構思。用例爲清梁紹壬《兩般秋雨・庵隨筆》卷一：「近時詩家詠物，勾心鬥角，有突過前人者。」

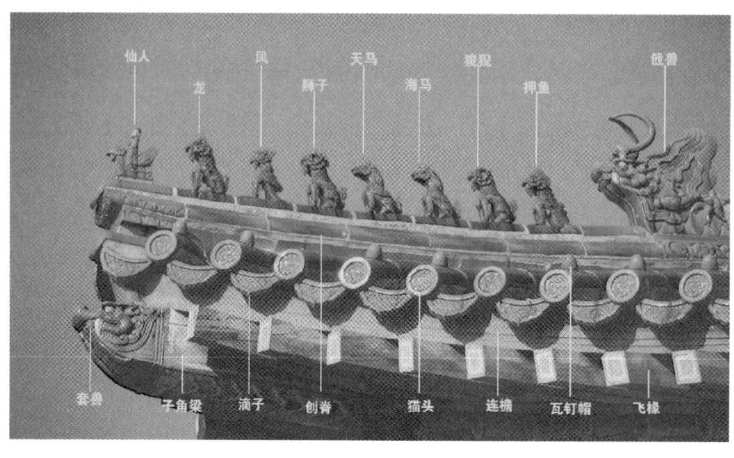

跑獸及建築部分部位名稱

29 天長地久

「天長地久」常用來比喻什麼?

元趙孟頫《老子像》

「天長地久」語出《老子》第七章:「天長,地久。天地所以能長且久者,以其不自生,故能長生。」這段引文的意思是:天長,地久,天地之所以永久存在的原因,就是因爲它不是爲了自己存在而有所作爲,所以才能永生。「天長地久」即由文中提出,原意指「天地能永久存在」;後來多用以比喻男女愛情像天地一樣長久。如唐白居易《長恨歌》:「天長地久有時盡,此恨綿綿無絕期。」康有爲《大同書》:「其既得聯婚,連枝比翼,情意既洽,歡愛無窮,以爲天長地久矣。」再如元王實甫《西廂記》第四本第二折:「則著你夜去明來,到有個天長地久。」也作「地久天長」。如南朝梁陸倕《石闕銘》:「暑來寒往,地久天長。」此中的「地久天長」又指時間長久。

30 天高地厚

「天高地厚」有幾種用法?

一般地說有三種用法。一是本義。此語出自《詩經・小雅・正月》：「謂天蓋高，不敢不局;謂地蓋厚，不敢不蹐(jí)（說天如何如何高，走路不敢不彎腰;說地如何如何厚，走路不敢不輕步）。」「天高地厚」即由詩中提出，指天高廣，地厚闊。這兩句詩是揭露國家危亡時，小人當道，人民生活於孤立無援之中。二是比喻感情、恩德深厚。如元王實甫《西廂記》第五本第二折：「這天高地厚情，直到海枯石爛時。」《警世通言・老門生三世報恩》：「門生受恩師三番知遇，今日小小效勞，止可少答科舉而已。天高地厚，未酬萬一。」兩文中的「天高地厚」均指恩德很深，還有許多未能報答。三是借指極普通極明顯的事理。如《歧路燈》第六十四回：「因譚相公大事(指譚父喪葬)過了，所以才敢相央(求)。若前此便說這話，可見俺這兵丁頭子，是不識天高地厚。」張天民《路考》：「他翹尾巴，他不知天高地厚。」兩文中的「天高地厚」均指普通事理。

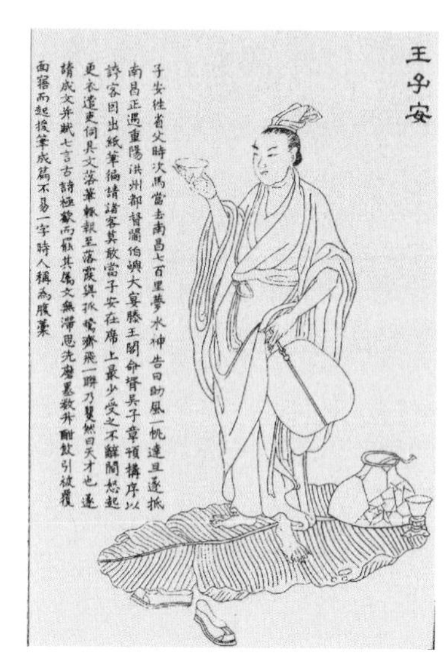

王勃像

「天高地厚」也作「高天厚地」、「天高地迥」。前語用例爲金元好問《論詩三十首》：「東野窮愁死不休，高天厚地一詩囚。」此中的「高天厚地」用的是天高地廣的本義。「東野」是唐朝詩人孟郊的字，因爲他作詩「苦吟(反覆吟誦，反覆推敲)」，又因他的詩中多「窮苦之詞」，故稱他「窮愁死不休」。至於稱他爲「詩囚」，則是因爲大家認爲他有「自己爲難自己」之意。後語用例爲唐王勃《滕王閣序》：「天高地迥，覺宇宙之無窮;興盡悲來，識盈虛之有數。

31 太倉稊米

「太倉稊米」等同於「滄海一粟」嗎?

其比喻義相同。「太倉」是古時京城的大穀倉；「稊(tí)」是一種形似稗的草，「稊米」實如小米。「太倉稊米」語出《莊子・秋水》：「吾在於天地之間，猶小石小木之在大山也。方存乎見少，又奚以自多！計四海之在天地之間也，不似礨(lěi)空之在大澤乎？計中國之在海內，不似稊米之在大(tài)倉乎?」這是海神北海若對河伯說的話，意思是：我在天地之間，就像小石頭或小樹在大山中一樣，我總覺得見識少，又怎麼敢自滿呢？細算起來，四海在天地之間，不是像蟻穴在大澤之中一樣嗎？中原之在天下，不也像一粒小米在大穀倉中一樣嗎?「太倉稊米」即由文中提煉而出，表示大穀倉裏的一粒小米，用以比喻渺小之極。唐白居易《和思歸樂》：「人生百歲內，天地暫寓形。太倉一稊米，大海一浮萍。」也作「太倉一粟」。《兒女英雄傳》：「我們已寫了知單去，知會各同窗的朋友，多少大家集個成數出來，但恐太倉一粟，無濟於事。」

「滄海一粟」與「太倉稊米」比喻義相同，指大海裏的一粒穀子，比喻非常渺小。語出北宋蘇軾《赤壁賦》：「寄蜉蝣於天地，渺滄海之一粟。」

32 尺幅千里

「尺幅千里」的含義是什麼?

「尺幅千里」是一個形容繪畫和詩文的成語。「尺幅」指的是繪畫和詩文的篇幅不過一尺見寬;「千里」則指的是繪畫讓觀畫人感覺畫面有千里之遙,詩文讓人領悟到深刻的哲理或登高望遠開拓出嶄新的境界,總之是覺得內容極其豐富。語出唐徐安貞《題襄陽圖》:「圖書空咫尺,千里意悠悠。」「尺幅千里」即由詩中提煉出。

下面再舉兩個可以解釋這個成語的例子:(一)《南史・昭冑傳》:「幼好學,有文才,能書善畫,於扇上圖山水,咫尺之內,便覺萬里爲遙。」此中的「扇面」即做到了「尺幅千里」。(二)唐王之渙《登鸛雀樓》:「白日依山盡,黃河入海流。欲窮千里目,更上一層樓。」此詩也做到了「尺幅千里」。

據北宋沈括《夢溪筆談》卷十五:「河中府鸛雀樓,三層,前瞻中條,下瞰大河。唐人留詩者甚多,唯李益、王之渙、暢諸三篇能關其景。」瞭解了鸛雀樓的概況後,我們看詩的第一句,寫了一輪落日徐徐依山西沉,那落日的餘暉染遍了一望無際的原野與綿綿不斷的群山;「依山盡」寫出了視野的盡頭,寫出了地平線的遙遠。如果首句是寫實,那麼次句則是把寫實與想像統一起來:「黃河」是視野中的眞實物象,「入海」則純係想像。這樣就寫出了黃河的浩然氣勢,也寫出了詩人的博大情懷。在前兩句「縮萬里於咫尺,使咫尺有萬里勢」的基礎上,接著用後兩句寫意。後兩句「欲窮千里目,更上一層樓」則把人生哲理、景物與情勢融化得天衣無縫,發人深省,催人奮進,成爲人們追求崇高精神境界的指南。由於詩的前兩句畫出了虛實有序、遠近相接的精彩江山圖,後兩句又富含難以言盡的詩人主觀感受和客觀眞理,所以清代的評論家給此詩下了二十四個字的評語:「王詩短短二十字,前十字大意已盡,後十字有尺幅千里之勢。」

33 心如古井

「心如古井」是說女子「心如止水」嗎？

「心如古井」出自唐孟郊《烈女操》：「波瀾誓不起，妾心古井水。」原是比喻女子的內心平靜。後來語義有發展，也可以用於男子身上。指內心像久已平靜無波的古井，比喻堅守節操，不爲任何欲念所動。如魯迅《弄堂生意古今談》：「但對於靠筆墨爲生的人們……假如你還沒有練到『心如古井』，就可以被鬧得整天整夜寫不出什麼東西來。」此中的「心如古井」只指心情平靜。也作「心如止水」、「心同止水」、「古井不波」、「無波古井」。用例依次是：明張岱《與李硯翁》：「心如止水秦銅(明鏡)，並不自立意見，故下筆描繪，妍媸自見。」張岱《祭祁文載文》：「文載心同止水，眥決(眼睛能看穿)層雲。」惲代英《致沈寶秀書》：「吾自今以後唯當更守身如玉，使此心如古井不波。」唐白居易《贈元稹》：「無波古井水，有節秋竹竿。」

34 戶限為穿

爲何「戶限爲穿」與「門庭若市」同義？

這兩個成語是從兩個方面說同樣的一種情況。「戶限爲穿」的「戶限」指門檻，「穿」在這裏指破；全語的意思是門檻都被踩破了，形容進進出出的人很多。語本唐張彥遠《法書要錄》：「智永禪師住吳興永欣寺，人來覓書者如市，所居戶限爲穿穴。」「戶限爲穿」即由文中提煉而出。如孫中山《倫敦被難記》：「自《地球報》揭露此可驚可愕之異聞，而波德蘭區覃文省街四十六號康得黎氏之屋，幾乎戶限爲穿。」

「門庭若市」指門前和庭院像集市一樣，也是指進進出出的人很多。語出《戰國策・齊策一》：「令初下，群臣進諫，門庭若市。」用例如老舍《四世同堂》：「粉妝樓有許多朋友，一天到晚門庭若市。」

35 斗方名士

可用「斗方名士」誇獎人嗎?

不可。「斗方」是書畫所用的方形紙張，也指一二尺見方的字畫；「斗方名士」多用來指好在斗方上寫詩或作畫的小有名氣的人。此種人雖已小有名氣，但人家用「斗方名士」稱他並不懷善意，乃是譏笑他冒充風雅。所以不要用此語誇人。如用此語稱人，則含譏諷之意。如《二十年目睹之怪現狀》第九回：「那一班斗方名士，結識了兩個報館主筆，天天弄些詩去登報，要借此博個詩翁的名色。」

章炳麟《論教育的根本要從自國自心發出來》：「往往這邊學究的陋話，斗方名士的謬語，傳到那邊，那邊附會了幾句，又傳到這邊，這邊就看作無價至寶。」

錢玄同《寄陳獨秀》：「弟以蘇軾此種詞句，在不知文學之『斗方名士』讀之，必贊爲『詞令佳品』，其實索然無味。」

36 斗酒隻雞

「斗酒隻雞」只表示簡單酒食嗎?

不是。「斗酒隻雞」從字面義看，確是一斗酒，一隻雞，表示簡單酒食。但是從典故的角度說，它又是追悼亡友之詞。此語出自曹操《祀故太尉橋玄文》:「又承從容約誓之言:『殂逝之後，路有經由，不以斗酒隻雞過相沃酹(lèi)，車過三步，腹痛勿怪。』雖臨時戲笑之言，非至親之篤好，胡肯爲此辭乎?(咱們倆又有約誓:『如果有一人先去世了，另一人經過對方墓地時，如不用斗酒隻雞祭奠，車走過三步後肚子會疼。那時不要怪罪。』這雖是倆人臨時的戲笑之言，可是我們如果不是非常友好的至親，我們怎麼能用這樣的話爲誓呢?)」後來「斗酒隻雞」即從文中摘出，作爲成語用爲追悼亡友之詞。如秋瑾《挽故人陳闋生女士》:「素車白馬難爲繼，斗酒隻雞徒自嗟(我難以用素車白馬爲你發喪，也不能用斗酒隻雞到你墳前祭奠，只能空自悲歎)。」此中的「斗酒隻雞」即是。此語有時又用字面義形容簡單的酒食。用例爲南宋陸游《村居初夏》:「斗酒隻雞人笑樂，十風五雨歲豐穰。」南宋辛棄疾《鷓鴣天》:「晚歲躬耕不怨貧，隻雞斗酒聚比鄰。」

《曹操煮酒論英雄》版畫

37 斗轉參橫

能用「斗轉參橫」表示時光流逝嗎?

此語中有「轉」有「橫」，很像是可表示時間變化，其實這是誤解。「斗轉參(shēn)橫」的「斗」指北斗星;「參」是星名，二十八宿之一，白虎七宿的末一宿。全語的意思是：北斗星的杓柄已轉了方向，參星也橫在一邊，指天色將明，不是指時光流逝。

如《宋史・樂志》：「斗轉參橫將旦，天開地辟如春。」《二刻拍案驚奇・神偷寄興一枝梅》：「看看斗轉參橫……便叫解開纜繩，慢慢地放了船。」兩文中「斗轉參橫」均是。

也作「參橫斗轉」、「斗轉參斜」。用例依次是北宋蘇軾《六月二十日夜渡海》：「參橫斗轉欲三更，苦雨終風也解晴。」明馮惟敏《柳搖金・風情》：「急回頭斗轉參斜，酒杯兒到手都休撤。」

38 比肩繼踵

「比肩繼踵」與「駢肩累跡」可通用嗎?

一般地說，不通用。「比肩繼踵」的「踵」指腳跟，全語的意思是：肩膀靠著肩膀，腳尖碰著腳跟，多形容人衆多而擁擠，又形容接連不斷。如《晏子春秋・內篇雜下》：「臨淄三百閭，張袂(衣袖)成陰，揮汗成雨，比肩繼踵而在，何爲無人(怎麼能說沒有人)?」「比肩繼踵」也作「比肩接踵」、「比肩隨踵」、「接踵比肩」、「肩摩踵接」。用例依次是：梁啓超《新民說》：「若此者，不過聊舉數賢以爲例耳。其他豪傑之類此者，比肩接踵於歷史。」《韓非子・難勢》：「且夫堯、舜、桀、紂，千世而一出，是比肩隨踵而生也，世之治者不絕於中。」唐韋斯立《論官職多濫疏》：「而今務進不避僥倖者，接踵比肩，布於文武之列。」清汪琬《中峰曉庵了法師塔銘》：「凡名公貴人降及閭閻仕女，無不肩摩踵接，往來絡繹於支硎、天池間。」

「駢肩累跡」語出北宋歐陽修《相州晝錦堂記》：「蓋士方窮時，困厄閭里，庸人孺子，皆得易而侮之。若季子不禮於其嫂，買臣見棄於其妻。一旦高車駟馬，旗旄導前，而騎卒擁後，夾道之人，相與駢肩累跡，瞻望咨嗟;而所謂庸夫愚婦者，奔走

臨淄齊國都城遺址出土的鎏金龍鳳紋銀盤

駭汗，羞愧俯伏，以自悔於車塵馬足之間(當人窮困的時候，在鄉里中的處境是很困難的。鄉里的平庸的人以及小孩會看不起他侮辱他。像蘇秦的嫂嫂在蘇秦落魄而歸時就不給他做飯，朱買臣砍柴爲生時其妻就離他而去。可是一旦像蘇秦、朱買臣這樣的人做官了，高車駟馬，跟班的人前呼後擁時，人們又會聚集於道路兩旁看熱鬧，因仰慕那車隊馬隊而感慨歎息。那些庸夫愚婦更會奔走相隨甚至於趴在地上在車塵馬足之間悔罪當初曾看不起人家)。」此中的「駢肩累跡」雖也有人多擁擠之意，但還是偏義於「熱鬧」，因爲此語的前面是「夾道之人」。這「夾道之人」只是擁擠，不再走動，故與「比肩繼踵」不同。

39 牛鼎烹雞

「牛鼎烹雞」與「牛驥同皂」同義嗎?

不同義。「牛鼎烹雞」語出《呂氏春秋・應言》:「白圭謂魏王曰:『市丘之鼎以烹雞,多洎(jì)之則淡而不可食,少洎之則焦而不熟。』(白圭對魏王說:『用市丘產的煮牛大鼎烹雞,讓鼎裏肉汁多了,這雞會淡而無味,不好吃;讓肉汁少了,這雞會燒焦而不熟。』)」 後來從引文中提煉出「牛鼎烹雞」,比喻大材小用。如《後漢書・邊讓傳》:「傳曰:『函牛之鼎以烹雞,多汁則淡而不可食,少汁則熬而不可熟。』此言大器之於小用,固有所不宜也。」 此中的「函」 指容納,「熬」指煎乾。這段話可視爲對前面引文的註解。

「牛驥同皂」語出《史記・魯仲連鄒陽列傳》:「今人主沈於諂諛之辭,牽於帷裳之制,使不羈之士與牛驥同皂,此鮑焦所以忿於世而留富貴之樂也。」漢代齊人鄒陽事梁孝王,被同僚羊勝向梁孝王進讒言陷害,入獄問斬。鄒陽從獄中上書給梁孝王。引文即上書中的話,意思是:如今一般做國君的都沉溺在諂媚阿諛的辭令中,盡受左右侍妾的牽制,不辨士的賢與不肖,使曠達不羈的賢士無從展露長才,就像良驥與笨牛同在一個馬槽吃料一樣。這就是周代潔身自好之士鮑焦所以要深憤於世,寧可抱木立枯而死,也不願多留戀世俗富貴之樂的原因了。由此可知:在上書中鄒陽不直接說梁孝王聽信讒言,也不直白地把羊勝描述爲進讒言者,而是慷慨陳詞,繼續諫諍,後來終於得釋。「牛驥同皂」即從文中擇出,比喻才能高的人與才能低的人混在一起。此中的「皂」指餵牛馬的食槽。文天祥《正氣歌》:「牛驥同一皂,雞棲鳳凰食。」

40 牛溲馬勃

「牛溲馬勃」是什麼含義?

「牛溲(sōu)馬勃」語出唐韓愈《進學解》：「玉札、丹砂，赤箭、青芝，牛溲、馬勃，敗鼓之皮，俱收並蓄，待用無遺者，醫師之良也。」此中的「玉札」、「丹砂」、「赤箭」、「青芝」皆貴重的藥材；「牛溲」是車前草，又名牛遺，「馬勃」是馬屁勃，屬擔子菌類，「敗鼓之皮」是破鼓皮，這三者是比較賤的藥材。這段引文的意思是：玉札、丹砂、赤箭、青芝、牛溲、馬勃、破鼓皮這些貴藥和賤藥都被無一遺漏地收存待用，是因爲醫師認爲它們各自都有別的藥無法替代的療效。這也正是醫生高明之所在。由於「牛溲馬勃」雖是價低易得之藥，但因爲它有別的藥無可代替的用途，因此比喻被人視爲低賤但有時卻頗有用的東西。後來語義有發展，也比喻流品低下的人和普通常見之物。如《歧路燈》第六十三回：「把一個累代家有藏書，門無雜賓之家，弄成魑魅魍魎，塞門塡戶，牛溲馬勃，兼收並蓄了。」此中的「牛溲馬勃」即指不高雅的東西。魯迅《書信集・致王志之》：「《募修孔廟疏》不必見寄，此種文字……眞多於『牛溲馬勃』。」此中的「牛溲馬勃」即指普通常見之物。也作「馬勃牛溲」。如明張岱《越山五佚記・峨眉山》：「奇巒怪石，翠蘚蒼苔，徒與馬勃牛溲，兩相污穢，惜哉已矣(奇巒怪石，翠蘚蒼苔，白白地和馬勃牛溲一類的東西同時存在，互相顯得不倫不類，實在是太可惜了)。」清薛雪《一瓢詩話》：「稗官野史，盡作雅音，馬勃牛溲，盡收藥籠(野史小說都成爲高雅的文字，馬勃牛溲都被收入到藥籠中)。」此中的「馬勃牛溲」因與「稗官野史」並列，故也指流品低下之物。

41 付之一笑

「付之一笑」、「一笑置之」同義嗎?

不完全相同。「付之一笑」語出南宋陸游《老學庵筆記》卷四:「乃知朝士(官員)妄想,自古已然,可付一笑。」「付之一笑」即由「可付一笑」演化而來,表示一笑算了,意思是用一笑來回答或對待,表示不當一回事。如章炳麟《論教育的根本要從自國自心發出來》:「中國下等人,相信《三國志演義》裏頭許多奇奇怪怪的事,當做眞實,在略讀書的人,不過付之一笑。」此中的「略讀書的人」指略微讀一讀《三國志》的人,他們知道《三國志演義》中的許多情節全是「演義」,並不是歷史。所以他們會對把「演義」當做實有其事付之一笑。

「一笑置之」的「置」是放置,「之」指代人和事物。全語意爲笑而不理,不當一回事。如清朱彝尊《答蕭山毛檢討書》:「即鄙言未合,度足下必一笑置之,斷不效朱、陸之嚣嚣聚訟也(即或我的話不對,推想您必定只是笑一笑罷了,斷然不會像朱熹、陸九淵他們那樣進行議論紛爭)。」此中的「一笑置之」即指對「鄙言未合」僅只是笑一笑,並不當一回事。「嚣嚣」是喧嘩,「聚訟」是許多人在一起爭論。《官場現形記》第四十六回:「漕臺見他如此說法,曉得他牛性發作,也只好一笑置之。」此中的「一笑置之」亦是。

42 付之東流

「付之東流」與「付之一炬」有區別嗎?

有區別。「付之東流」的「東流」泛指江河流水;全語指把東西扔到江河之中,隨著流水沖走了,比喻希望落空,前功盡棄。如《二刻拍案驚奇》卷二十九:「他日醫好復舊,萬一悔卻前言,小生所望,豈不付之東流。」此中的「付之東流」即是。也作「付與東流」、「付之流水」、「付之逝水」、「付諸東流」。用例依次是:北宋查荎(chí)《透碧霄·惜別》:「歎人生,杳似萍浮,又翻成輕別,都將深恨,付與東流。」《三俠五義》第三十六回:「今晚他們若相會了……我的姻緣豈不付之流水?這便如何是好?」清湯斌《湯子遺書·請旨行取疏》:「親朋爲之惋惜,以爲半生功名付之逝水。」《李自成》第一卷第三章:「他(楊廷麟)也明白盧象生在朝廷上的處境是困難的。楊嗣昌和高起潛會合力對付他,會使他的雄心壯志付諸東流。」

「付之一炬」的「炬」是火把。語出唐杜牧《阿房宮賦》:「楚人一炬,可憐焦土。」「付之一炬」即從文中提煉而出,指一把火燒掉。如清百一居士《壺天錄》卷上:「除夕,京師富家競購千竿爆竹,付之一炬。」也作「付諸一炬」。用例爲《清朝野史大觀》卷十:「遍搜東南坊肆,得三百四十餘部,盡付諸一炬。」

清袁江《阿房宮圖》

43　仗馬寒蟬

爲何「仗馬寒蟬」是「閉口不言」的意思?

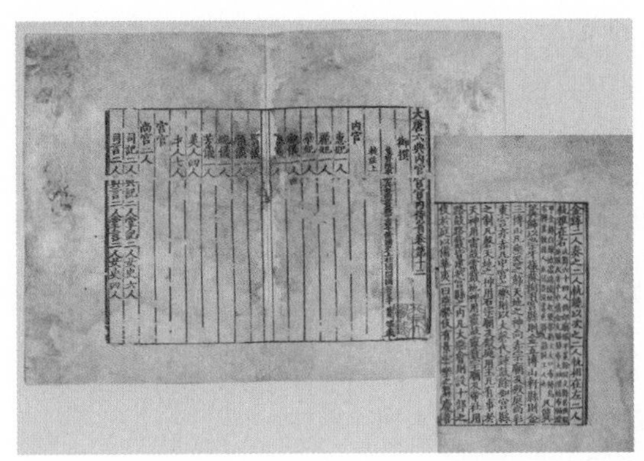

唐玄宗撰、李林甫等注《大唐六典》(宋刻本)

兩語從字面義看確實差距很大，但細察兩語的意義又確實相同，只不過前語是比喻，後語是直指。「仗馬寒蟬」的「仗馬」語出《新唐書．李林甫傳》：「君等獨不見立仗馬乎！終日無聲，而飫(yù)三品芻豆；一鳴，則黜之矣(你們獨獨地沒看見給皇上做儀仗的馬嗎！這些馬整天地不出聲就能吃上價值與三品官俸祿相等的芻豆。如果它一嘶鳴，馬上就會被趕出儀仗)。」這是唐玄宗李隆基的奸相李林甫，爲了不讓群臣進言而威脅群臣的話。「仗馬寒蟬」的「寒蟬」語出《後漢書．杜密傳》：「劉勝位爲大夫，見禮上賓，而知善不薦，聞惡無言，隱情惜己，自同寒蟬，此罪人也(劉勝爲大夫，身居高位，但是見到賢才不向國家舉薦，見到違法之人不向國家揭發，爲了保護自己隱瞞眞情，像深秋的寒蟬一樣不出一聲。這個人實在是個罪人)。」「寒蟬」是指寒天的蟬，秋深天寒，蟬就不鳴叫了。「仗馬寒蟬」比喻一聲不響、不敢說話的人。如《慈禧太后演義》第十五回：「自桂慶去後，王大臣們統做了仗馬寒蟬。他總叫祿位穩固，官爵保全，便算僥倖；管什麼天子風流，國家興替。」此中的「仗馬寒蟬」即是。也作「寒蟬仗馬」。如清歐陽巨源《官場現形記序》：「明達之士，豈故爲寒蟬仗馬哉?懾之於心，故愼之於口耳(心中害怕所以口不敢言)。」

44 令人齒冷

「令人齒冷」與「令人噴飯」

「令人齒冷」的「齒冷」是恥笑的意思，指鄙夷的態度;全語指令人恥笑。語出《南史．樂預傳》：「人笑褚公，至今齒冷(人們笑話褚公，因爲一直笑到至今沒閉嘴，牙齒都涼了)。」「令人齒冷」即從文中提煉而出。魯迅《小說舊聞抄》：「本朝人演本朝事，而顛倒紕繆至此，殊令人齒冷。」鄒韜奮《二十年來的經歷．新聞記者的作品》：「現在行爲雖然令人齒冷，但在當時那一段時期的努力，卻也有他的勞績。」

鄒韜奮

「令人噴飯」指吃飯時忍不住笑，把飯噴了出來，形容令人感到非常可笑，無法忍住。語出北宋釋惠洪《冷齋夜話》卷二：「予與李德修、游公義過一新貴人。貴人留食。予三人者皆以左手舉箸。貴人曰：『公等皆左轉也。』予遂應聲曰：『我輩自應須左轉，知君豈是背匙人。』一座大笑，噴飯滿案(我和李、游二人去拜訪一個新中舉的官員。這位官員留我們三人吃飯。他看見我們三個都是左手使筷子，就說：『你們三個都是左轉啊。』我聽了以後隨口回答說：『我們三個自然應該左轉，知道你不是背匙的人。』說完在座所有人都大笑，把飯噴了一桌子)。」「令人噴飯」即從文中提煉而出，形容叫人感到非常可笑，無法忍住。不過讀者看了這段今譯，可能還不懂這些人大笑的原因。原來是因爲他們所用的「左轉」與「背匙」兩個詞。先說「左轉」，新貴人用的是「左轉」的諧音──「左執」(左手拿筷子)的意思，本不可笑;但若按「左轉」的另一意義──「貶官」來理解就可笑了。「背匙」本是把羹匙使反了的意思，但按照它的諧音「背時、不走運」來理解就可笑了──新貴人剛當上官，怎麼能「背時」呢?《鏡花緣》第二十三回：「各種燈謎，諸般酒令……百戲之類，件件都可解得睡魔，也可令人噴飯。」《慈禧太后演義》第二十四回：「他既長刑部，常自命爲皋陶復出，『陶』應該讀如『搖』，他仍讀本音，已足一噱(júe);又稱皋陶爲舜王駕前刑部尙書，越發令人噴飯。」此中的「噱」意爲大笑。「皋陶」是虞舜時期的司法官，不能稱爲尙書，因爲尙書的官職到戰國才設置，發展到漢成帝時設尙書五人，到了隋代始分六部，刑部尙書是其中的一部。「他」可笑就可笑在亂用名詞。

45 出口成章

「出口成章」有幾種含義?

「出口成章」這一成語可以望文生義，因爲它的第一種含義正是：話說出口就是文章，常用來誇讚人作詩文事先不用起草稿。

此外，《史記・樗里子甘茂列傳》談到「樗裏子滑稽多智，秦人號曰『智囊』」，唐司馬貞《索隱》是這樣寫的：「一云滑稽，酒器，可轉注吐酒不已。以言俳優之人出口成章，詞不窮竭，如滑稽之吐酒不已也。」此中的「滑稽」指酒器，讀音爲「gǔ jī」。西漢揚雄《酒箴》：「鴟夷(皮革製的酒囊)滑稽，腹大如壺。」由於這段引文是用「吐酒不已」來比喻俳優出口成章，可知「出口成章」又有口齒伶俐，說話滔滔不絕之意。第三，在大多數情況下，「出口成章」指人學識豐富。如《警世通言・王安石三難蘇學士》：「此人天資高妙，過目成誦，出口成章，有李太白之風流，勝曹子建之敏捷。」此中的「出口成章」即是。也作「出言成章」。用例如《淮南子・脩務訓》：「舜二瞳子，是謂重明，作事成法，出言成章(舜有兩個瞳仁，人們稱他重明。他做事的過程可以成爲人們再做此類事時應遵循的法則，他說出的話可以成爲文章)。」

46　布衣之交

「布衣之交」爲何是「平民之交」？

「布衣之交」的「布衣」爲古代庶人之服；「庶人」在春秋時代是對農業勞動者的稱呼，後來泛指平民，也指官府中的吏役;所以「布衣之交」，即指平民之間的朋友關係。如果某人做了高官、當了皇上，他如對另一人說「你我是布衣之交」，這就表明「他與另一人在均爲布衣時就相交了」。在經典中「布衣之交」這個成語多次出現。

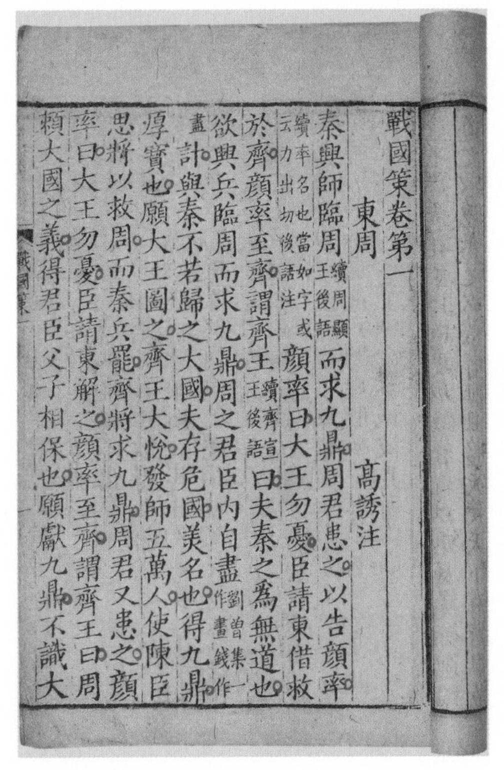

戰國策卷第一
東周　高誘注
秦興師臨周續周顯王後語而求九鼎周君患之以告顏率
續率名也當如字或云力出切後語注顏率曰大王勿憂臣請東借救
於齊顏率至齊謂齊王續齊宣王後語曰夫秦之爲無道也
欲興兵臨周而求九鼎周之君臣內自盡劉曾集作一作畫錢作
畫計與秦不若歸之大國夫存危國美名也得九鼎
厚寶也願大王圖之齊王大悅發師五萬人使陳臣
思將以救周而秦兵罷齊將求九鼎周君又患之顏
率曰大王勿憂臣請東解之顏率至齊謂齊王曰周
賴大國之義得君臣父子相保也願獻九鼎不識大
戰國策　一

東漢高誘注《戰國策》書影

《戰國策・齊策三》：「居期年，君召愛夫人者而謂之曰：『子與文遊久矣，大官未可得，小官公又弗欲。衛君與文布衣交，請具車馬皮幣，願君以此從衛君遊。』（一年之後，孟嘗君召見那個與他夫人私通的人，對那個人說：『先生您與我交往已經很久了，沒有做上大官，小官您又不想做。衛國君主和我有著很好的交情。我爲您已準備好車馬、皮裘、錦帛之物，希望您帶著這些東西去和衛國君主結交。』）」此中的「布衣之交」有自謙的性質。因爲孟嘗君不是君主，可是要說自己與衛國君主有交情，所以就用了「布衣之交」這個詞語。

《後漢書・隗囂傳》：「三輔耆老士大夫皆奔歸囂。囂素謙恭愛士，傾身引接爲布衣交。」隗囂是上將軍，和投奔他來的三輔一帶的年高有德的人成爲布衣之交。「三輔」指治長安以東的京兆尹、長陵以北的左馮翊、渭城以西的右扶風的三位官長;在這裏指三位官長所轄的地區。

《史記・廉頗藺相如傳》：「臣以爲布衣之交尚不相欺，況大國乎!」藺相如說此番話的背景如下：藺相如拿著和氏璧來到秦國，把璧獻給了秦王。秦王大喜，讓群臣傳看，但就是不提把「十五座城池換給趙國」的事。藺相如察知此意後對秦王說：「璧上有個斑點，我指給你看一下。」順勢把璧要回，接著就拿著璧倚靠樑柱(準備在需要的情況下以璧擊柱相威脅)，氣得怒髮衝冠，並說：「我在趙國的時候，人們都不讓我來，說秦國貪婪，拿了璧後不會給十五城。我就對他們說：『老百姓相交都不互相欺騙，何況秦國這樣的大國呢!』」由此可知，此句中的「布衣之交」指的是「平民之交」。在這裏是用來與「大國之交」進行對比的。

明唐順之《信陵君救趙論》：「虞卿知有布衣之交，不知有趙王。」虞卿是一位被趙王封了萬戶侯的人，因爲他的布衣之交魏齊來投奔他，可是趙國不允許魏齊停留在境內，於是虞卿就放棄了首相之位，與魏齊一起逃往他國。這就是引文所說的「知有布衣之交，不知有趙王。」此中的「布衣之交」即指的是虞卿、魏齊兩人原來都是平民，是朋友。

47 平心而論

「平心而論」是「心平氣和」地進行評論嗎?

「平心而論」指平心靜氣地做公允的評論，不摻雜感情的因素;「心平氣和地評論」只是心情平靜、態度溫和地進行評論。兩者並不完全相同。前語用例如《閱微草堂筆記·灤陽消夏錄一》:「平心而論，王弼始變舊說，為宋學之萌芽。」《四庫全書總目提要》:「國朝以四六名者，初有陳維崧及吳綺，次則章藻功《思綺堂集》亦頗見稱於世……平心而論，要當以維崧為冠。」此中的「四六」指駢體文，因多以四字六字相間成句，故名。朱自清《論無話可說》:「我是個懶人，平心而論，又不曾遭過怎樣了不起的逆境。」

《四庫全書》

「心平氣和」指心情平靜，態度溫和。如北宋程頤《明道先生行狀》:「荊公(王安石)與先生雖道不同，而嘗謂先生忠信。先生每與論事，心平氣和。」這說的是:王安石與明道先生觀點不同，但是讚譽明道先生是忠信之人。明道先生每次與王安石討論問題時，心平氣和，兩人並不因為觀點不同而影響態度。「明道先生」姓程名顥，人稱「明道先生」，是宋代大儒，理學家、教育家，封「先賢」。與程頤為同胞兄弟，世稱「二程」。《塞上行·行紀》:「我所看到來辦交涉的官兵，沒有不客客氣氣，心平氣和的。」

48 平易近人

如何理解「平易近人」的「平易」？

「平易」的原意乃指的是道路平坦寬廣。如《漢書・地理志》：「河東土地平易，有鹽鐵之饒(盛產鹽鐵)。」此中的「平易」即是。因此，從「平易」的原意來說，與「近人」似不能結合成固定短語。「平易」之所以與「近人」結合組成了成語，是因為「平易」在後來有了「比喻態度和藹」的意義，全語形容態度謙遜和藹，使人容易接近。也形容文字深入淺出，通俗易懂。如清趙翼《甌北詩話》卷三：「凡昌黎(韓愈)與東野(孟郊)聯句，必字字爭勝，不肯稍讓;與他人聯句，則平易近人。」此中的「平易近人」即形容文字通俗易懂。關於文中所說的「聯句」，乃是古代作詩的一種方式，是指一首詩由兩人或多人共同創作，每人一句或數句聯接成一篇。在「聯句詩史」上「名例」很多。此中的「韓孟聯句」即是「名例」之一。下面把「韓孟」的一篇共12句的「聯句」，每人各截取兩句為例：「我心隨月光，寫君庭中央(孟)。月光有時晦，我心安所忘(韓)。常恐金石契，斷為相思腸(孟)。平生無百歲，歧路有四方(韓)。」此外在「聯句詩史」上還有一個不能不提的就是《柏梁臺詩》。據說漢武帝時造了一座柏梁臺，此臺以香柏為梁。武帝設宴於臺上，要求群臣與自己一起「聯句」，聯的上的才能坐「上座」。作的是七言詩，每人一句，句句押韻。主題是各人歌詠自己的職務。如武帝云：「日月星辰和四時。」丞相云：「總領天下誠難治。」大將軍云：「和撫回夷不易哉。」最後是兩個滑稽家：倡優郭舍人聯的是「齧妃女唇甘如飴」，大學問家東方朔聯的是「迫窘詰屈幾窮哉(窘迫得我結結巴巴說不下去了)」。傳說《柏梁臺詩》是最早的聯句詩。

再如周恩來《為慶祝朱總司令六十大壽的祝辭》：「在我們相識的二十五年當中，你是那樣平易近人，但又永遠堅定不移，這正是你的偉大!」此中的「平易近人」即比喻態度和藹。

49 本來面目

「本來面目」就是「廬山面目」嗎?

兩語有相同的方面也有不同的方面。「本來面目」原是佛家用語，指人本有的心性，自己的本分。如《閱微草堂筆記・如是我聞四》：「……然或修持未到，一入輪迴，便迷卻本來面目。」這段話中的「修持」指佛教徒依佛法修正自己因妄念而產生的種種錯誤，持戒以止惡揚善，通過持之以恆的實踐而達到求證佛果的目的。引文中說「修持未到」即這種功夫下得還不夠。「輪迴」是梵語譯音，也是佛家語，是「流轉」的意思。佛家認爲有「六道輪迴」，一切有生命的東西如不尋求「解脫」，就永遠在「六道輪迴」中生死相續，無有止息。引文所說的「一入輪迴，便迷卻本來面目」，即一旦進入此種「流轉」中便迷失了人本有的心性。

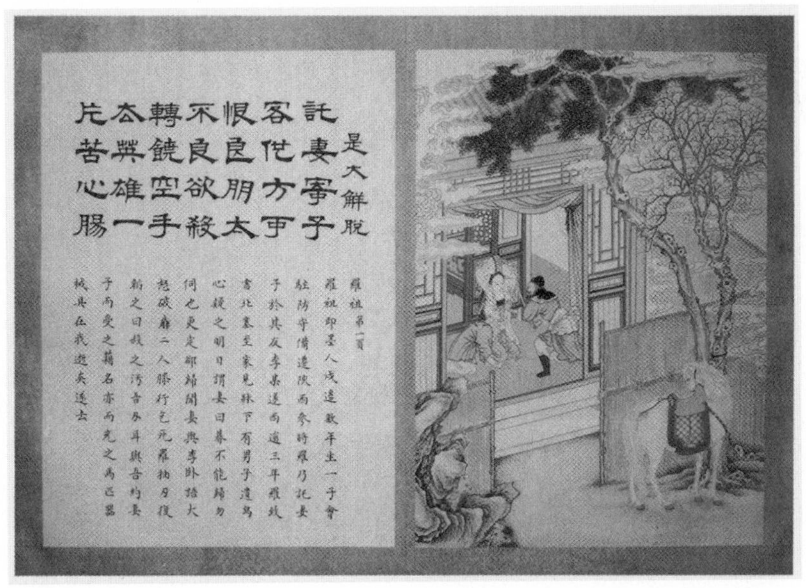

清人繪《聊齋圖冊》

「本來面目」除有上述佛家語的用法外，也指「原來的樣子」。如明王守仁《觀傀儡次韻》：「本來面目還誰識，且向樽前學楚狂。」此中的「本來面目」即是「原來的樣子」。此中的「楚狂」，指春秋時的楚國隱士，名陸接輿。此人平時躬耕以食，佯狂不仕。他人格高尚，不與統治者合作。所以也稱他爲「楚狂接輿」。引詩說「且向樽前學楚狂」，即指以飲酒爲樂，學習隱士的氣派。

「廬山面目」語出北宋蘇軾《題西林壁》：「橫看成嶺側成峰，遠近高低各不同。不識廬山眞面目，只緣身在此山中。」「廬山面目」比喻事物的眞相或一個人的本來面目。由此可知，此語的含義比「本來面目」寬泛。再如《〈聊齋志異〉遺稿例言》：「苟非自作聰明，即欲省其鉛槧(qiàn)。致令廬山面目，漸失其眞。」此中的「廬山面目」即指事情的眞相。「鉛槧」指鉛粉筆與木板，是古人記錄文字的工具。

50 甘棠遺愛

凡紀念物都可說是「甘棠遺愛」嗎?

不是。須是有德政的官員或皇帝的遺物才可用此語。《詩經・召南・甘棠》:「蔽芾甘棠,勿翦勿伐,召伯所茇;蔽芾甘棠,勿翦勿拜,召伯所說。」據唐孔穎達疏:「召公爲西伯行政於南土,決訟於小棠之下,其教著名於南國,愛結於民心。」由此可知:召公在南土做行政長官時,曾在甘棠樹下評斷百姓的訴訟,十分公正。他給百姓以許多教導,與百姓結下很深的感情。後來百姓爲了表達對他的思念,對這棵樹仔細保護,不使受傷害。這樣就形成了「甘棠遺愛」這個成語,用來表示有德政的官員或皇帝的遺物。如《鏡花緣》第五回:「如今世上所傳的枯枝牡丹,淮南卞倉最多……這個異種,大約就是武則天留的『甘棠遺愛』。」此中的「淮南卞倉」,指的是今江蘇鹽城市區50里以外的小鎮便倉,已有兩千多年歷史。這裏的枯枝牡丹,奇甲天下,享譽古今。每年穀雨前後,枯枝牡丹獨放異彩,引來數不盡的遊客。

51　生死之交

桃園結義之交為何是「生死之交」？

《桃園三結義》版畫

一提到「桃園結義」，首先遇到的一個問題就是「歷史上是否眞的有桃園三結義？關於這個問題，從《三國志・蜀志・關羽傳》、《三國志・蜀志・張飛傳》中找不到「結義」的字樣。《關羽傳》中只有如下記載：(一)關羽亡命奔涿郡，劉備正在此處聚合徒衆，關羽、張飛投其門下。(二)後來劉備爲平原相，羽、飛爲別部司馬。劉備和羽、飛二人「寢則同床，恩若兄弟」。關羽經常在稠人廣坐之下，終日侍立於劉備身旁。(三)再後來徐州失守，關羽被擒。曹操派人勸降，關羽則說：「吾受劉將軍厚恩，誓以共死，不可背之。」《張飛傳》中也只有「張飛……少與關羽俱事先主，羽年長數歲，飛兄事之」這寥寥數語。從這兩段史料中的「恩若兄弟」、「誓以共死」、「飛兄事之」可知：劉關張不曾結拜，但此數語卻爲羅貫中在《三國演義》中創作「桃園三結義」的情節提供了基礎。「桃園三結義」是《三國演義》的第一個故事。其中這段描寫深入人心：「次日，於桃園中，備下烏牛白馬祭禮等項，三人焚香再拜而說誓曰：『念劉備、關羽、張飛，雖然異姓，既結爲兄弟，則同心協力，救困扶危；上報國家，下安黎庶。不求同年同月同日生，只願同年同月同日死。皇天后土，實鑒此心。背義忘恩，天人共戮！』誓畢，拜玄德爲兄，關羽次之，張飛爲弟。」就是這段文字中的「不求同年同月同日生，只願同年同月同日死」，表明了劉關張三人是同生死共命運的朋友和友誼，也就是所謂的「生死之交」，同時也爲後世的異姓結拜提供了榜樣。梁啓超在《論小說與群治之關係》中說：「今我國民綠林豪傑，遍地皆是，日日有桃園之拜。」從這「日日有桃園之拜」中可看出：「桃園之拜」幾乎就成了「異姓結拜」的代名詞。其影響之深之廣，不言而喻。

52 生死肉骨

爲何用「生死肉骨」指大恩大德?

僅說「大恩大德」不準確，應爲比喻拯救生命的大恩大德。又作「起死人而肉白骨」。語出《國語・吳語》：「君王之於越也，緊(yī，是)起死人而肉白骨也。孤不敢忘天災，其敢忘君王之大賜乎?」越國的諸稽郢被派往吳國求和。他對吳王說：「我們國君派我來，不敢公開以玉帛表達敬意，只敢私下對貴國的辦事人員說：『過去越國遭殃，得罪了大王。大王親自起兵，打算滅掉勾踐，卻又寬宥了他。』」接著就是引文的話：大王對於我們越國，有如同使死人復活，使白骨重新長肉一樣的恩德呀。勾踐不敢忘記上天降下的災禍，又怎敢忘記大王的恩賜呢！「生死肉骨」保留了原來的「使動用法」：「使死變生，使骨長肉」。如《聊齋志異・花姑子》：「卿何能起死人而肉白骨也? 毋乃仙乎? (你莫不是神仙吧?)」也作「生死人而肉白骨」。用例爲《聊齋志異・鍾生》：「是小生以死命哀舅，舅慈悲而窮於術(舅舅慈悲想幫助但是無能爲力)，知卿能生死人而肉白骨也……倘得再生，香花供養有日耳。」

提煉後的成語作「生死肉骨」。用例爲《左傳・襄公二十二年》：「吾見申叔，夫子所謂生死而肉骨也(我進見申叔，這個人就是能使死人復活，能使白骨長肉的人啊)。」再如明張岱《募造無主祠堂疏》：「則此一舉，不惟上體古帝王民胞物與之盛心，抑且協士君子生死肉骨之美意。」「民胞物與」也是成語，出自北宋張載《西銘》：「民吾同胞，物吾與也(認爲民是同胞，物是同類)。」「民胞物與」即從文中提煉而出，指民爲同胞，物爲同類，一切爲上天所賜，泛指愛人和一切物類。

53　皮裏陽秋

是「皮裏陽秋」還是「皮裏春秋」？

原本為「皮裏春秋」，因晉簡文帝之母名「春」，晉人避諱，故把「春」用「陽」代替。兩語的意思相同。語出《晉書・褚裒傳》：「譙國桓彝見而目之曰：『季野有皮裏陽秋。』言其外無臧否，而內有所褒貶也。」（南朝齊臧榮緒《晉書》則曰：「季野有皮裏春秋。」）「皮裏」指肚皮裏，「陽秋」即「春秋」，《春秋》是春秋時魯國史書。相傳孔子曾刪定這部書，在刪定的過程中，評定是非，褒貶善惡。全語的意思是：表面上不作評論而內心裏有所褒貶。如《紅樓夢》第三十八回：「眼前道路無經緯，皮裏春秋空黑黃。」明張岱《與周戩伯》：「皮裏陽秋，不謀自合。」

54　矢口否認

「矢口否認」是貶義語嗎？

「矢口否認」的「矢」是象形字，甲骨文像箭形，本義為「箭」。古人認為箭最直，因此引申為「正」、「直」。「矢口否認」的「矢」即用的「正」這個引申義。「矢口」語出西漢揚雄《法言・五百》：「聖人矢口而成言，肆筆而成書。」對這兩句話，汪榮寶的《法言義疏》解釋為：「矢口肆筆，猶云正口直筆，言不假思索也。」這兩句話的意思是：聖人不假思索，一說話就是格言（正口），一下筆就成經典。「矢口否認」意思是一口咬定、拒不承認。用例如《北洋軍閥統治時期史話》第六十章：「吳佩孚矢口否認發過這個電報。王承斌也通電聲明『此電係奸人偽造，正在密查來源』。」《李自成》第一卷第十六章：「他為著面子上光彩，矢口否認他的妹妹是如夫人。」因為難辨屬實與否，故應視「矢口否認」為中性詞語。

55 休養生息

「休養生息」等同於「休息」嗎?

「休養生息」與「休息」雖有兩字相同，但它們的意義卻有很大的差別。「休養生息」語見唐韓愈《平淮西碑》：「高宗、中、睿，休養生息。」《平淮西碑》是唐元和十二年(817年)平定淮西藩鎮後，韓愈奉詔寫的碑。在碑文中回顧了唐朝建國初期高宗、中宗、睿宗時代都實行的「休養生息」的政策。「休」是休息，「養」是滋養，「生息」是繁殖人口。爲什麼實行這種政策呢? 這是因爲建國前經過社會大動亂，民力消耗很大。建國後，爲了恢復安定的秩序，需要採取調整發展的政策。廣而言之，各個王朝初建的時候，幾乎都實行「休養生息」的政策以發展生產、恢復民力。因此「休養生息」是用來指在大動亂之後國家所採取的一種增殖人口、恢復發展生產的政策措施。而「休息」則不然。「休息」語出《詩經・周南・漢廣》：「南有喬木，不可休息。」對這兩句詩《十三經注疏・毛詩正義》有注：「木以高其枝葉之故，故人不得就而止息也。」也就是說：「喬木因爲是大樹，枝葉太高，人是不能停留在上面休息的。」由此可知「休息」乃是人勞累了所以暫停活動，使身心得到安定。「休養生息」與「休息」的「休」雖意義相同，但「息」卻不同，前者指「繁殖人口」，後者則是「使安定」的意思。

56 光怪陸離

「光怪陸離」與「五彩繽紛」可互相代用嗎?

不可。「光怪」指光彩奇異，「陸離」指色彩繁雜;「光怪陸離」形容色彩斑斕，形狀奇異。而「五彩繽紛」則僅指色彩繁雜的樣子，形容顏色多種多樣，非常好看。如《儒林外史》第五十五回：「那柴燒的一塊一塊的，結成就和太湖石一般，光怪陸離。」梁啓超《中國古代幣材考》：「各國前古所用之幣材，光怪陸離，至可詫異。」兩文中的「光怪陸離」均是。「光怪陸離」由於有「怪」的含義，因此又可引申出「奇怪」義。如馮玉祥《我的生活》第十八章：「中國眞是個奇怪的國家，光怪陸離，什麼調兒都能彈出來。」清吳沃堯《二十年目睹之怪現狀》第七十九回：「那洋貨店自歸了他之後，他便把門面裝潢得金碧輝煌，把那些光怪陸離的洋貨，羅列在外。」兩文中的「光怪陸離」均偏義於「怪」。

「五彩繽紛」的用例如張天民《路考》：「而這火一樣的紅色，被柞樹、白樺、松樹的金黃、雪白、翠綠顏色一襯托，整個秋山就成了個五彩繽紛的世界。」

57 光明磊落

「光明磊落」與「磊磊落落」同義嗎?

從本義來說，不同義。前語是形容心地光明正大，胸懷坦白。如《讀通鑒論・漢高帝》：「(張良)光明磊落，坦然直剖心臆於雄猜天子之前。」此中的「雄猜天子」是多疑的天子，指劉邦。《塞上行・行紀・憶西蒙》：「阿斗要不是遇到光明磊落的諸葛亮，老早被人當豬仔賣了。」兩文中的「光明磊落」均是。

「磊磊落落」的「磊磊」是群石高壘的樣子，「落落」是豁達開朗的樣子。全語形容積石錯落而分明的樣子。如《古樂府・兩頭纖纖詩》：「腷(bì)腷膊(bó)膊雞初鳴，磊磊落落向曙星。」此中的「磊磊落落」即是。後來擴展了語義，也比喻胸懷光明正大。如梁啓超《成敗》：「磊磊落落，獨往獨來，大丈夫之志也，大丈夫之行也。」此中的「磊磊落落」即是。也作「礧(léi)礧落落」。用例爲《晉書・石勒載記下》：「大丈夫行事，當礧礧落落，如日月皎然(像日月那麼光明)。」

58 光風霽月

可用「光風霽月」形容人嗎?

有人認爲此語是形容風景的，用來形容人是誤用了。其實不然。「光風」是指雨後放晴的風，「霽月」是雨後放晴的月。全語的字面義是雨過天晴，風清月朗，按理說是形容風月的，但其實際用法則不用來表現天氣，而是比喻人的心地光明，胸襟開闊，品格高尚。如北宋黃庭堅《濂溪詩序》：「舂陵周茂叔(敦頤)人品甚高，胸懷灑落，如光風霽月。」清黃宗羲《子劉子行狀》：「晚年愈精微愈平實，從嚴毅清苦之中，發爲光風霽月。」兩文中的「光風霽月」均形容品格。《大宋宣和遺事·元集》：「大概光風霽月之時少。」此中的「光風霽月」比喻太平年代。茅盾《關於長篇歷史小說〈李自成〉》：「時而金戈鐵馬，雷霆震擊，時而鳳管鵾(kūn)弦，光風霽月。」此中的「光風霽月」則指平靜氣氛。「鳳管」指笙簫，「鵾弦」是用鵾雞筋做的琵琶弦，代指樂器;在這裏用音樂聲代指平靜氣氛。

59 冰壺秋月

「冰壺秋月」與「冰肌玉骨」同義嗎?

不同義。「冰壺秋月」的「冰壺」是盛冰的玉壺，比喻潔白;「秋月」是中秋的月亮，比喻明淨。「冰壺秋月」作爲成語比喻人心地純潔，品格高尚。如宋蘇軾《贈潘谷》:「布衫漆黑手如龜(jūn，裂開許多口子)，未害冰壺貯秋月。」此中的「冰壺貯秋月」即指人雖像粗人，但品格高尚。再如《宋史・李侗傳》:「願中如冰壺秋月，瑩徹無瑕，非吾曹所及。」此中的「冰壺秋月」亦是。

蘇軾像

「冰肌玉骨」則用於形容女性肌膚瑩潔光潤。如蘇軾《洞仙歌》:「冰肌玉骨，自清涼無汗。」柳亞子《魯遊雜詩》:「冰肌玉骨照人來。」兩例中的「冰肌玉骨」均是。「冰肌玉骨」也可比喻梅花傲霜鬥豔的品質。如宋毛滂《蔡天逸以詩寄梅，詩至梅不至》:「冰肌玉骨終安在，賴有清詩爲寫眞。」此中的「冰肌玉骨」即指梅花。「冰肌玉骨」也作「玉骨冰肌」。如宋李清照《瑞鷓鴣・雙銀杏》:「誰憐流落江湖上，玉骨冰肌未肯枯。」

60 刎頸之交

廉頗、藺相如之交爲何是「刎頸之交」？

廉頗是戰國時期趙國之良將，被趙惠文王拜爲上卿，以勇氣聞於諸侯。藺相如是趙國宦者令繆賢的舍人。趙惠文王時，趙國得到了楚和氏璧。秦國願以十五城換這塊璧。秦國是強國，趙國相對較弱，所以秦國「換」城是假，「搶」璧是眞。爲此趙國不知如何是好。爲了解決這一問題，趙王召見了藺相如。趙王問相如：「秦王以十五城請易寡人之璧，可予不?」相如曰：「秦強而趙弱，不可不許。」王曰：「取吾璧，不予我城，奈何?」相如曰：「秦以城求璧而趙不許，曲在趙。趙予璧而秦不予趙城，曲在秦。均之二策，寧許以負秦曲(秦國要求用城換璧，如趙國不答應，錯在趙國。趙國交出了璧而秦國不給趙國城池的話，錯就在秦國了。衡量這兩種情形，寧可答應秦國，讓他擔負不交出城的罪名)。」王曰：「誰可使者?」相如曰：「王必無人，臣願奉璧往使。城入趙而璧留秦;城不入，臣請完璧歸趙。」相如入秦後，發現秦國果然要強奪璧而不給城。於是相如機智地要回了璧並以「自己的頭與璧俱碎於柱」的做法威脅秦王，迫使秦王想到「相如眞要是這樣做，秦國就既得不到璧又失信於大國」，因此答應齋戒五日後接受獻璧，實際上是被相如得到了「把璧讓隨從暗中送回國」的機會，從而「完璧歸趙」。璧是送回國了，但人畢竟還留在強秦，於是相如不顧個人「就湯鑊」的危險，又提出了「秦先割十五城給趙國，然後趙國交璧」的要求。秦國最主要的目的是「得璧」，如今覺得既得不到璧，殺了相如又無益，只好放了相如。相如回國被封爲上大夫。

後來，秦王要與趙王於澠池相會。趙王畏秦，不想去。廉頗、相如商量，如不去會顯得趙國懦弱怕秦國。因此趙王決定前往。在會上秦王讓趙王鼓瑟。鼓瑟後，秦國御史記錄並呼喊：「某年月日，秦王與趙王會飲，令趙王鼓瑟。」相如看到此情景，馬上拿著缶到秦王面前讓秦王擊缶。秦王不擊。相如說：「五步之內，相如請得以頸血濺大王矣！」秦王很不高興，無可奈何，擊了一下缶。於是相如趕快讓趙國御史同樣又寫又喊：「某年月日，秦王爲趙王擊缶。」接著秦國群臣說：「請用趙國的十五城爲秦王祝壽。」相如也緊接著說：「請用秦國的咸陽爲趙王祝壽。」兩國在這個會上算是打了一個平手，秦國並沒有占到便宜。

澠池會後趙國君臣回國，由於相如在會上維護了趙國的尊嚴，功勞卓著，被封爲上卿，其官階在廉頗之上。對此廉頗不服，說：「我爲大將，有攻城野戰之大功，而藺相如只不過是以口巧舌能之勞，而居我之上；況且他還是個出身低賤的人，我感到屈辱。我再見到他時必然羞辱他。」相如聽到廉頗這樣說以後，就避免與廉頗見面，稱病不上朝，外出時遇上了廉頗的車隊就退讓躲避。相如這樣退讓，引起了藺府中的屬官門客的不滿。他們對相如說：「我們之所以追隨您，是因爲仰慕您高義。可是您如今與廉頗地位相等，他出惡言傷您，您卻無反應，他與您相遇，您卻躲避。像您這樣畏懼強勢，連庸人都以之爲羞，更何況您還是身居相位的人呢！我們對您這樣做實在不理解，我們要離開您。」相如聽後反問屬官們：「你們說秦王與廉將軍誰兇狠有威勢?」屬官答：「自然是廉將軍不如秦王。」相如說：「既然是這樣，像秦王那樣有威勢我都敢呵斥他，他的群臣那麼多我都敢屈辱他們，難道我獨獨地畏懼廉將軍嗎？我只是顧念秦國之所以不敢進攻趙國，是因爲趙國有我和廉將軍在呀！如果我和廉將軍兩虎相鬥，必然兩敗俱傷，那也必然有害於國家。我之所以忍讓，是爲了把國家的安危考慮在前，把個人的屈辱拋棄在後啊！」廉頗聽說相如的這些想法以後，慚愧萬分，他脫掉上衣，背上荊杖，請人引領著他到藺府謝罪。廉頗對相如說：「我這個鄙賤之人，實在不知您的胸襟是如此的寬闊遠大呀！」兩人終於結爲至交，成了生死與共爲對方刎頸而無悔的朋友。「刎頸之交」後來成爲成語，指「同生死共患難的朋友」。如北宋孔平仲《續世說・奸佞》：「裴度上疏言稹與宏簡爲刎頸之交，謀亂朝政。」

61 同條共貫

「同條共貫」是枝條與錢串在一起嗎?

不是。此中的「條」確是枝條，「貫」也確是錢串，其字面義是同在一條枝上，同在一錢串上。作爲成語則指條理相同，脈絡連貫。如《漢書・董仲舒傳》：「蓋聞虞舜之時，遊於岩廊之上，垂拱無爲，而天下太平。周文王至於日昃不暇食，而宇內亦治。夫帝王之道，豈不同條共貫與?何逸勞之殊也?(聽說在虞舜當政之時，就居處在朝廷之上，並不親理事務，而天下能太平無事。可是周文王當政之時，他得操勞到太陽西斜了還顧不上吃飯，而天下也一樣得到治理。帝王治理天下不是條理相同、系統一樣的嗎?爲何他們的操勞與安逸有如此大的差別呢?)」這是漢武帝向董仲舒提出的問題。此中的「同條共貫」即指帝王治理天下的條理和系統應該是一樣的。董仲舒是西漢與時俱進的思想家、儒學家，漢景帝時任博士，他把儒家的倫理思想概括爲「三綱五常」。後來漢武帝採納了董仲舒的建議，從此儒學開始成爲官學。對皇上提的問題，他的答覆是，虞舜之時是「衆聖輔德，賢能佐職，教化大行，天下和洽，萬民皆安仁樂誼」;而文王之時是「紂尙在上，尊卑昏亂，百姓散亡，故文王悼痛而欲安之，是以日昃而不暇食也」。總之一句話：「帝王之條貫同，然而勞逸異者，所遇之時異也。」

董仲舒像

62 各自為政

「各自爲政」的「政」指「政治」嗎?

「各自爲政」是一個典故。在「各自爲政」這個語境中「政」不是「政治」的意思。此典出自《左傳・宣公二年》：「疇昔之羊，子爲政;今日之事，我爲政。」這說的是鄭國公子歸生接受楚國命令攻打宋國。準備開戰之時，宋國統帥華元殺羊犒賞士兵。華元的車夫羊斟沒有吃上羊肉，因而耿耿於懷。等到打起仗來，羊斟即說了引文中的話，意思是：「往日沒讓我吃上羊肉，是你做主！今天的打仗，是我做主。」說完就把車趕到鄭國的軍中。這樣就使宋軍大敗，華元被俘。後來宋國用兵車一百輛，駿馬四百匹，向鄭國贖華元。把東西剛送去一半，華元就跑回來了。華元見到羊斟，說：「您的馬不受駕馭才這樣的吧?」羊斟說：「不在馬，在於人。」說完就趕緊逃到魯國去。「各自爲政」即從羊斟的話中提煉而出，指各自按照各自的意見去辦事，行動不統一。「各自爲政」中的「政」不只指政事，亦指辦事。如《北洋軍閥統治時期史話》：「仍然是兩國政府、兩個總統各自爲政的局面。」此中的「各自爲政」即指政事。《三國志・吳志・胡綜傳》：「諸將專威於外，各自爲政，莫或同心。」此中的「各自爲政」則不專指政事，因爲「專威於外」會管很多事。

63 各從其志

「各從其志」與「各行其是」有區別嗎?

有區別。「各從其志」語出《史記・伯夷列傳》：「子曰：『道不同，不相爲謀。』亦各從其志也。故曰：富貴如可求，雖執鞭之士，吾亦爲之。如不可求，從吾所好(孔子說過：『志向不同的人，不能在一起謀畫。』只好各自遵從自己的意志去做。所以說：富貴如果可以求得的話，即使是趕車的賤役，我也願意去做。如果不能勉強求得的話，還是依照我所愛好的去做)。」另有成語「各行其志」，意義與「各從其志」基本相同，表示各自按照自己的意志去做。用例如《漢書・蕭望之傳》：「三歲間，(王)仲翁至光祿大夫給事中，望之以射策甲科爲郎…… 望之曰：『各從其志。』」《兒女英雄傳》第三十九回：「彼時夫子一片憐才救世之心，正望著諸弟子各行其志，不沒斯文。」此中的「不沒斯文」指各弟子均不辱沒文人學者的風範。「各行其是」表示各自按照各自認爲是對的那一套去做，形容思想、行動不一致。例如茅盾《創造》：「常常君實喜歡甲，嫻嫻偏喜歡乙，而又不肯各行其是，各人要求自己的主張完全勝利。」

64 名不副實

「名不副實」只有貶義嗎?

「名不副實」意為名聲(名分)與實際不相稱。

三國魏劉邵《人物志・效難》:「中情之人,名不副實,用之有效。」此中的「中情之人」是有才情但不外露的人,是「眞智在中,衆不能見,故無外名,而有內實」之人。這樣的人「名不副實」並不是壞事。「名不副實」在此文中不含貶義。

唐殷璠《河岳英靈集》序:「如名不副實,才不合道,縱權壓梁、竇,終無取焉。」此中的「才不合道」指有才能,但不用於正道。「梁、竇」指東漢時兩個驕奢橫暴的權臣梁冀與竇憲。「終無取焉」是說「名不副實,才不合道」的人儘管他權力很大,甚至可壓過梁竇,最終也是無可取之處,即只有害處。可見此文中的「名不副實」是含貶義了。明張岱《快園記》:「弟極苦,而住快園,世間事,名不副實,大率類此。」此中也不含貶義。

有時也作「名實不副」、「名不符實」、「名過其實」、「名與實違」、「名聲過實」。用例依次是魯迅《十四年的「讀經」》:「無論怎樣言行不符、名實不副……經過若干時候,自然被忘得乾乾淨淨。」鄒韜奮《經歷》:「因為讀者感覺到宣傳的名不符實,一看之後,就不想再看。」西漢韓嬰《韓詩外傳》卷一:「故祿過其功者削,名過其實者損(所以俸祿高過他的功勞者要把俸祿減下來,名分高過他的實際才能的要把名分降下來)。」劉師培《文說》:「名與實違,此又文士之通失也(名與實不相符,是文士的通病)。」《史記・韓信盧綰列傳》:「及將軍守邊,招致賓客而下士,名聲過實。」

65 名不虛傳

「名不虛傳」與「名實相副」同義嗎?

小有不同。「名不虛傳」語出《呂氏春秋・期賢》：「凡國不徒安，名不徒顯，必得賢士。」這段話可以這樣理解：這個國家之所以安定，是因爲有賢士進行治理了;這個國家顯貴者的名分都是憑著自己的才能得來的，因爲在這裏他們能施展才華，因此賢士都願意到這樣的國家來。「名不虛傳」即從「名不徒顯」演化而來，指傳聞的名聲沒有虛假，與實際相符。如南宋華岳《白面渡》：「繫船白面問溪翁，名不虛傳說未通。只恐當年溪上女，浣紗時節懶勻紅(把船繫上之後問溪邊的老翁：您這裏爲何叫『白面溪』呀? 老翁沒能把這裏爲何叫『白面溪』解釋得通。我想：恐怕是因爲當年到這裏來浣紗的女子，她們都不梳妝打扮的原因吧? 因爲女子都不梳妝打扮，都是『白面』本色，所以叫『白面溪』)。」《水滸傳》第十八回：「四海之內，名不虛傳。結交得這個兄弟，也不枉了。」也作「名不虛立」、「名不虛謂」。《史記・遊俠列傳》：「雖時扞當世之文罔，然其私義廉潔退讓，有足稱者。名不虛立，士不虛附(朱家、田仲、劇孟等人雖然時常觸犯當世的法網，但是他們私人的道義，爲人廉潔退讓、不誇耀自己的功勞，還是有可以稱讚的地方。他們的聲名不是隨便得到的，許多人依附他們也不是偶然的)。」《新唐書・魏元忠傳》：「是子未習朝廷儀(這個人沒有學習朝廷的儀禮)，然名不虛謂，眞宰相也。」又有「話不虛傳」，指傳聞眞實可靠。用例爲《醒世恒言・喬太守亂點鴛鴦譜》：「一向張六嫂說他標致，我還未信，不想話不虛傳。」

「名實相副」就是名稱與實際相符，不限於「傳聞中的名聲」。如《北史・于忠傳》：「既表貞固之誠(既表明守持正道，堅定不移的誠心)，亦以名實相副也。」也作「名實相符」、「名副其實」、「名實不違」。用例依次是：章炳麟《論承用「維新」二字之荒謬》：「凡夫名詞字義，遠因於古訓，近創於己見者，此必使名實相符(凡是名詞字義，從遠的說，是來源於古代的解釋;從近的說，是出於學者的創見。這些都必須名實相符)。」聞一多《端午節歷史的教訓》：「我看爲名副其實，這節日乾脆叫『龍子節』得了。」《南史·梁武帝紀》：「冠履無爽，名實不違。」「冠履」是指帽子與鞋子，此處喻上下尊卑;「無爽」是不錯亂。

66 多才多藝

用「多才多藝」形容政治家合適嗎?

從出處看，此語就是大政治家周公旦用來說自己的。周公旦一向謙虛謹慎，他爲何用「多才多藝」這樣一個褒義詞來形容自己呢？這是因爲他面臨著一種特殊狀況。據《尙書・金縢》記載：周武王病了，周公旦非常著急。因爲這時是剛剛滅掉殷商的第二年，國家正等待著在周武王的領導下全面復興。如果周武王不幸病逝，周公旦認爲既會對國家造成無法估量的損失，同時也會有負於先人的期望。因此周公旦築起祭壇，向太王(周武王之曾祖)、王季(周武王之祖父)、文王(周武王之父)禱告，願自己代周武王死，讓周武王無恙。周公旦爲了表明自己的身價也很高貴(提高代死的分量)，他在禱告時就稱自己「予仁若考能，多材多藝，能事鬼神。乃元孫不若旦多材多藝，不能事鬼神。乃命於帝庭，敷佑四方，用能定爾子孫於下地」。此中的「考」當爲「巧」，「乃元孫」意爲你們的長孫即周武王，「命」意爲受命，「敷」意爲普遍、全部，「佑」通「有」，「下地」指人間。所以這段話可譯爲：我有孝敬的仁德而又伶俐乖巧，多才多藝，能

漢代周公輔成王畫像石

夠很好地侍奉鬼神。你們的長孫不像我這樣多才多藝，不能侍奉鬼神。他在上帝那裏接受了任命，按照上帝的意旨他正在統治四方，因而你們的子孫的統治權才這樣在人間確定下來。由此可知，周公是想用自己「多才多藝」便於侍奉鬼神而爭取替周武王去死，留周武王在人間統治四方，把周武王家的統治權保留下來。由此後世也有用「多才多藝」形容政治家的。如郭沫若《蔡文姬》：「他實在是太多才多藝了。你們知道嗎？曹丞相會做詩，會寫字，會下棋，會騎馬射箭，會用兵，會用人。」從此文的運用中還可知：「多才多藝」中的「才與藝」是包含「會用兵、會用人」的。當然「多才多藝」也用來形容一般的人。如北宋柳永《玉女搖仙佩》：「未消得，憐我多才多藝。」此中的「多才多藝」即是。

67 好為人師

「好爲人師」與「好問則裕」

「好爲人師」指喜歡以教育別人的姿態出現，很不謙虛。語出《孟子・離婁上》：「人之患，在好爲人師(人的毛病，在於喜歡當別人的老師)。」再如毛澤東《新民主主義論》：「科學的態度是『實事求是』，『自以爲是』和『好爲人師』那樣狂妄的態度是決不能解決問題的。」

「好問則裕」的「好」是喜愛，「裕」是豐富;全語的意思是碰上疑難問題就向別人請教，這樣好問就會增長知識，學問就會淵博。如《尚書・仲虺之誥》：「好問則裕，自用則小。」此中的「自用」是自認爲只憑自己的才力行事即可夠用;「小」是淺薄。

「自用則小」與「好問則裕」互爲反義。再如《顏氏家訓・勉學》：「《書》曰：『好問則裕。』《禮》云：『獨學而無友，則孤陋而寡聞。』蓋須切磋相起明也。」

68 好整以暇

何謂「好整以暇」？

「好整以暇」語本《左傳．成公十六年》：「『日臣之使於楚也，子重問晉國之勇，臣對曰：好以衆整。曰：又何如? 臣對曰：好以暇。今兩國治戎，行人不使，不可謂整;臨事而食言，不可謂暇。請攝飲焉。』公許之。使行人執榼(kē)承飲，造於子重，曰：『寡君乏使，使鍼御持矛，是以不得犒從者，使某攝飲。』子重曰：『夫子嘗與吾言於楚，必是故也，不亦識乎!』受而飲之。免使者而復鼓。」這段文字有兩個情節。第一個情節說的是「公許之」之前的話。意思是：晉國的欒對晉厲公說：「以前下臣出使到楚國時，楚國的大將子重問起我晉國的勇武表現在哪裏。下臣回答說：『喜好整齊，按部就班。』子重說：『還有什麼?』下臣說：『喜好從容不迫。』現在兩國興兵，不派遣使者，不能說是按部就班;事到臨頭而說話不算話，不能說是從容不迫。請君王派人替我給子重送酒。」晉厲公答應了。第二個情節是「使行人」之後：晉厲公派遣使者拿著酒到了子重那裏，說：「我們的君王缺乏使者，讓欒執矛侍立在他左右，因此不能親自來犒賞您的隨從，派我代替他前來敬酒。」子重說：「他老人家曾經跟我在楚國說過一番話，送酒來一定是這個原因。他的記憶力不也很強嗎?」子重受酒而飲，不留難使者而重新擊鼓指揮戰鬥。「好整以暇」就是從文中提煉而出，用以形容既嚴整而又從容。如《孽海花》第二十五回：「在這種人心惶惶的時候，玨(jué)齋卻好整以暇，大有輕裘緩帶的氣象。」「輕裘緩帶」是寬鬆的皮衣和紮得不緊的帶子，形容裝束文雅大方，體態從容尊重，舊時多用來形容儒將風度。

69　如虎添翼

何謂「如虎添翼」？

《諸葛亮舌戰群儒》版畫

「如虎添翼」語出三國蜀諸葛亮《心書・兵權》：「將能執兵之權，操兵之勢，而臨群下，譬如猛虎加之羽翼，而翱翔四海(作為一個大將，能執掌兵權，又能掌握軍事發展的狀況和趨向，這樣就如同老虎長了翅膀而能無敵於天下)。」「如虎添翼」用來比喻強大的勢力得到援助之後變得更加強大。《三國志通俗演義・青梅煮酒論英雄》：「郭嘉曰：『備有雄才，又得民心……今以兵與之，如虎添翼也。』」《三國演義》第三十九回：「今玄德得諸葛亮爲輔，如虎生翼矣。」此兩例中的「如虎添翼」、「如虎生翼」均指劉備本是雄才大略，又得民心，如再有了軍力或有了賢才輔佐，他就等同於老虎長了翅膀，在強大的基礎上更加強大。也作「如虎傅翼」、「如虎加翼」、「如虎生翼」。《舊五代史・李襲吉傳》：「李公斗絕一隅，安得此文士？如吾之智算，得襲吉之筆才，虎傅翼矣(李公孤懸於邊遠之地，是如何得到李襲吉這樣優秀的文士的？像我這麼高明的人，如果再能得到李襲吉這樣的善於寫作的人才，就如同老虎又長翅膀了)。」元施惠《幽閨記・罔害皤良》：「陀滿海牙已有無君(謀朝篡位)之心，又令其子出軍，如虎加翼，爲禍不淺。」《三俠五義》第二十一回：「自談月到了廟中，我師父如虎生翼。」

70 存而不論

是「存而不論」還是「姑置勿論」？

兩語都有。前語出自《莊子・齊物論》：「六合之外，聖人存而不論；六合之內，聖人論而不議(天地四方之外的事情玄妙渺茫，聖人採取保留起來不加解說的態度；天地四方之內的事情可聞可見，聖人採取只加以解說不進行討論的態度)。」「存而不論」即從文中節出，原意是超出天地四方以外的理，非言語所能說清，所以擱下不談。後來泛指對於弄不清楚的問題，可以保留下來，暫不討論或保留意見，不加評論。如唐盧照鄰《益州至真觀主黎君碑》：「東郭順子，無擇存而不論。」這句話的意思是：無擇(春秋時魏國田子方名無擇，字子方)對自己的老師(東郭順子)不加評論。清梁章鉅《歸田瑣記》：「其說盡可存而不論。」這是對某種說法不加評論。朱自清《看花》：「這個我自己其實也已不大弄得清楚，只好存而不論了。」這是因不清楚故不加評論。

「姑置勿論」的「姑」用作副詞，表示時間短暫，相當於「暫且」。「姑置勿論」即是暫且擱下不進行討論或評論。如明歸有光《上總制書》：「夫留都自府部科道而下，庸流冗員，姑置勿論。」此中的「姑置勿論」是對府部等部門的多餘的人員暫時不討論。清紀昀《閱微草堂筆記》：「先生笑曰：『汝詞直，姑置勿論。』」此中的「姑置勿論」是對某種說法暫時不討論。

71　守身如玉

君子爲何要守身如「玉」？

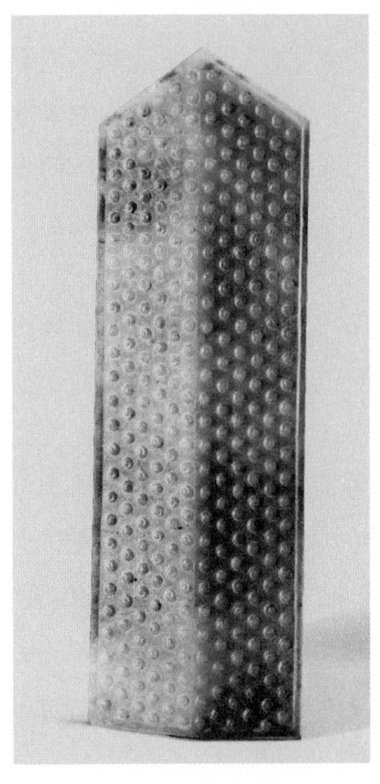

玉圭

《孟子．離婁上》：「事孰爲大?事親爲大。守孰爲大?守身爲大(服侍誰最重要?服侍父母最重要。守護什麼最重要? 守護自身節操最重要)。」這是孟子說的話。那麼怎樣「守護自身」呢? 要像「守護玉」那樣守護自身，也就是把自身守護得像玉一樣。爲何如此呢? 請看《禮記．聘義》中孔子回答子貢的話：「子貢問孔子曰：『敢問君子貴玉而賤碈(mín)者何也? 爲玉之寡而之多與?』孔子曰：『非爲之多故賤之也，玉之寡故貴之也。夫昔者君子比德於玉焉：溫潤而澤，仁也;縝密以栗，知也;廉而不劌(guì)，義也;垂之如隊，禮也;叩之，其聲清越以長，其終詘(qū)然，樂也。瑕不掩瑜，瑜不掩瑕，忠也。孚尹旁達，信也;氣如白虹，天也。精神見於山川，地也。圭、璋特達，德也。天下莫不貴者，道也。《詩》云：『言念君子，溫其如玉。』故君子貴之也。(子貢向孔子問道：『爲什麼有德行的人都看重玉而輕視似玉非玉的石? 是由於玉少而石多的緣故嗎?』孔子說：『並不是由於石多而鄙視它，玉石少所以寶貴它。而是因爲以前有德行的人，將玉與美德相比。君子認爲玉有許多美質：說玉溫和柔潤而又瑩澤，像德行中的仁;細緻精密而又堅實，像德行中的智;方正有稜角而於物無傷，像德行中的義；垂而下墜，謙抑善下，像君子謙卑守禮；敲擊而發出清脆悠揚而且情韻悠長的聲音，當終止時絕無餘音，像音樂之美音；玉的疵點掩蓋不了固有的光澤，玉的光澤也掩蓋不了它的瑕疵，如德行中的忠；玉色似竹之青色，光彩外發，而通達四旁，如德行中的信；玉的光彩，如天上太陽的白光一樣，有如天無所不覆之美；玉蘊藏於地下，它的精英神氣蘊蓄於山川之間而形之於外，因此又有地無所不載之美。朝聘時，聘禮都是以玉製的圭璋爲信物，而不以幣帛爲重，是由於玉有似人之德的出衆之美。天下都以玉爲貴，如天下都尊重眞理一樣。《詩經・秦風・小戎》說：『眞想念那可愛的人，他溫柔可親，就像玉一般。』因爲玉有許多美質，所以有德行的人都十分愛惜它。）」由此可知，君子之所以「守身如玉」，是因爲玉有如上的許多美質。此外上述引文中還涉及兩個成語：一個是「廉而不劌」，一個是「瑕不掩瑜」。「廉而不劌」的「廉」是廉隅、稜角，常用來比喻品行方正；「劌」是刺傷；全語的意思是稜角銳利，但不傷物，比喻人能堅持原則，但又不失之於簡單粗暴。如《荀子・不苟》：「君子寬而不僈，廉而不劌。」「瑕不掩瑜」的「瑕」是玉上的斑點，「瑜」是玉的光彩；全語的意思是：玉上的斑點掩蓋不了玉的光彩，比喻缺點掩蓋不了優點。如明張岱《又與毅儒八弟》：「有鍾（惺）、譚（元春）之不好處，仍有鍾、譚之好處。彼蓋瑕不掩瑜，更不可盡棄爲瓦礫。」

72 安車蒲輪

「安車蒲輪」與招聘人才有關係嗎?

「安車蒲輪」語出《漢書．武帝紀》：「遣使者安車蒲輪，束帛加璧，征魯申公(派遣使者用安車——並把車輪用香蒲葉包上，再把成捆的帛中加上璧玉——去邀請申公)。」

「安車」是古代一種可以坐的車，優於一般人用的立乘的車。由於這種車可以坐，所以多用於老人，用於德高望重的人。「蒲輪」是用多年生的水草蒲葉包上車輪，爲的是走起路來安穩。這裏用「安車蒲輪」指去隆重地迎接賢者申公，所以後來就用此語表示尊重賢才。今天人才招聘會把此語寫在大門口，顯然是用此典來表示對應聘者的尊敬歡迎。

與「安車蒲輪」同義的還有「安車軟輪」。如《三國志．吳志．魯肅傳》：「…… 總括九州，克成帝業，更以安車軟輪徵肅，始當顯耳。」

73 朱朱白白

「朱朱白白」、「粉妝玉琢」都可形容美女嗎?

不可。前語是形容各色花木的。南宋陸游《賞花》：「湖上花光何處尋，朱朱白白自成林。」再如唐韓愈《感春三首》：「晨遊百花林，朱朱兼白白。」也作「白白朱朱」。如南宋楊萬里《又和風雨二首》：「風風雨雨又春窮，白白朱朱已眼空。」「粉妝玉琢」指用白粉裝飾、白玉雕琢而成，多用以形容人的肌膚白淨潤澤，體態美好。如《紅樓夢》第一回：「士隱見女兒越發生得粉妝玉琢，乖覺可喜，便伸手接來，抱在懷中。」《三俠五義》第六十回：「登時將九如打扮起來，真是人仗衣帽，更顯他粉妝玉琢，齒白唇紅。」

74 汗不敢出

「汗不敢出」與「汗流浹背」

按道理說，「汗」似乎談不到「敢」與「不敢」出，其實，它是形容精神極度緊張，害怕到極點。如《世說新語・言語》：「戰戰慄栗，汗不敢出。」魯迅《文學和出汗》：「在中國，從道士聽說道，從批評家聽談文，都令人毛孔痙攣，汗不敢出。」「汗流浹背」語出《後漢書・伏皇后紀》：「(曹)操出，顧左右，汗流浹背，自後不敢復朝請。」「汗流浹背」即從文中節出，有兩個意義：一是形容極度惶恐或慚愧。如梁啓超《志士箴言》：「昨讀某報，有文一首，題曰志士箴言。吾讀之肅然正襟，汗流浹背，深自愧抑，不敢不自勵也。」又指汗水流遍脊背，形容天氣炎熱。如魯迅《范愛農》：「天熱如此，汗流浹背，是亦不可以已乎?」

75 汗牛充棟

可用「汗牛充棟」指學識淵博嗎?

不可。「汗牛充棟」語本唐柳宗元《陸文通先生墓表》:「其為書,處則充棟宇,出則汗牛馬(陸先生收藏的書存放起來要裝滿一屋子,頂到棟樑;搬動時則把拉書的牛馬都累得出汗)。」「汗牛充棟」即從文中提煉而出,形容書籍極多。用例如明屠隆《鴻苞集》卷十七:「何必罷(通「疲」,疲勞,疲乏)精神於汗牛充棟,兀兀經年,做書中老蠹魚乎(何必把精力都放在書上,終年勤勉勞苦,做書中的蛀蟲呢)?」《聊齋志異・封三娘》:「十一娘笑曰:『世傳養生術,汗牛充棟,行而效者誰也(現在傳世的養生術,汗牛充棟,按照做而取得了效果的,又有哪一本呢)?』」

也作「充棟汗牛」。用例為明張岱《與周戩伯》:「今幸逢谷霖蒼文宗欲作《明史紀事本末》,廣收十七年朝報,充棟汗牛。」「朝報」是一種朝廷的公報,用來報導帝王日常動態和官員任免升降等情況。此中的「充棟汗牛」即指這種朝報極多。

又作「汗牛塞屋」。如清袁枚《黃生借書說》:「汗牛塞屋,富貴家之書,然富貴人讀書者有幾?」書籍多與學問大並沒有必然的聯繫,所以請勿將「汗牛塞屋」與「學識淵博」混淆。正如《黃生借書說》中的這段話,富貴人家的藏書甚多,但只是擺在那裏,不一定有人讀。

76 牝牡驪黃

爲何用「牝牡驪黃」指表面現象?

這裏面有一個有趣的故事。據《列子・說符》記載，秦穆公對伯樂說：「你年紀大了，要退休。你的子孫中有可以擔當尋找好馬任務的人嗎?」伯樂答：「一般的好馬可以根據形貌筋骨來識別，而千里馬的體態特徵恍惚迷離，很不易識別，像這樣的馬，跑得飛快，奔跑時也不會揚起沙塵，也不會留下蹄印。我的子孫都是一般的人才，無法教會他們識別天下特殊的千里馬。不過我有一個在一起扛過東西打過柴草的朋友，叫九方皋。這個人識馬的能力不在我以下，請您讓他來謁見您吧。」秦穆公召見了九方皋，派遣他去尋找千里馬。三個月後九方皋返回稟報說：「已經在沙丘尋得千里馬。」穆公問：「是什麼樣的馬?」九方皋答：「是一匹黃色的母馬。」穆公派人去取馬，取回的卻是一匹黑色的公馬。穆公很不高興，召見伯樂說：「敗矣，子所使求馬者，色物牝牡尚弗能知，又何馬之能知也?（你所推薦的找馬的人眞糟糕，連馬的色澤公母都識別不出來，又怎麼能找到好馬呢?）」伯樂聽了發出一聲長長的歎息，說：「竟然到了這種地步嗎? 這正是他超過我千萬倍還遠遠不止的地方啊! 九方皋所觀察到的，是天下的機妙啊! 他看到了千里馬的機妙所在而忽略了毛色雌雄，正是見其所應見，忽略其所不應見啊! 像九方皋這種善於辨別千里馬的人，實在有比千里馬更寶貴的地方啊!」把馬拉出來一試，果然是千里追風的好馬。

「牝牡驪黃」即從文中提煉而出，原指馬的色澤雌雄，後來結合故事的語境，用此語指非本質的表面現象或識別事物要「見其所應見，略其所不需見」。如南宋陳亮《祭潘叔度文》：「亮不肖無狀，爲天人之所共棄，叔度獨略其牝牡驪黃而友其人，關其休戚。」陳亮說只有潘叔度能略去他的「不肖無狀」的表面現象與他爲友，關懷他的喜與憂。

明李贄《焚書・答耿司寇》：「公(耿司寇) 又謂五臺(人名) 心太熱，仆(我)心太冷。吁(歎息)，何其相馬於牝牡驪黃之間耳。」此中的「牝牡驪黃」則指耿司寇對五臺與自己的評價是從表面上看問題。清吳雷發《說詩管蒯》：「牝牡驪黃之外，自有眞賞，人奈何不以目爲用而以耳爲用乎？(對於詩，除去那些從表面上看問題的之外，自然有眞正能欣賞的，人爲何不自己用眼去看而偏以聽來的爲是呢?)」

77 耳目昭彰

「耳目昭彰」與「耳目衆多」可互相代用嗎?

不可。「耳目昭彰」的「昭彰」是明顯的意思，「耳目昭彰」是在別人的耳目中印象明顯。所以此語形容被衆人瞭解得清清楚楚，無法隱藏。如《好逑傳》第十七回：「卻說刑部審問過，見耳目昭彰，料難隱瞞，十分爲過學士不安，只得會同禮臣復奏一本。」此中的「耳目昭彰」即是。

「耳目衆多」是被人發現的幾率甚大，多用於形容易被人發覺，難於保密。如《歧路燈》第五十二回：「譚相公要回去，需從我後門出去。街上耳目衆多，怕人看透行藏，便有謠言風波。」「行藏」語出《論語・述而》：「用之則行，舍之則藏(起用我，就去幹;不用我，就退隱)。」在引文中指行跡。再如《三俠五義》第十六回：「只是目下耳目衆多，恐有洩漏，實屬不便。」 兩文中的「耳目衆多」均是。

78 耳濡目染

爲何「耳濡目染」與「過庭之訓」有關?

「耳濡目染」的「濡」是沾濕，「染」是沾染;全語的意思是耳朵沾濕，眼睛沾染，比喻聽得多看得多，無形之中受到影響。如馮玉祥《我的生活》第十八章：「基礎薄弱的幹部們，置身其間，耳濡目染，一到離開了長官的訓導，就不知不覺地爲非作歹起來了。」此中的「耳濡目染」即指受到長官的無形的影響。再如孫中山《上李鴻章書》：「文之先人躬耕數代，文於牧畜樹藝諸端，耳濡目染，洞悉奧窔(yào)。」這裏的「耳濡目染」指孫中山先生自幼即受到先人在樹藝牧畜方面的無形影響，因而在這些方面是內行。「奧窔」本指屋的東南角，在引文中引申爲深奥。再如清王士禎《芝廛集序》：「先生幼聞過庭之訓，耳濡目染，無非教也。」在這段文字中，「耳濡目染」就和「過庭之訓」連用了。

「過庭之訓」語出《論語・季氏》：「嘗獨立，鯉趨而過庭。曰：『學《詩》乎?』對曰：『未也。』『不學《詩》，無以言。』鯉退而學《詩》。他日，又獨立，鯉趨而過庭。曰：『學禮乎?』對曰：『未也。』『不學禮，無以立。』鯉退而學禮(有一次他獨自站在那裏，我快步走過前庭。他說：『學《詩》了沒有?』我回答說：『沒有。』他說：『不學《詩》就不善於講話。』我就回去學《詩》。又有一天，他一個人站著，我快步走過前庭。他說：『學禮了嗎?』我回答說：『沒有。』他說：『不學禮，不能在世上立身。』我就回去學禮)。」這段話是孔子的兒子孔鯉講的和父親之間的一段故事。文中的「他」即爲孔子，「我」爲孔鯉。「過庭之訓」即由此文中提煉而出，用爲承受父親教導的代稱。這樣就可知《芝廛集序》中的那句話今譯應爲：先生自幼年起就承受父親的教導，從父親那裏所聽到的見到的，對他來說沒有一處不是教育。

79 耳鬢廝磨

「耳鬢廝磨」形容的是什麼樣的關係?

「耳鬢廝磨」的「廝」是互相的意思，全語指兩人的耳朵和鬢髮相互摩擦，多形容兒童之間、夫婦之間以及朋友之間的親密關係。如《紅樓夢》第七十二回：「咱們從小兒耳鬢廝磨，你不曾拿我當外人待，我也不敢怠慢了你。」此中的「耳鬢廝磨」形容兒童之間的關係。《兒女英雄傳》第二十一回：「你們老弟

清《紅樓夢怡紅夜宴圖》(局部)

兄們，耳鬢廝磨的在一塊子，這一散，也怪覺得沒趣的。」此中的「耳鬢廝磨」形容朋友之間的關係。「耳鬢相磨」也形容夫妻關係。如《浮生六記》卷一：「自此耳鬢相磨，親同形影，愛戀之情有不可以言語形容者。」在有的書上又把「廝」寫作「撕」，意義不變。如《孽海花》第八回：「(雯青)順手拉了彩雲的手，耳鬢撕磨的端相的不了，不知不覺兩股熱淚從眼眶中滾下來。」

80 衣缽相傳

佛家爲何要「衣缽相傳」？

「衣缽相傳」中的「衣」特指僧尼穿的袈裟；「缽」是一種似盆而小的敞口器皿，特指僧人用的飯碗，底稍平，口較小。所以「衣缽」指僧尼使用的袈裟和食器。由於中國禪宗的初祖至六祖師徒間傳授道法常付衣缽爲憑證（還有一說是「爲象徵」），故後來就以禪宗師父授予徒弟衣缽（衣缽相傳）表示徒弟已繼承了師父的道法。《舊唐書・神秀傳》：「昔後魏末，有僧達摩者，本天竺王子，以護國出家，入南海，得禪宗妙法，云自釋迦相傳，有衣缽爲記，世相付授。」指出了「衣缽相傳」的來歷。後來「衣缽」擴展了意義，指傳授下來的思想、學術、技能等。由此不僅佛家，其他行業師徒之間以技術學問相傳也用「衣缽相傳」表示了。如金王若虛《滹南遺老集》卷四十：「魯直開口論句法，此便是不及古人處，而門徒親黨以衣缽相傳，號稱法嗣，豈詩之眞理也哉？」此中的「衣缽相傳」即是。

清剔紅銅胎七佛缽

81 何足道哉

「何足道哉」表示何種語氣?

「何足道哉」是表示不值一提，含輕蔑意味。如北宋王安石《答錢公輔學士書》：「況一甲科通判，苟粗知為辭賦，雖市井小人，皆可以得之，何足道哉！何足道哉！(況且像甲科通判這樣的位置，假如稍微可以作一些詞賦，即或是市井小人都可以得到，不值得一提！不值得一提！)」

明方孝孺《豫讓論》：「智伯既死，而乃不勝血氣之悻悻，甘自附於刺客之流，何足道哉！何足道哉！」

宋胡仔《苕溪漁隱叢話・杜牧之》：「此絕句極佳，意在言外，而幽怨之情自見，不待明言之也。詩貴夫如此，若使人一覽而意盡，亦何足道哉！」

82 別有天地

「別有天地」與「琅嬛福地」同義嗎?

不同義。「別有天地」常指景物幽美的境界，也指有特殊氣象、特殊情況的地方。如唐李白《山中問答》：「桃花流水窅(yǎo，深遠)然去，別有天地非人間。」此中的「別有天地」即指景物幽美的境界。清梁紹壬《兩般秋雨庵隨筆》卷四：「藍鹿洲先生作《餓鄉記》云：『忽氣象頓寬，別有天地，山茫茫，水淼淼，人渾渾噩噩。』」此中的「別有天地」即指有特殊氣象的地方。清百一居士《壺天錄》卷下：「入門，覺別有天地，一草一木，點綴生新。」此中的「別有天地」即指有特殊情況的地方。「別有天地」也作「別有乾坤」。如《金瓶梅》第一回：「洞府無窮歲月，壺天別有乾坤。」此中的「別有乾坤」則指道家的修煉生活別有一番情趣。「壺天」在這裏比喻仙界。

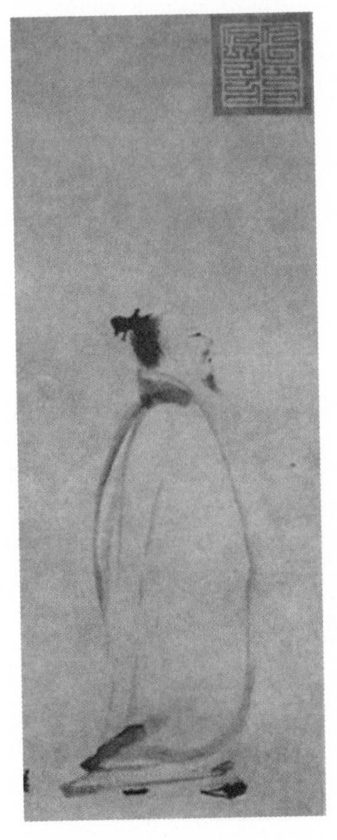

南宋梁楷繪李白行吟圖

「琅嬛福地」是神話傳說中藏書極豐的仙人洞府，應是「別有天地」的一種。元伊世珍《琅嬛記》卷上：「引入一室中，陳書滿架……華心樂之，欲賃(租借)住數十日。其人笑曰：『君癡矣，此豈可賃地耶?』即命小童送出。華問地名，曰：『琅嬛福地也。』」此中的「琅嬛福地」即是。明張岱《快園記》：「如入琅嬛福地，癡龍(神犬)護門，人跡罕到。」此中的「琅嬛福地」即指仙人洞府。

83　吹毛求疵

「吹毛求疵」與「洗垢索瘢」同義嗎?

不僅同義而且出處也相同。兩語均出自《韓非子・大體》：「不逆天理，不傷情性;不吹毛而求小疵，不洗垢而察難知;不引繩之外，不推繩之內;不急法之外，不緩法之內(不違反自然的道理，不傷害人性;不吹起茸毛尋找小瘢痕，不洗去污垢詳察隱情;既不把法度隨便擴大，又不把法度任意縮小;法令所無絕不苛求，法令所有絕不寬緩)。」這是《韓非子》中列舉的「至關重要的執法原則」。「吹毛求疵」、「洗垢索瘢」即由文中提煉而出。前後兩語均用來比喻故意挑毛病，找差錯。如西漢王褒《四子講德論》：「處位而任政者，皆短於仁義，長於酷虐，狼摯虎攫，懷殘秉賊……其所臨蒞，莫不肌栗懾伏，吹毛求疵，並施螫毒。」此中的「吹毛求疵」即指當政者對百姓不講仁義，長於酷虐，像虎狼貪吃

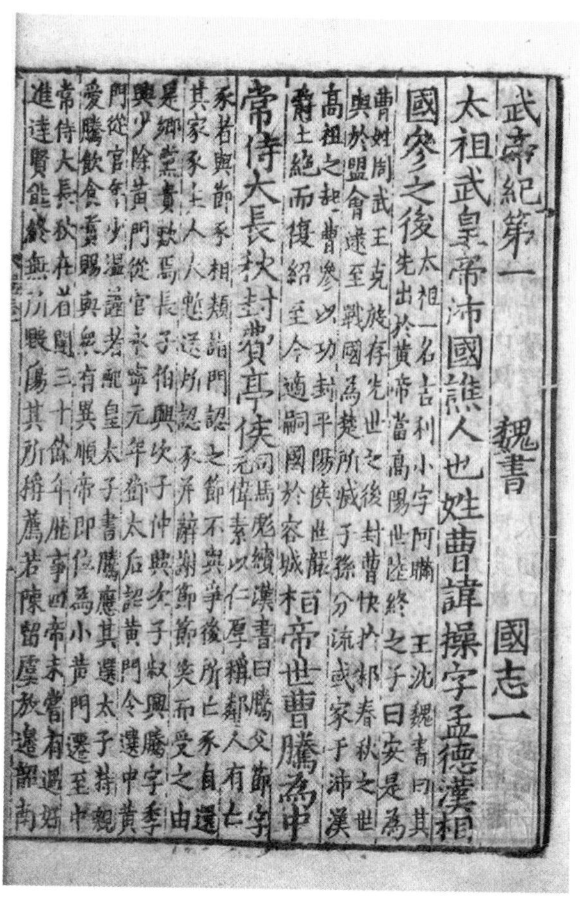

武帝紀第一　魏書　國志一

太祖武皇帝沛國譙人也姓曹諱操字孟德漢相國參之後太祖一名吉利小字阿瞞王沈魏書曰其先出於黃帝當高陽世陸終之子曰安是為曹姓周武王克殷存先世之後封曹俠於邾春秋之世與於盟會逮至戰國為楚所滅子孫分流或家于沛漢高祖之起曹參以功封平陽侯世襲爵土絕而復紹至今適嗣國於容城桓帝世曹騰為中常侍大長秋封費亭侯司馬彪續漢書曰騰父節字元偉素以仁厚稱鄰人有亡豕者與節豕相類詣門認之節不與爭後所亡豕自還其家豕主人大慙送所認豕并辭謝節節笑而受之由是鄉黨貴歎焉長子伯興次子仲興次子叔興騰字季興少除黃門從官永寧元年鄧太后詔黃門令選中黃門從官年少溫謹者配皇太子書騰應其選太子特親愛騰飲食賞賜與眾有異順帝即位為小黃門遷至中常侍大長秋在省闥三十餘年歷事四帝未嘗有過好進達賢能終無所毀傷其所稱薦若陳留虞放邊韶南

《三國志》(宋刻本)

那樣剝削百姓，心懷十分殘忍。他們所到之處，無不對百姓吹毛求疵，迫使那裏的百姓戰慄屈服。「吹毛求疵」也作「吹毛索疵」、「吹毛求瑕」、「吹毛取瑕」。用例依次是《後漢書・杜林傳》：「及至其後，漸以吹毛索疵，詆欺無限(詆毀欺壓人達到極點)。」《三國志・吳志・步騭傳》：「伏聞諸典校，擿抉細微，吹毛求瑕，重案深誣，輒欲陷人以成威福(據我所知，許多辦案的人都特別挑剔小的細節，吹毛求疵，把輕罪重判從而成就自己的威福)。」南朝梁劉勰《文心雕龍・奏啓》：「是以世人爲文，競於詆訶，吹毛取瑕，次骨爲戾(晉代以後彈劾人的奏章都是以盡力地詆毀爲快，吹毛求疵，苛酷入骨)。」

「洗垢索瘢」與「吹毛求疵」同義。清鄒弢(tāo)《三借廬筆談》：「田以爲訕己，愈惡之，每見嗔喝，吹毛索瘢。」「瘢」的本義爲創傷，也指瘡癤痊癒後留下的痕跡，在這裏則指通過找瘢痕證明曾經有病。

84 壯志未酬

「壯志未酬」與「賫志以歿」有什麼區別?

《岳飛反武場槍挑小梁王》年畫

「壯志未酬」指志向未能實現。唐李頻《春日思歸》:「壯志未酬三尺劍,故鄉空隔萬重山(建功立業的壯志還未能實現,何時衣錦還鄉尚遙遙無期)。」此中的「酬」指實現,「三尺劍」指實現壯志要用的武器。「賫志以歿」中的「賫」指帶著、抱著,「歿」指死;全語的意思是:抱著沒有實現的志願死去。如清侯方域《陽羨宴集序》:「一時同事者若吳貴池之蹈刃而死,李華亭之賫志以歿,風飄煙散,略已如斯。」《中國的西北角·賀蘭山的四邊》:「岳飛《滿江紅》有『駕長車,踏破賀蘭山缺』之志,可惜他賫志以歿,未能率軍直搗賀蘭。」「賫志以歿」也作「賫志沒地」。南朝梁江淹《恨賦》:「賫志沒地,長懷無已。」

85 妙不可言

「妙不可言」妙在何處?

「妙不可言」是說美妙得不能用言語表達出來。南宋周紫芝《竹坡詩話》:「若杜少陵(杜甫)『風吹客衣日杲(gǎo,太陽很明亮的樣子)杲,樹攪離思花冥冥』、『無邊落木蕭蕭下,不盡長江滾滾來』,則又妙不可言矣。」那麼這四句詩妙在何處呢?「風吹客衣日杲杲,樹攪離思花冥冥」出自杜甫的《醉歌行》。此詩是寫杜甫送侄子落第回家,這兩句詩的前面已寫了侄子杜勤很有才華,年紀又輕,暫時碰到一點挫折不算什麼。又寫了侄子已然長成,可是自己則漸漸衰老,抒情的意味非常濃厚。可是抒情到此,筆鋒突然一轉,寫起景來,所引的兩句詩就是寫景的一部分。所寫的景色本是令人喜悅的,但是所面對的卻是少年的落第和自己的逐漸衰老,再加上與侄子的離別。這樣一對照,就無形中突出了伯侄二人的失意心情。詩家稱這種寫法爲「突接法」,其「妙」就妙在這「失意心情」「只能意會,不可言傳」。「無邊落木蕭蕭下,不盡長江滾滾來」出自杜甫《登高》。這兩句詩「需要體會,無法言傳」的地方很多。如景色的高闊蒼茫,氣勢的雄放磅礴,集中地表現了夔州秋天深遠肅

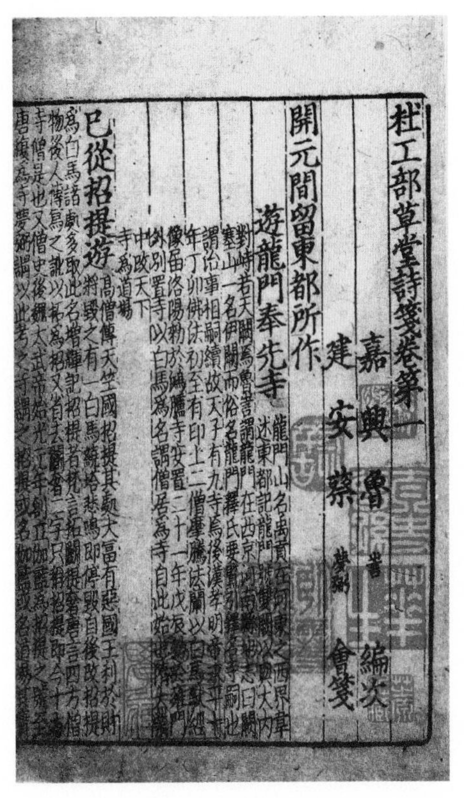
杜工部草堂詩箋卷第一

嘉興魯訔編次

建安蔡夢弼會箋

開元間留東都所作

遊龍門奉先寺

已從招提遊

杜甫《杜工部草堂詩箋》(宋刻本)

殺的特徵，同時也抒發了詩人悲涼寂寞的心情以及對坎坷命運的傷感;如一句寫山，一句寫水，一為遠望，一為俯瞰，再加上巧妙地使用疊字，就可使人聯想到腐朽勢力的衰亡和新生力量的不可阻擋。限於篇幅，不再贅述，只用後人給這兩句詩的美譽作結，那就是「古今獨步」。明周楫《西湖二集·灑雪堂巧結良緣》：「況錢塘山水秀麗，妙不可言，可以開豁心胸。」

86 妙處不傳

「妙處不傳」的「傳」是傳人嗎?

不是，是傳達。「妙處不傳」指神妙之處，不是言語所能傳達的。如《世說新語．文學》：「司馬太傅問謝車騎：『惠子其書五車，何以無一言入玄?』謝曰：『故當是其妙處不傳。』(司馬太傅問謝車騎：『惠子寫了那麼多的書，爲何沒有一句涉及玄理?』謝車騎說：『應當是玄理的神妙之處不是用言語所能傳達的吧。』)」北宋黃庭堅《戲題畫小雀捕飛蟲畫扇》：「丹青妙處不可傳，輪扁斫輪如此用。」「丹青」本是繪畫用的顏色，這裏指扇面的繪畫。「輪扁斫輪」是一個典故：齊桓公在堂上讀書。車匠輪扁在堂下製造車輪，他放下工具走上堂來問桓公：「您讀的是什麼書?」桓公答：「是聖人的書。」輪扁問：「聖人還活著嗎?」桓公答：「已經死了。」輪扁說：「那麼您所讀的，不過是古人的糟粕罷了!」桓公說：「你不過是造車輪的，怎敢隨便議論讀書之事! 你能說出道理還可放過你，否則就要處死你。」輪扁說：「我是從我從事的工作來看待這個問題的。製作輪孔時，孔鬆則軸容易放進去，但不堅固，孔緊則滯澀，軸很難放進去。要使輪孔不鬆也不緊，就必須掌握得心應手的技巧。這種技巧只能意會不能言傳。這種技巧，我無法傳授給兒子，兒子也無法從我這裏繼承，所以我已經七十歲了還在製造車輪。古人和古人難以傳授的東西都隨人死而消失了，那麼您所讀的，豈不是古人留下的糟粕嗎!」前面所引的兩句詩說的就是扇面上的畫畫得非常神妙，用言語無法傳達出來;就像車匠製作輪孔一樣，其技巧高明的程度，只能意會，不能言傳。

87 弄假成真

「弄假成眞」與「弄巧成拙」

兩語都是指由於不光明磊落，要小聰明而「成」的「眞」或「拙」。但從兩語的意義上說，卻有很大差別。前語指本來是假意做作，結果卻弄得變成了眞的。後語指本想施用巧計，結果卻做了蠢事。

唐閻立本所繪孫權登基

「弄假成眞」的用例爲《三國志通俗演義・錦囊計趙雲救主》：「卻說孫權差人來柴桑郡報周瑜，瑜拆書視之。書曰：『我母親力主，已將吾妹招了劉備。不想弄假成眞。此時還復如何?』」這說的是：劉備喪妻，孫吳爲了向劉備要回荊州，即假意給劉備傳話，說把孫權之妹孫尙香嫁給劉備，誆劉備過江，打算過江後，如劉備不還荊州，即把劉備扣爲人質，要脅劉備。這就是孫吳打的如意算盤。結果劉備過江來了，先去拜望了孫吳的喬國老。喬國老向孫權之母吳國太爲劉備美言，吳國太到甘露寺親自相親，最後做主眞的把孫尙香嫁給了劉備。因此孫權對周瑜說「不想弄假成眞」。此事是中國歷史上很典型的「弄假成眞」事件。此外「弄假成眞」也指把假的當做眞的。郭沫若《神話的世界》：「譬如戲劇，我們雖明知是假，但我們在觀賞時總不免弄假成眞，而替戲中人落淚。」

「弄巧成拙」的用例爲北宋黃庭堅《拙軒頌》：「覓巧了不可得，拙從何來？打破沙盆一問，狂子因此眼開。弄巧成拙，爲蛇畫足。何況頭上安頭，屋下蓋屋。畢竟巧者有餘，拙者不足。」由此可知，所謂「弄巧」即指的是「爲蛇畫足、頭上安頭、屋下蓋屋」一類，「成拙」則指「蛇本無足」卻硬是給「添足」從而「大出其醜」一類。「弄巧成拙」也作「弄巧反拙」。如郭沫若《論曹植》：「他又和楊修勾結，陰伺他父親的意旨……被他父親懷疑而洩漏了，終致弄巧反拙。」此中的「弄巧反拙」指的是：曹植在幼年時就是一位神童，「年十歲餘，誦讀詩論及辭賦數十萬言」；十九歲即寫出《銅雀臺賦》；年未及冠而能下筆成章。所以《世說新語》說「世目爲繡虎（世上的人稱讚他爲錦繡之虎）」，《文心雕龍》稱之爲「援牘如口誦（拿著木簡和毛筆寫作，便有如心裏早已背熟，信手寫來，完全不必停筆思索）」。由於曹植有這樣的才幹，自然就得到了他父親曹操的歡心，甚至很想立他爲世子。但後來竟然失了寵，沒當上接班人，原因是什麼呢？按郭沫若先生的意見，就是「曹植與楊修有勾結起來謀取『太子位』的行動，被曹操發現了」。所以郭先生說他們「弄巧反拙」。由此可知，此中的「弄巧」的還有另一層含義，即做事不「光明磊落」。

88 忘年之交

孔融、禰衡之交爲何稱爲「忘年之交」？

禰衡像

孔融字文舉，魯(今山東曲阜)人。喜爲學，涉獵廣泛，博覽群書。漢獻帝時，拜將作大匠(官名)，和曹操同事。孔融「見操雄詐漸著，數不能堪(看到曹操野心愈來愈大，到了不能容忍的地步)」，因此經常寫奏章諷刺曹操。曹操恨他，但因他素有名聲又不能奈何他。有一個叫郗慮的人，見風使舵，以孔融犯的一點小錯誤，上書請求免去孔融的職務。曹操又讓人羅織罪名，上書構陷孔融，說孔融「及與孫權使語，謗訕朝廷(和孫權的使節談話時誹謗朝廷)」，還說他「又前與白衣禰衡跌盪放言，云：『父之於子，當有何親？論其本意，實爲情欲發耳。子之於母，亦復奚爲？譬如寄物缶中，出則離矣。』既而與衡更相讚揚。衡謂融曰：『仲尼不死。』融答曰：『顏回復生』。大逆不道，宜極重誅(又和沒有功名的禰衡胡說什麼『父親與兒子應該有何關係呢？論其本意，兒子乃是父親發情的產物。兒子與母親又是何種關係呢？兒子是物，母親是缶。兒子是寄託在缶中的物，一旦降生就離開了缶。』他們還互相讚揚，禰衡稱讚孔融是『孔子不死』，孔融稱讚禰衡是『顏回復生』。他們這些大逆不道的言論都犯了死罪)。」曹操上了奏章後，孔融被殺，時年五十五歲。提到「忘年之交」時，之所以從《後漢書・孔融傳》中引上述這段文字，是因爲在曹操的奏章中提到了孔融與禰衡的交往。從禰衡對孔融的讚揚中可知禰衡對孔融之推崇，二人關係之密切。此外在《後漢書・禰衡傳》中也有相關記載：「禰衡字正平，平原般人也。少有才辯，而尙氣剛傲，好矯時慢物。」「唯善魯國孔融及弘農楊修。」「融亦深愛其才。」「衡始弱冠，而融年四十，遂與爲交友。」以上這幾句話，即是「孔融禰衡忘年之交」的「出處」。所謂「忘年之交」，即歲數相差懸殊的人之間的交往。孔融四十歲，而禰衡才弱冠(二十)，兩人相差二十歲，但友情深厚，這在古人看來就是「忘年之交」了。兩人友情深厚，除表現爲互愛互重外，孔融還專門上疏給皇帝推薦禰衡，說他在國家「旁求四方，以招賢俊」之際，乃是「帝室皇居，必蓄非常之寶」。在談到禰衡的才能時，則說他「淑質貞亮，英才卓礫」。「目所一見，輒誦於口;耳所瞥聞，不忘於心。」所以「若衡等輩」是「不可多得」之人才。

89 批風抹月

「批風抹月」與「批亢搗虛」有何區別?

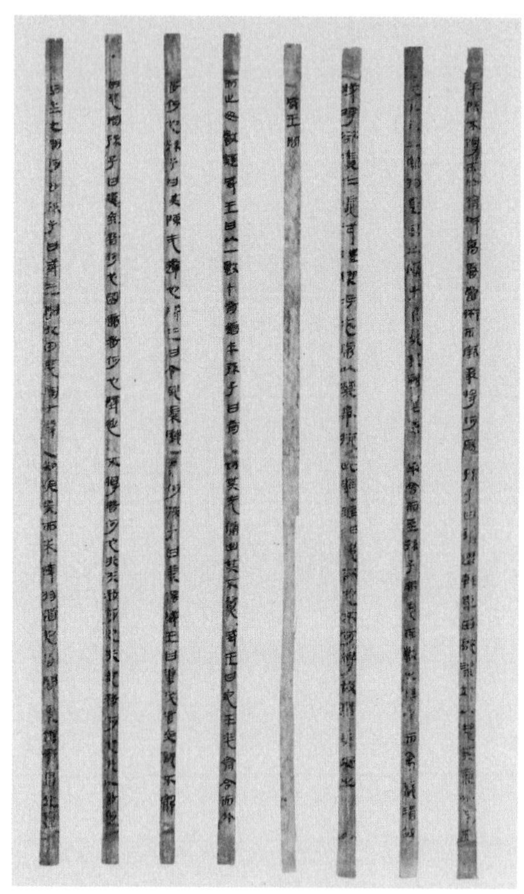

山東銀雀山漢墓出土《孫臏兵法》竹簡

「批風抹月」的「披」、「抹」指寫作和修改詩詞，「風」、「月」指自然美景;全語指吟詠明月清風，也戲指以風月當菜餚。如元喬吉《綠么遍・自述》:「留連，批風抹月四十年。」此中的「批風抹月」即指吟詠寫作。也作「抹月批風」。明楊愼爲蘇軾《瀟湘竹石圖》題跋:「江湖散人(閒散不爲世用之人)天骨奇，抹月批風畫裏詩。」「批風抹月」戲指以風月當菜餚時，「抹」、「披」分別指細切、薄切。北宋蘇軾《和何長官六言次韻》:「貧家何以娛客，但知抹月批風。」

「批亢搗虛」的「批」是打擊;「亢」通「吭」，是咽喉，比喻要害的地方;「搗」是用棍棒的一端衝撞。全語指攻打關鍵之處，乘虛而入。《史記・孫子吳起列傳》:「夫解雜亂紛糾者不控卷，救鬥者不摶撠，批亢搗虛，形格勢禁，則自爲解耳。」這是孫臏說的話，也是「圍魏救趙」的故事：魏國進攻趙國，趙國危急，求救兵於齊國。齊威王欲以孫臏掛帥。孫臏推辭說：「刑餘之人不可。」這樣就改任田忌爲帥，孫臏爲軍師。出兵時，田忌想發兵直奔趙國。孫臏就向田忌說了引文的話，意思是：凡是要解開雜亂打結的繩索，一定要找出它的頭緒，然後用手指慢慢去解，切不可心急使勁去拉扯；要勸解互毆鬥狠的，萬不可捲入打成一團，而要避開雙方拳來腳往的地方，只消伺隙打擊其空虛無備之處，危急自然就解決了。接著，孫臏又說：「現在魏國出兵攻打趙國，跟趙纏鬥於邯鄲，他的輕兵銳卒，勢必傾巢開赴前線，只剩一些老弱的留在國內。您何不趁此空隙，帶兵直搗他的國都大梁，占據他們的交通要道，襲擊他們守備空虛的地方，那麼他們在外的大軍必然會放下趙國回來相救。如此一來，我們豈不是一舉解決了趙國的危急嗎?」田忌聽了認爲有理，便照著去做。魏國的軍隊果然撤去對邯鄲的包圍，急忙趕回大梁相救；結果在桂陵這個地方，跟齊軍發生遭遇戰。最終，齊師大破魏軍。引文中的「形格勢禁」也是成語。「格」是阻礙、限制，「禁」是制止；全語指形勢被控制，事情被阻止。

90 投梭折齒

「投梭折齒」是稱譽賢女的嗎?

「投梭折齒」出自《世說新語·賞譽》劉孝標注引《江左名士傳》記謝鯤：「鄰家有女，嘗往挑之。女方織，以梭投，折其兩齒(謝鯤的鄰家有一女子，謝鯤曾經前去挑逗她。鄰女正在織布，拿起織布梭子就投向謝鯤，打斷了謝鯤的兩顆牙)。」《晉書》亦載此事。「投梭折齒」即由文中提煉出，指女子抗拒男人的挑逗引誘。如清陳澧《東塾讀書記·詩》：「惟《靜女》篇則甚難解其言。此女俟我於城隅，又貽我以物，我悅其美。若稱譽賢女，豈容作此等語，必至投梭折齒矣。」這段話是陳澧對《詩經·邶風·靜女》的看法，認爲此詩不是表現賢女的，根據就是此女既「俟我於城隅」了，又「貽我以物」了，不應是賢女所爲;如是賢女，應該有「投梭折齒」的舉動。又有「投梭之拒」。用例爲《太平廣記》卷四八八引元稹《鶯鶯傳》：「君子有援琴之挑，鄙人無投梭之拒。」此中的「援琴之挑」用的是「司馬相如用琴聲挑動卓文君」的典故，在這裏指男方向女方示好;「鄙人無投梭之拒」則指女方接受了男方的示好，沒有拒絕男方。

91　改步改玉

改變做法爲何叫「改步改玉」？

「改步改玉」語出《左傳・定公五年》：「六月，季平子行東野。還，未至，丙申，卒於房。陽虎將以璵璠(yú fán)斂，仲梁懷弗與，曰『改步改玉。』(季平子巡視東野，回來時，還未到達，十七日，死在房地。陽虎準備用美玉陪葬，仲梁懷不給，說：『步子改變了，美玉也要跟著改變。』)」這段話涉及兩個問題必須先弄清楚：一，爲什麼仲梁懷不給美玉陪葬? 這要先弄清古人爲何佩玉。有人以爲古人佩玉是爲了裝飾。其實不是。古人佩玉的最主要目的，是爲了節制行步。愈是尊貴的人行步愈緩。特別是在祭祀時更是如此。當然君臣尊卑不同，所佩戴的玉也有所不同。像文中所說的「璵璠」，是君主才能佩戴的，而季平子是大臣，根本不夠佩戴資格。不夠佩戴資格當然也不夠陪葬資格，所以仲梁懷不給。二，既然季平子不夠佩璵璠的資格，陽虎爲何又要讓季平子用璵璠陪葬呢? 這是因爲昭公出國了，季平子曾「行君事」。如今定公即位了，季平子恢復了臣子的位置，所以仲梁懷說：「步子改變了，美玉也要隨著改變。」

那麼「步子改變了」又是何意呢? 前面說過，愈是尊貴的人行步愈緩，現在由定公執掌朝政了，季

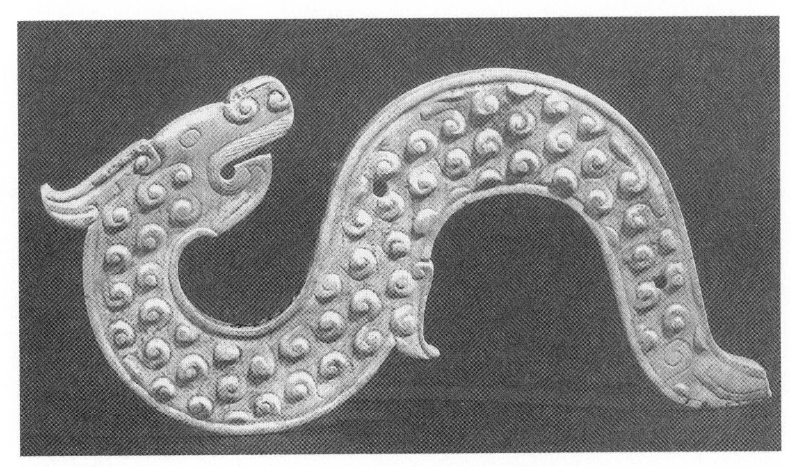

戰國龍形玉佩

平子不再「行君事」，也就等於「步子改變了」，只是仲梁懷沒有明說「季平子已恢復了臣子的地位」罷了。這樣「改步改玉」後來就成爲成語，指隨著情況的變化而改換做法。「改步改玉」也作「改玉改行」、「改玉改步」。用例依次是《國語・周語中》：「晉文公既定襄王於郟，王勞之以地，辭，請隧焉。王不許，曰：『……先民有言曰：改玉改行。』」這段話說的是：晉文公幫助周襄王在郟地復位。襄王以土地作爲酬勞，晉文公不要。但晉文公要求死後用隧禮安葬他。襄王不同意，說：「前人說過：佩玉改變了，行事做法也要改變。」襄王的意思是：你雖然幫助了我，但你的地位仍然是諸侯。你要想用葬天子的隧禮葬你，那你就改變諸侯的地位，做出天子應有的作爲吧。此文中的「改玉改行」等於要求改變地位。郭沫若《中國左拉之待望》：「但是，革了命了。應著『改玉改步』的古話，校長被剪子威脅著趕出房外來時，是放著小跑的。」此中的「改玉改步」指革了命了，有些情況要加以改變。

92 材大難用

「材大難用」與「志大才疏」互爲反義嗎?

不是。「材大難用」語出杜甫《古柏行》：「志士幽人莫怨嗟，古來材大難爲用。」意思是：有志之士和隱士不要埋怨嗟歎，自古以來如果木材特別巨大，就難以派給用場。因爲既想不浪費又想把材料全使上，這樣它們被使用的機會就很少。「材大難用」由詩中提煉而出，比喻大的才幹難以用於小事或懷才不遇。如宋胡繼宗《書言故事・花木類》：「有才不遇，曰材大難用。」此中的「材大難用」即是。

「志大才疏」的「才」是才幹，「疏」是淺薄。全語的意思是：抱負很大而才能不足。如《宋史・王安石傳》：「徐禧計議邊事(邊疆保衛之事)，安禮曰：『禧志大材疏，必誤國。」此中的「志大材疏」即是。材，通「才」。也作「志大才短」、「才疏志大」、「才疏意廣」。用例依次是：《世說新語・識鑒》：「伯仁爲人，志大而才短。」陸游《大風登城》：「才疏志大不自量，西家東家笑我狂。」北宋蘇軾《孔北海贊》：「世以成敗論人物，故操得在英雄之列，而公見謂才疏意廣，豈不悲哉(世上的人以『勝者王侯敗者賊』的結果來論列英雄，這樣就使曹操進入了英雄之列。而您被認爲是才幹有限而抱負心卻很大的人，這豈不是太讓人悲哀了嗎)!」

93 杞人憂天

「杞人憂天」與「杞人之憂」同義嗎?

同義。兩語均本自《列子・天瑞》：「杞國有人憂天地崩墜，身亡所寄，廢寢食者。」兩語均由文中提煉而出，作爲成語比喻無根據的或不必要的憂慮。「杞」是周朝初年分封的一個諸侯國，在今河南省杞縣一帶。《孽海花》第六回：「一面又免不了杞人憂天，代爲著急，只怕他們紙上談兵，終無實際，使國家吃虧。」《六十年的變遷》第二章：「勸你不必杞人憂天，天不會塌的。」《孽海花》第二十七回：「這是賢弟關心太切，所以有此杞人之憂。」清百一居士《壺天錄》卷上：「安得有克繼前猷者一紓杞人之憂也(如何得到能繼承並執行先王謀畫的人，這樣就可以消除人們的杞人之憂了)。」

94 沆瀣一氣

「沆瀣一氣」是什麼含義?

「沆瀣(hàng xiè)」指的是夜間的水汽。同時，「沆」與「瀣」又爲古書中所記載的兩個人的名字。

宋錢易《南部新書・戊集》：「乾符二年，崔沆放崔瀣，談者稱座主、門生，沆瀣一氣(乾符二年，主考官崔沆錄取了他的門生崔瀣，當時談論他們的人說：一『沆』一『瀣』，他們本來是一氣的嘛)。」後來就從文中節出「沆瀣一氣」，比喻氣味相投的人互相交結。如孫中山《倫敦被難記》：「舟中員司，未必與使館沆瀣一氣，其中安知無矜憫我而爲我援應者?」呂振羽《簡明中國通史》第九章：「其實所謂『豪強』和『官家』，原是沆瀣一氣的。」

95 災梨禍棗

「梨」、「棗」爲何遭了災?

由於古代多用梨木、棗木雕版印書，如果所印的書無用甚至害人，那就等於讓梨木、棗木遭災了。「災梨禍棗」作爲成語，即用以形容濫印無用的書。如清趙翼《題袁子才〈小倉山房集〉》：「災梨禍棗知何限，此集人間獨不祧(tiāo)（無用的書不知有多少，但是這個文集對人十分有益，獨獨不能廢掉)。」也作「禍棗災梨」。

用例爲清王堃《兩般秋雨庵隨筆後序》：「禍棗災梨者，以敝帚享金爲能事。」此中的「敝帚享金」比喻自己的東西即使不好，也看得非常珍貴，也比喻有缺點看不見，反把缺點當長處。

所以「禍棗災梨者，以敝帚享金爲能事」說的就是：那些濫印壞書的人，都把壞書的價值捧得很高並且認爲這是自己的長處。

96 肝膽相照

「肝膽相照」是肝膽互相照耀嗎?

從字面義講，是指「肝」與「膽」均十分光亮，作爲成語比喻滿腔赤誠，以赤誠對待。如宋胡太初《晝簾緒論・僚寀(cǎi)》：「令始至之日，必延見僚寀，歷數弊端，悃愊(kǔn bì)無華，肝膽相照(縣令從到任的那一天起，必須一一與同僚會見，充分説明同僚之間可能出現的矛盾和作爲一個縣級官員可能遇到的困難。坦率地以赤誠之心對待同僚。」此中的「肝膽相照」即是。另外「悃愊無華」也是成語。「悃愊」是眞誠的意思，「無華」是沒有虛飾，多用於形容人或詩文眞誠。在此文中則指縣令對同僚要眞誠。下面依次列舉「肝膽相照」及與其同義的其他成語用例：《啼笑姻緣續集》第三回：「人家肝膽相照的，把肺腑之言來告訴我。我豈能對人家存什麼壞心眼!」《警世通言・范鰍兒雙鏡重圓》：「大丈夫腹心相照，何處不可通情，明日在捨下相候。」《兒女英雄傳》第二十七回：「乍聽去只幾句閨閣閒話，無非兒女喁喁(yóng，隨聲附和);細按來卻一片肝膽照人，不讓英雄袞袞。」《續孽海花》第三十四回：「大丈夫肝膽相見，腦袋也可以奉送。」後三例中的「腹心相照」、「肝膽照人」、「肝膽相見」均與「肝膽相照」同義。

97 見兔放鷹

「見兔放鷹」與「及鋒而試」

前語指看到兔子趕快放出獵鷹追捕，比喻看準時機，採取措施，抓取實利。如明天然癡叟《石點頭·侯官縣烈女殲仇》：「當今世情，何人不趨炎附勢，見兔放鷹，誰肯結交窮秀才。」

「及鋒而試」的「及」是趁著；「鋒」是鋒利，在這裏比喻士氣正盛；全語原指趁著士氣正旺，及時作戰，後來泛指抓住有利時機，及時行動。

語出《漢書·高帝紀上》：「吏卒皆山東之人，日夜企而望歸，及其鋒而用之，可以有大功。」

「及鋒而試」即從文中節出。如魯迅《兩地書》：「此後自當避免些無須必踐的荊棘，養精蓄銳，以待及鋒而試。」

98 見異思遷

「見異思遷」與「一成不變」互爲反義嗎?

兩語無關。前語出自《管子・小匡》:「少而習焉,其心安焉,不見異物而遷焉。」 這段話說的是:有一次,齊桓公問管仲怎樣才能把國家治理好。管仲說:「把國民分爲士、農、工、商四類。這四類人要分別居住在不同的地方:從事講學的,要住在幽靜的地方;從事手工製造的,要住在離官府不遠的地方;從事商業的,要住在設集市的地方;從事農業的,要住在鄉間。不要讓他們雜處在一起。雜處在一起,就會不安守本分。如果住在一個地方的全是同一職業的人,那麼老人、孩子,言談話語就全不離本行。」接著說的就是引文的話了:「這樣他們從小就學習本行,心也就安定,樂於本業,不會因見到其他行業而產生改變職業的念頭」。「見異思遷」即由文中的「不見異物而遷焉」演化而來,表示因見到其他事物而改變自己的喜好或職業。由此可知,管子的這個建議乃是讓人安定

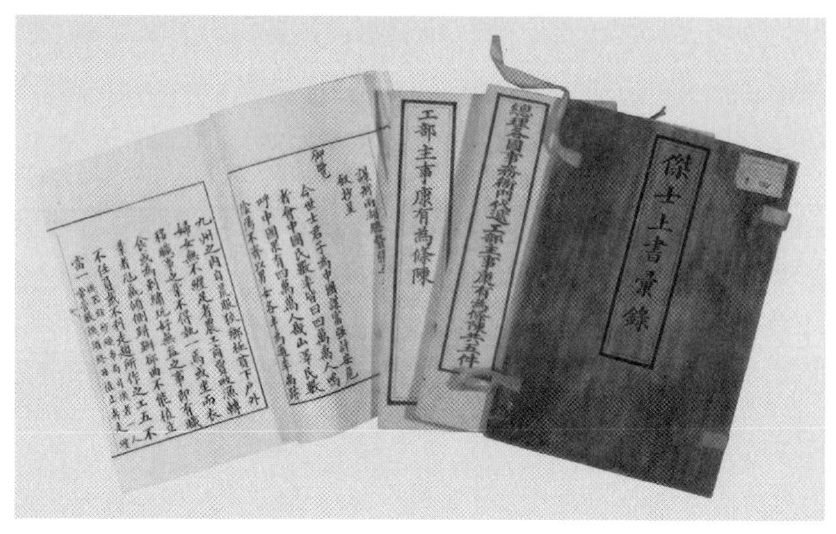

康有爲變法條陳

從而使國家安定的一種謀略。「見異思遷」的用例爲康有爲《大同書》：「又凡人之情，見異思遷，歷久生厭，惟新是圖，惟美是好。」又如蘇雪林《玉溪詩謎・引論》：「義山便和宮嬪發生戀愛，見異思遷，愛情不能專一，故爲女道士所薄。」

「一成不變」語出《禮記・王制》：「刑者，侀也;侀者，成也。一成而不可變(刑律就是模型，模型已定型，一經制定就不可改變)，故君子盡心焉。」「一成不變」即由文中提煉而出，用來指墨守陳規或固定不變。如胡繩《二千年間》：「長期的封建時代中並不是自始至終一成不變的，其中也有步步的進展。」

99 見獵心喜

「見獵心喜」是「見到了獵物高興」嗎?

《二程遺書》卷七：「明道先生年十六七時，好田獵。十二年，暮歸，在田野見田獵者，不覺有喜心。」這說的是：程頤先生年少時特別喜歡打獵。後來因爲求學和當官把這種喜好淡忘了。十二年後，程頤在黃昏時候回家的路上見到有人射獵，不禁勾起自己年少時酷愛射獵的喜悅之情，巴不得參加進去。後來人們用「見獵心喜」來比喻別人正做自己舊時所愛做的事，不由得心動，也想一試身手，或比喻舊習難忘，見其所好便躍躍欲試。用例如清慵訥(nè)居士《咫聞錄》：「故睹鬥鵪鶉者過，雖見獵心喜，亦不復入其場矣(所以看到鬥鵪鶉的人經過，雖然自己不由得技癢，也還是抑制住了，自己沒有到鬥鵪鶉場中去)。」這段話中的「見獵心喜」說的是一個以前特別喜好鬥鵪鶉的人，雖然見到別人鬥鵪鶉不禁心動，但他知道鬥鵪鶉之害，最後還是沒參加。上述可知，「見獵心喜」的「獵」乃指的是「射獵活動」(後來泛指其他活動)而不是「射獵得來的獵物」。

100　其貌不揚

「貌」如何「揚」？

「其貌不揚」的「揚」，不是「揚起」，而是「容貌出衆」。「其貌不揚」乃是指某人的容貌不好看。語出《左傳·昭公二十八年》：「昔賈大夫惡，娶妻而美，三年不言不笑。御以如皋，射雉，獲之，其妻始笑而言。賈大夫曰：『才之不可以已。我不能射，汝遂不言不笑！』夫今子少不揚，子若無言，吾幾失子矣。言不可以已也如是！遂如故知。」「其貌不揚」即從文中提煉而出。這段話是魏獻子對賈辛說話時舉的一個例子：以前，賈國有一位大夫長得醜陋，可是娶了一個妻子卻非常漂亮，三年不說話也不笑。一天，大夫用車拉著妻子到如皋去，用箭射中雉雞，這時他的妻子才笑並且說話。大夫見此情景，說：「才能是不能沒有的！我要是不能射箭，你就不說也不笑了吧！」妻子說：「現在您的容貌不大好看，您如果不說話，我差點兒不能認識到您的才能了。言辭是這樣不可忽略啊！」於是兩人如同老朋友一樣相處。《苦鬥》：「第一眼看去，這犯人矮矮圓圓，滿嘴鬍鬚，一身黑衣服，分明有點兒其貌不揚，叫梁森看著失望。」

101 咄咄怪事

「咄咄怪事」適用於何種語境?

「咄咄怪事」的「咄咄」是表示驚詫的嘆詞，此語適用於形容使人驚奇並難於理解的怪事。語出南朝宋劉義慶《世說新語・黜免》：「殷中軍被廢在信安，終日恒書空作字。揚州吏民尋義逐之，竊視，唯作『咄咄怪事』四字而已。」 這說的是：東晉揚州刺史殷浩，領兵北伐，屢戰屢敗，被廢爲平民，流放到信安。他每日由早到晚只是對空書寫「咄咄怪事」四字。實際上是用這四個字表示對自己遭遇之不平和不理解，認爲自己被流放是天大的怪事。「咄咄怪事」作爲成語用例如下：

清沈起鳳《諧鐸・帖嘲》：「世有一字不通之輩而能知我高才，可謂咄咄怪事。」這說的是：有一個叫陳小梧的人，一天有一個人來拜訪他。給他遞的名片上寫的是「年眷同學，弟某拜」。問來訪之人「爲何來訪?」來訪人說是「仰慕陳小梧『高才』」。陳小梧看了看名片，一個字一個字地批駁了名片上的七個字，說來訪者是「對自己的名帖一字不通之人」，然後又推理說「對自己的名帖一字不通之人，如何能識別出我陳小梧是『高才』來呢?」這樣就把來訪者羞辱走了。此引文中的「咄咄怪事」指令人驚詫而不解。

元陶宗儀《南村輟耕錄》：「凡夢中神所許，稽其數，無一不合。咄咄怪事乃如此。」夢中神所答應的事沒有一件事不一一應驗，這自然是奇怪的事。所以此中的「咄咄怪事」指令人奇怪。

《太平御覽》引《涼州記》：「(赫連)定據平涼，登此山，群狐繞之而鳴。射之，竟不得一。定乃歎曰：『咄咄，此亦怪事也。』群狐圍繞著叫，但一個也射不中，也可以稱得上是怪事。

「咄咄怪事」也作「怪事咄咄」。用例爲清張尙瑗《仙霞關》：「七閩路與中原通，怪事咄咄驚天公。」此中的「怪事咄咄」即是。「七閩」本指古代居住在福建、浙江南部的閩人，因分爲七族，故稱七閩;在這裏則指福建地區。因爲福建與中原距離較遠，兩地間道路暢通實屬不易，故用「怪事咄咄驚天公」表示「兩地間道路暢通應是使天公驚訝的事」。

102 呼之欲出

「呼之欲出」是一召喚就會出來嗎?

「呼之欲出」語本宋蘇軾《郭忠恕畫贊》：「空蒙寂歷，煙雨滅沒。恕先在焉，呼之或出。」「呼之欲出」即由文中提煉而出。說的是北宋畫家郭忠恕，字恕先，極善書畫。蘇軾曾在張夢得處看到張收藏的一幅郭忠恕的山水畫，極爲欣賞，就給此畫作了「贊」。上面的引文即是蘇軾對郭忠恕的事蹟先做了一番敘述之後，對畫作寫的讚語。這段讚語既描繪了畫的內容，又表現了郭忠恕作畫的「俊偉奇特之氣」（《中國繪畫全史》）。因此這段讚語中既有「山水畫」的形象，又有「作畫人」的形象隱映於畫中，這樣就使贊者最後得出了「恕先在焉，呼之或出」的結論。由此可知：「呼之欲出」是說「畫中有人，一招呼他就會出來」;形容藝術作品中的人物形象極其生動逼眞，簡直像活的一樣。如明張岱《木猶龍銘》：「海立山奔，煙雲滅沒，謂有龍焉，呼之欲出。」劉復《我之文學改良觀》：「然亦有同是一句，用文言竭力作之，終覺其呆板無趣，一改白話，即有神情流露，『呼之欲出』之妙。」又有「呼之竟出」與之近義。用例爲宋無名氏《李師師外傳》：「宣和二年，帝復幸隴西氏，見懸所賜畫於醉杏樓，觀玩久之。忽回顧見師師，戲語曰：『畫之人乃呼之竟(居然)出耶?』」

103 奉若神明

「奉若神明」有「神」何以含貶義?

「奉若神明」語出《左傳・襄公十四年》:「師曠侍於晉侯。晉侯曰:『衛人出其君,不亦甚乎?』對曰:『或者其君實甚。良君將賞善而刑淫,養民如子,蓋之如天,容之如地;民奉其君,愛之如父母,仰之如日月,敬之如神明,畏之如雷霆,其可出乎?』(師曠隨侍在晉悼公身旁。晉悼公說:『衛國人趕走他們的國君,不是太過分了嗎?』師曠回答說:『或許是他們的國君太過分了。好的國君獎賞善良,懲治邪惡,撫養百姓有如兒女,覆蓋他們有如蒼天,容納他們有如大地;百姓侍奉這樣的國君,愛戴他好像父母,敬仰他好像日月,尊敬他好像神靈,害怕他好像雷霆,哪能趕走他呢?』)」「奉若神明」即從「敬之如神明」演化而來,指尊敬某人如同神靈一般。所以分析師曠的答話可知:實在是因爲衛君做得「太不夠格」了,所以才被趕走。

「敬之如神明」在師曠的話中並無貶義。至於後來爲何有貶義了,可能與人們不相信神明存在有關,於是用「奉若神明」形容對某些人或事物的盲目尊重與崇拜。用例如清錢詠《履園叢話・鬼神・倒划船》:「邑中無賴子弟,以儀仗擁護,奉若神明,旌旗滿船,雜以鼓吹。」魯迅《文化偏至論》:「彼之謳歌衆數,奉若神明者,蓋僅見光明一端。」兩文中的「奉若神明」均是。也作「奉爲神明」。用例爲《鏡花緣》第十二回:「此是僧尼誘人上門之語,而愚夫愚婦無知,莫不奉爲神明。」

104 姍姍來遲

遲到都可以用「姍姍來遲」形容嗎?

宋趙伯駒《漢宮圖》

一般地說，「姍姍來遲」不能用於莊重的場合。之所以不能這樣用，與此語的出處有關。此語出自漢武帝劉徹《李夫人歌》：「是邪，非邪? 立而望之，偏何姍姍其來遲?」「姍姍」，走路緩慢從容的樣子; 「其」，句中助詞，無實義。據《漢書・外戚傳》記載：李夫人死，武帝思念不已。齊國方士少翁，說能使李夫人靈魂出現。於是在夜間燃燈點燭，張設帷帳，陳置酒肉。武帝果然從遠處看到有個貌似李夫人的美女坐在帳中，又出帳緩步。武帝感傷非常，作詩一首，即上引《李夫人歌》。後人從引文中拈出「姍姍來遲」，戲稱遲到的人。例如清袁枚《小倉山房尺牘》：「倘弓鞋三寸，而縮頸粗腰，可能望其凌波微步，姍姍來遲否? (倘若一個女子腳很小，但是短脖粗腰，你能看到她走起路來步態輕盈從容的樣子嗎?)」這是袁枚提出的對女子的審美主張：女子美不美要先看她的身材、面容，不能看她是否腳小(當時把女子纏足視爲時尚)。此文中的「姍姍來遲」用的是漢武帝詩中的原意，指步態從容。《孽海花》第五回：「那時唐卿、珏齋也都來，只有莑如姍姍來遲，大家只好先坐了。」此文中則是指遲到者。

105 孤芳自賞

「孤芳自賞」與「顧影自憐」有什麼不同?

「孤芳自賞」的字面義是：自認為是獨秀一時的香花，所以對自己非常欣賞。作為成語可比喻不隨波逐流，也可比喻自命清高不凡。如南宋張孝祥《念奴嬌・過洞庭》：「應念嶺表經年，孤芳自賞，肝膽皆冰雪(感懷這一年多以來，徘徊於兩廣之間，孤芳自賞，胸懷仍像冰雪一樣透明)。」此中的「孤芳自賞」即指不隨波逐流。張秀熟《李劼人選集》序：「不肯向惡勢力低頭，而又孤芳自賞，顧影憐形。」此中的「孤芳自賞」即比喻自命清高不凡。文中的「顧影憐形」，同「顧影自憐」，也是成語，出自西晉陸機《赴洛道中作》：「佇立望故鄉，顧影凄自憐。」字面義是：看著自己的影子，憐惜自己，形容孤獨失意;後來多形容自我欣賞。如清吳趼人《俏皮話・蛾蝶結果》：「蝶翩翩飛舞花間，顧影自憐，日以尋香摘蕊為事。」魯迅《六論文人相輕》：「有的就是銜煙斗，穿洋服，唉聲歎氣，顧影自憐。」兩文中的「顧影自憐」均指自我欣賞。

106 披沙揀金

「披沙揀金」與詩文欣賞

此語的「披」是分開、撥開，「揀」是挑選;全語指沙裏淘金，比喻仔細挑選，去粗取精，去僞存眞。如唐劉知幾《史通・直書》：「然則歷考前史，徵諸直詞(反映實際的話)，雖古人糟粕，眞僞相亂，而披沙揀金，有時獲寶。」南宋尤袤《全唐詩話・崔峒》：「高仲武云：峒詩文彩煥發，意思雅淡。如『清磬度山翠，閑雲來竹房。』又『流水聲中視公事，寒山影裏見人家。』此亦披沙揀金，時時見寶也。」尤文中高仲武舉的第一個例子，語出唐崔峒《題崇福寺禪院》：「僧家竟何事，掃地與焚香。清磬度山翠，閑雲來竹房。」結合第一句可知，高仲武之所以說第二句「文彩煥發，意思雅淡」，是因爲此句刻畫風景很有佛家特色——「磬」是佛家法器，其音清越，能助人道心;「閑雲」妙喻僧人心閑自在。由此可知，詩人爲表現「佛家特色」，選詞造句「披沙揀金」，實在是很見功夫。第二個例子語出崔峒《題桐廬李明府官舍》：「訟堂寂寂對煙霞，五柳門前聚曉鴉。流水聲中視公事，寒山影裏見人家。」結合這第一句的「寂寂」和「聚鴉」，可知第二句寫的是李明府雖當官卻過的是「瀟灑度日月」的生活。此句之所以被譽爲「文彩煥發，意思雅淡」，就是因爲寫李明府「當官」不寫他的政績，而是描寫官舍靜謐的環境。這樣寫，說他是官吏，可;是隱士，也可。如此一來，就把詩人對李明府亦官亦隱生活的嚮往和自傷不遇的心情表現了出來。

也作「披沙撿金」、「披沙簡金」。前語用例爲清汪師韓《詩學纂聞》：「『池塘』、『園柳』之篇，『白雲』、『綠筱』之作，『亂流』、『孤嶼』之句……披沙撿金，寥寥可數。」此中的「池塘」、「園柳」，指的是南朝宋謝靈運的詩作《登池上樓》。這是一首寫景抒情詩。詩中描寫了冬春交替時的景物變化，抒發了詩人對官場失意的憤懣，流露出居官與遁世的矛盾心情。「池塘生春草，園柳變鳴禽」，是該詩的第十五、十六句。這兩句詩寫出了春回大地、生機盎然的景色;一個「生」字，一個「變」字，使這幅「春意圖」生出了動感;同時，也傳神地寫出了久未登樓的詩人心中之欣喜、新鮮之感。這兩句詩的語言質樸，不事雕飾，自然而成，尤爲後人所讚譽。「白雲抱幽石，綠筱媚清漣」是謝靈運《過始寧墅》的兩句詩。「筱」是小竹子，「媚」是妍美悅人，「清漣」是清澈的水因風起皺的樣子。兩句詩的意思是：白雲環抱著遠處隱僻的山石，綠竹在清澈的微有波紋的水邊顯得妍美悅人。對這兩句詩爲何屬於「披沙撿金」的名句，《詩藪・外編》有評論：「薛考功云：曰清曰遠，乃詩之至美者也。靈運之『白雲抱幽石，綠筱媚清漣』，清也。」也就是說，這兩句詩達到了「詩之至美的標準」。「亂流趨正絕，孤嶼媚中川」語出謝靈運《登江中孤嶼》。「亂流」是截流橫渡的意思，「趨」是疾行，「正絕」是直截，「嶼」是小島，「媚」是妍美悅人，「中川」是川中。兩句詩的意思是：迅速地截流橫渡過去，那對面的孤島處在永嘉江中實在妍美悅人！這兩句詩之所以好，就好在寫出了詩人對此景的流連，表現出了詩人幽憤和孤高傲世的性格。後語用例爲南朝梁鍾嶸《詩品》上卷：「潘詩爛若舒錦，無處不佳;陸文如披沙簡金，往往見寶。」此中的潘岳、陸機均是西晉文學家，在太康文學時期，二人齊名，並稱「潘陸」。

107 披荊斬棘

「披荊斬棘」的由來

此語出自《後漢書•馮異傳》：「異朝京師，引見，帝謂公卿曰：『是我起兵時主簿也，爲吾披荊棘，定關中。』既罷，使中黃門賜以珍寶、衣服、錢帛。詔曰：『倉卒無蔞亭豆粥，虖沱河麥飯，厚意久不報。』異稽首謝曰：『臣聞管仲謂桓公曰：願君無忘射鉤，臣無忘檻車。齊國賴之。臣今亦願國家無忘河北之難，小臣不敢忘巾車之恩。』」「披荊斬棘」即由這段話中提煉而出。唐李賢注：「荊棘，榛梗之謂，以喻紛亂。」「披荊斬棘」的「披」是分開，「斬」是斬斷，全語形容掃除前進道路上的障礙或克服創業過程中的困難。引文中「既罷」之前的幾句話的意思是：馮異出外征戰數年後，回京朝見漢光武帝劉秀，劉秀向諸公卿引見馮異說：「他是我起兵時管理文書簿籍的官。他替我消除了許多紛亂，穩定了關中的大局。」劉秀給了馮異許多賞賜之後，所下詔書的意思是：「你我一直處在匆忙之中，我很久沒能得到機會報答你對我的『豆粥』、『麥飯』之恩。現在給你的賞賜就算報答吧。」這「豆粥、麥飯」之恩指的是：劉秀「自薊東南馳，晨夜草舍，至饒陽無蔞亭，時天寒烈，衆皆饑疲」，馮異給劉秀等人送上了豆粥喝，才使這些人「饑寒俱解」。等劉秀到達南宮，又遇上了大風雨，大家又饑又寒，衣服又濕。這時馮異抱柴禾，鄧禹弄火堆，給劉秀烤衣服並送上了麥飯。馮異叩頭謝詔書所說的意思是：我聽到過管仲向齊桓公說的話，如今我謝恩也要向管仲學習。那麼管仲說的話是何意呢? 春秋時期，齊襄公有兩個弟弟，一個叫公子糾，在魯國避難;一個叫公子小白，在莒國避難。齊襄公被殺後，公子糾和公子小白都急著要回國爲君。公子糾急令輔佐自己的管仲去半路截殺小白。管仲在路上設伏，小白出現後，射中小白的前胸衣鉤。聰明的小白裝死，管仲也沒驗屍，誤以爲小白眞的死了，就放心了，沒有讓公子糾急著趕路回國。結果小白先回到齊國當了國君，是爲齊桓公。小白登基後，魯國被迫殺了公子糾，還把管仲打入囚車(檻車)送到齊國。齊桓公不僅沒殺管仲還任命管仲爲宰相。管仲見小白不計前嫌，如此重用自己，於是就向齊桓公說：「希望您不要忘記您曾被我射過衣鉤，我也不能忘記被打入囚車。咱倆『兩不忘記』，這就是齊國的依賴。」其實質的意思就是：你作爲國君要居安思危，我作爲臣子要不忘「被釋放」之恩，忠君報國。前面馮異說要向管仲學習，是指他要和管仲說同樣的話，提醒劉秀不忘在河北險些「滅亡」之難，即居安思危；自己則不忘巾車之恩，即不忘劉秀對他的「釋放」之恩，因而要忠君報國。(馮異起初是王莽的臣子，與父城長苗萌一起守父城，對抗劉秀。一次馮異出行，被劉秀的軍隊給捉住。馮異受從兄的勸告，就一起歸順了劉秀。歸順後，劉秀沒把馮異當作曾經的敵人對待，反而要求馮異立刻軍前做事。馮異因有老母在，當時並未與劉秀同行)。下面舉「披荊斬棘」的用例：朱自清《聞一多先生怎樣走著中國文學的道路》：「這卻正見出他是在開闢著一條新的道路，而那披荊斬棘，也正是一個鬥士的工作。」

108 披榛采蘭

「披榛采蘭」與「披堅執銳」的「披」有何區別?

披堅執銳的唐代士兵

「披榛采蘭」的「披」是撥開，「榛」是叢生灌木，「采」是採取，「蘭」是蘭花;全語中的「榛」與「蘭」對比，比喻選拔賢良的人才。如《晉書·皇甫謐傳》：「陛下披榛采蘭，並收蒿艾(陛下您既選拔賢良人才，一併也任用普通人才)，是以皋陶振褐，不仁者遠。」清譚獻《唐詩錄序》：「及唐代之作者，導涇分渭，披榛采蘭(對唐代之作者，進行了區分辨別，挑選其中優秀者)。」

「披堅執銳」的「披」是穿戴，「堅」指堅固的盔甲，「銳」指銳利的兵器。全語的字面義是穿著堅固的盔甲，拿著銳利的武器，形容全副武裝作戰。如《三國志通俗演義·陸遜定計破蜀兵》：「其諸將……皆是披堅執銳，出生入死之士也。」

109 明見萬里

「明見萬里」與「明察秋毫」同義嗎?

不同義。前語的「明見」，是英明地察見，全語形容對遠方或外面的情況十分了解。如《後漢書・竇融傳》：「璽書既至，河西咸驚，以爲天子明見萬里之外，網羅張立之情。」《醒世姻緣傳》第四十七回：「小的偶然站著看看……已是知道老爺明見萬里了。」

「明察秋毫」的「秋毫」是鳥獸在秋天新長出的細毛，比喻極微小的東西。全語意爲能敏銳地看出極微小的事物，形容目光極爲銳利，不受欺瞞。語出《孟子・梁惠王上》：「有復於王者曰：『吾力足以舉百鈞』，而不足以舉一羽；『明足以察秋毫之末』，而不見輿薪，則王許之乎?（有一個人向您報告說：我的力氣足夠舉起三千斤，卻拿不起一根羽毛；我的視力足夠看仔細秋鳥羽毛的尖尖，卻看不到一車柴禾。大王相信他的話嗎?）」「明察秋毫」即從文中提煉而出。孟子爲何要向宣王提這樣的怪問題呢? 是要告訴宣王：現在您的恩惠連禽獸都能得到，是因爲您重視了，用上了力氣；但恩惠沒施加到老百姓身上，是因爲您沒用力氣，就像拿不起一根羽毛，看不見一車柴禾。又如《三俠五義》第四十二回：「不想相爺神目如電，早已明察秋毫，小人再不敢隱瞞。」清袁枚《小倉山房尺牘》：「道公所料簡，無不部居別白，明察秋毫，而又能天馬行空，一絲不掛。」「料簡」是計量與稽考；「部居別白」是依照部類區分排列，分辨明白；「天馬行空」的「天馬」原指漢朝時得自西域大宛的良馬，在此語中指神馬，意爲天馬奔馳於太空，比喻才情奔放，任意馳騁；「一絲不掛」原是佛教語，在這裏指顯露全部眞相。

110　東窗事發

為何用「東窗事發」指密謀或罪行被揭發?

據明田汝成《西湖遊覽志餘》記載，宋朝奸臣秦檜曾與他的妻子王氏在東窗下密謀殺害忠臣岳飛。秦檜死後，王氏叫方士招魂，看見秦檜在陰司受審。檜對方士說：「可煩傳語夫人，東窗事發矣(煩請您給我的夫人帶個話，就說東窗下密謀的那件事被揭發出來了)。」也就是秦檜與妻子密謀殺害岳飛的事在陰司的審判中已被揭發出來並定了罪。後來「東窗事發」指密謀或罪行被人揭發。如《再生緣》第五十七回：「聞聖諭，怦一驚，依稀霹靂打頭頂，東窗事發難收拾……」此中的「東窗事發」即是。也作「東窗事犯」。元張昱《詠何立事》詩序：「宋押衙官何立，秦太師差往東南第一峰，恍惚引至陰司，見太師對岳飛事，令歸告夫人，東窗事犯矣。」

岳飛墳

111 林林總總

「林林總總」是什麼意思?

首先說「林林」，此詞是由成片樹木引申而出，意爲衆多的樣子;而「總總」語出《楚辭・九歌・大司命》：「紛總總兮九州，何壽夭兮在予(普天之下的衆多的男人和女人，誰人長命，誰人早亡都由我來決定)。」由此可知「總總」是衆多的意思。

後來「林林總總」組成成語，形容衆多的樣子。用例如唐柳宗元《貞符》：「惟人之初，總總而生，林林而群。」這句話說的是原始時代人口衆多。

「林林總總」即從文中提煉而出，形容衆多的樣子。如孫中山《心理建設》第五章：「中國不患無實行家，蓋林林總總者皆是也。」

112 沸反盈天

「沸反盈天」與「沸沸揚揚」可互相代用嗎?

《水滸像》(清光緒刊本)

不可。「沸反」指聲浪翻滾;「沸反盈天」是說沸騰翻滾的聲浪喧天,形容人聲喧鬧,亂成一片。如魯迅《祝福》:「你自薦她來,又合夥劫她去,鬧得沸反盈天的,大家看了,成個什麼樣子。」此中的「沸反盈天」即是。

「沸沸揚揚」指燒開了的水上下翻滾,熱氣蒸騰。形容七嘴八舌,議論紛紛。如《水滸傳》第十八回:「後來聽得沸沸揚揚地說:『黃泥岡上一夥販棗子的客人,把蒙汗藥麻翻了人,劫了生辰綱去。」此中的「沸沸揚揚」即不能用「沸反盈天」代替。「沸沸揚揚」也形容來往紛繁,非常熱鬧。如楊朔《荔枝蜜》:「只見成群結隊的蜜蜂出出進進,飛去飛來,那沸沸揚揚的情景,會使你想:說不定蜜蜂也在趕著建設什麼新生活呢。」此中的「沸沸揚揚」即是。

113 舍我其誰

「舍我其誰」與「非我莫屬」同義嗎?

兩語義近。「舍我其誰」的「舍」，意爲除去。全語的意思是：除了我還有誰能擔當呢? 多用於形容對自己很有信心。如《孟子．公孫丑下》：「夫天未欲平治天下也;如欲平治天下，當今之世，舍我其誰也? 吾何爲不豫哉? (上天不想使天下安定也就罷了;如果想要安定天下，在當今世上，除了我還有誰能擔當此安定天下的重任呢? 由此可知，我怎麼能不愉快呢?)」這段話涉及一個故事：孟子離開齊國，充虞在途中問道：「老師您好像有點不愉快的樣子。以前我曾從您那裏聽說：『有德行的人不埋怨天，也不怪罪人。』」孟子說：「那時是那時，現在是現在。自古以來每隔500年一定有個聖君興起，在這期間還必然有聞名於當時的傑出人才出現。目前正應該是產生聖君賢相的時候了。」孟子接著說的就是引文的話。「舍我其誰」即從文中摘出，表示自己就應該是那位「賢相」。再如《李自成》第一卷第十一章：「由於這一措施的成功和在軍事上的連續勝利，使他(孫傳庭)變得十分自負和驕傲，常有『剿平流寇，舍我其誰』的想法。」

「非我莫屬」語出《史記．屈原賈生列傳》：「每一令出，平伐其功，曰以爲非我莫能爲也。」「非我莫屬」即由引文提煉出，表示除我以外，不能屬於任何人。如《民國通俗演義》第一百五十二回：「吳景濂久已懷著總理一席非我莫屬的念頭，而今竟被別人奪去，不覺又氣又恨……」此中的「非我莫屬」即是。

114 花花世界

「花花世界」是個什麼樣的世界？

首先，「花花世界」可以泛指「人世」。如《何典》第一回：「自從盤古皇手裏開天闢地以來，便分定了上中下三個太平世界……中界便是今日大衆所住的花花世界。」京劇《武家坡》：「青是山，綠是水，花花世界，薛平貴好一似孤雁歸來。」兩文中的「花花世界」即均指人世。

再如《鏡花緣》第四回：「只見滿園青翠縈目，紅紫迎人，眞是錦繡乾坤，花花世界。」此中的「花花世界」則指花園五光十色。

劉少奇《論共產黨員的修養》：「此外，還有個別人受不起舊社會剝削階級的引誘，看到了花花世界，看到了金錢美色，他們就動搖起來。」此中的「花花世界」則指吃喝玩樂的場所，含貶義。

115 花朝月夕

「花朝月夕」與「花天酒地」同義嗎?

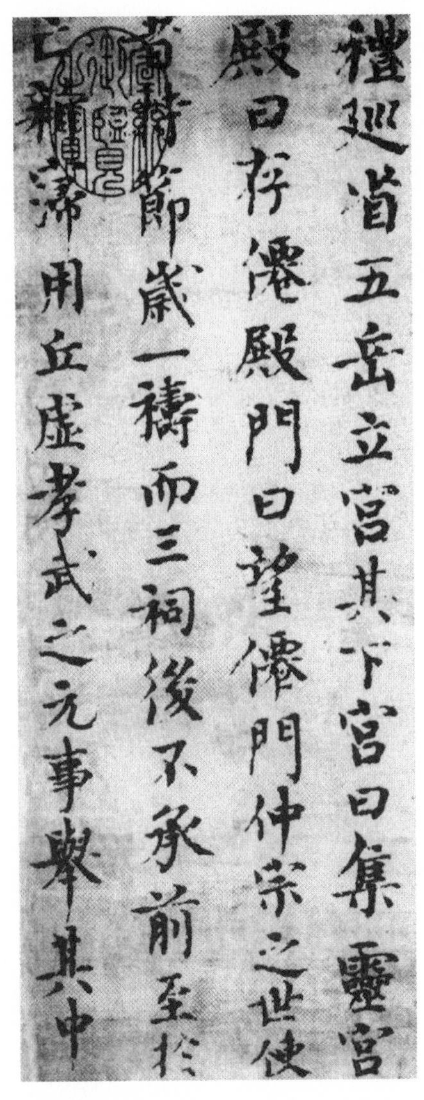

歐陽修手跡

不同義。「花朝月夕」說的是花開的早晨，月明的夜晚，雖說也是一「地」一「天」，但與「花天酒地」有很大的不同，而是指景物美好的時候。如《舊唐書・羅威傳》：「每花朝月夕，與賓佐賦詠，甚有情致。」北宋柳永《引駕行》：「花朝月夕，最苦冷落銀屏（景物十分美好，使得她益發感到冷落孤單）。」《大宋宣和遺事・元集》：「遇花朝月夕，宣童貫、蔡京；值好景良辰，命高俅、楊戩。向九里十三步皇城，無日不歌歡作樂。」此外也特指陰曆二、八兩月的月半。明田汝成《熙朝樂事》：「二月十五日爲花朝節。蓋花朝月夕，世俗恒言。二、八兩月爲春秋之中，故以二月半爲花朝，八月半爲月夕也。」

也作「月夕花朝」、「花晨月夕」。用例爲北宋歐陽修《夜行船》：「月夕花朝，不成虛過。」明袁宏道《蘭亭記》：「故或登高臨水，悲陵穀之不長；花晨月夕，嗟露電之易逝。」「露電」

指朝露易乾，閃電瞬逝，比喻迅速逝去或消失。

「花天酒地」的「花」指美女，也特指妓女；全語多指吃喝玩樂的奢侈墮落生活，也指富貴繁華的景象。如《官場現形記》第二十七回：「到京以後，又復花天酒地，任意招搖。」馮玉祥《我的生活》第十五章：「久而久之，遂與社會同流合污，自己也成爲黑暗社會裏面的一個分子，成天三朋四友，花天酒地，胡鬧鬼混。」此中的「花天酒地」即指繁華生活。也作「酒地花天」。如清魏源《江南吟》：「桃花浪至鯉魚好，酒地花天不知老。」

116 芬芳馥郁

「芬芳馥郁」、「瑰意琦行」 有什麼區別?

戰國楚宋玉像

「芬芳」是香氣，「馥郁」是香氣濃厚;「芬芳馥郁」作爲成語形容香氣很濃。如《啼笑因緣》第二回:「家樹先不必看他那人，就聞到一陣芬芳馥郁的脂粉味。」曹靖華《天涯處處皆芳草》:「尤其是芳香作物區，這兒的花香、枝香、葉香、根香，統體芬芳馥郁，沁人心脾。」兩文中的「芬芳馥郁」均是。

「瑰意琦行」的「瑰」、「琦」均是美玉，在成語中比喻卓異、珍貴;全語的意思是「卓異高貴的思想和行爲」。如戰國楚宋玉《對楚王問》:「夫聖人瑰意琦行，超然獨處。」章炳麟《變法箴言》:「今吾觀於瑰意琦行之士，則有二病焉。」兩文中的「瑰意琦行」均是。

117 釆薪之憂

爲何用「釆薪之憂」稱病?

「釆薪」是砍柴，「釆薪之憂」是連木柴都不能砍了的憂慮。古人砍柴燒火是家常最必要的活計。幹不了這種活計了，就表明有病了，所以用此語婉稱自己有病。語出《孟子・公孫丑下》：「昔者有王命，有釆薪之憂，不能造朝(有病不能上朝)。」如元王實甫《西廂記》第二本第二折：「奈至河中府普救寺，忽値釆薪之憂，不及徑造(拜訪)。」此中的「釆薪之憂」即是。也作「負薪之疾」、「負薪之患」、「負薪之憂」。

用例依次是唐韓愈《復志賦序》：「其明年七月，有負薪之疾，退休於居。」《紅樓夢》第三十七回：「漏(計時器)已三轉，猶徘徊於桐檻之下，竟爲風露所欺，致獲釆薪之患。」《禮記・曲禮下》：「君使士射，不能，則辭以疾，言曰：『某有負薪之憂。』(國君讓士陪貴賓比箭，如不能射，士就藉口有病，說：『某有負薪之疾。』)」

118 金戈鐵馬

「金戈鐵馬」表現的是什麼?

「金戈鐵馬」的「金戈」是古代的一種金屬製成的兵器，長柄，頭上有橫刃;「鐵馬」指配有鐵甲的戰馬;全語指持戈躍馬作戰。如南宋辛棄疾《永遇樂·京口北固亭懷古》:「想當年，金戈鐵馬，氣吞萬里如虎。」這幾句寫與京口有關的歷史人物劉裕北伐的聲威，顯示出作者對劉裕的欽慕之情，同時也把辛棄疾自己早年戎馬倥傯的經歷融了進去。《新五代史·李襲吉傳》:「毒手尊拳(兇狠地打鬥)，交相於暮夜;金戈鐵馬，蹂踐於明時(白天)。」清賀裳《載酒園詩話》:「如木蘭雖兜鍪裲襠，馳逐金戈鐵馬間，神魂固猶在鉛黛也。一離沙場，即視尚書郎不顧，重復理鬢貼花矣。」「木蘭」指女扮男裝從軍的花木蘭，「兜鍪」是兵士戴的鐵盔，「裲襠(liǎng dāng)」是兵士護胸的背心甲，「鉛黛」本指婦女化妝用的鉛粉黛墨，在這裏代指婦女。也作「鐵馬金戈」、「金戈鐵騎」。用例依次是茅盾《關於長篇小說〈李自成〉的通訊》:「在接連兩個單元的曼歌緩舞之後，應當來一點鐵馬金戈，俾節奏有起伏。」清汪琬《苑西集序》:「至於平沙廣漠，崇岩窮障，我太祖、太宗發祥之址，與夫金戈鐵騎百戰創業之區，皆所跋涉而導從。」

119 金榜題名

「金榜題名」的「金榜」是指什麼?

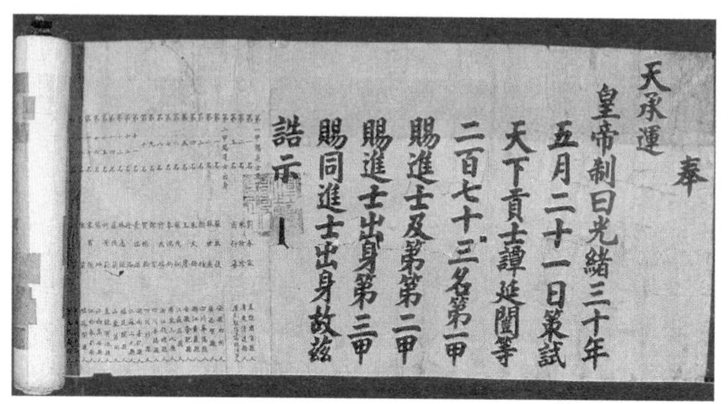

光緒三十年最後一屆文科殿試大金榜

「金榜題名」的「金榜」指科舉時代公布殿試(最高一級考試)錄取名單的黃榜，只有被殿試錄取、上了這種黃榜的人才算是「金榜題名」。如五代王定保《唐摭言》卷三：「金榜題名墨尚新，今年依舊去年春(金榜上題名的墨蹟還很新，可是今年的春天還是那個春天，物是人非了)。」《兒女英雄傳》第三十八回：「天從人願，實係洞房花燭夜，金榜題名時，眞乃可喜可賀之至。」也作「名題金榜」、「金榜掛名」。用例依次是：明周楫《西湖二集・愚郡守玉殿生春》：「恩同天地，無以為報，願扶助相公名題金榜(願意幫助相公你去科考得中)。」南宋洪邁《容齋四筆》卷八：「舊傳有詩四句誇世人得意者云：『久旱逢甘雨，他鄉遇故知。洞房花燭夜，金榜掛名時。』」

120 門可羅雀

「門可羅雀」與「門不停賓」同義嗎?

不同義。「門可羅雀」是說門前可以張網用來捕鳥。語出《史記·汲鄭列傳》:「始,翟(zhái)公為廷尉,賓客闐(tián)門;及廢,門外可設雀羅(當初,翟公做廷尉的時候,滿屋子都是賓客;等到被撤了廷尉的官職,他家的門外可以張開網捕鳥)。」「門可羅雀」即由文中提煉而出,形容門庭冷落,沒有賓客來訪。如《閱微草堂筆記·灤陽續錄三》:「僮奴婢媼皆散,不半載,門可羅雀矣。」

「門不停賓」語出《晉書·王渾傳》:「座無空席,門不停賓。」指門外不停留賓客,形容待客殷勤,賓客來了即請入內。如《顏氏家訓·風操》:「門不停賓,古所貴也。」

121 非異人任

「非異人任」指「不是別人的責任」嗎?

是指不是別人的責任，也指某事由自己擔當。語出《左傳・襄公二年》：「公曰：『楚君以鄭故，親集矢於其目，非異人任，寡人也。若背之，是棄力與言，其誰暱我?免寡人，唯二三子。』(鄭成公說：『楚國的國君由於鄭國的緣故，他的眼睛被箭射中。受到這樣的災禍不是別人的責任，是我的責任。如果背棄他，這是丟棄了人家的功勞和自己的誓言，還有誰來親近我? 使我免除過錯，就看你們幾個的了。』)」「非異人任」即由文中節出。如孫中山《救國之急務》：「吾四萬萬同胞乎！ 諸君固民國之主人也，喚起天下，驅除此丑類者，匪異人任。」《民國通俗演義》第二回：「何不趁此機會，攬握重兵，反手王齊，匪異人任。」兩文中的「匪異人任」均是。「反手王齊」是個典

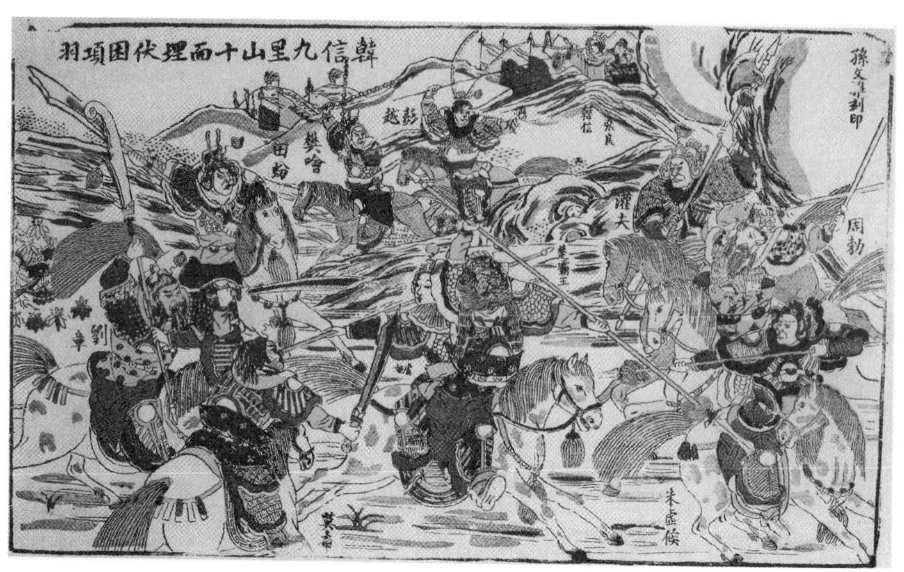

《韓信九里山十面埋伏困項羽》年畫

故，出自《史記·淮陰侯列傳》：「夫以足下之賢聖，有甲兵之衆，據強齊，從燕、趙，出空虛之地而制其後，因民之欲，西鄉爲百姓請命，則天下風走而回應矣，孰敢不聽！……則天下之君王相率而朝於齊矣。」「反手王齊」即從文中提煉而出。這是蒯通勸韓信脫離劉邦，在齊地獨立所說的話，意思是：如今劉邦、項羽兩王的命運就握在你手上，你如果幫哪一方，哪一方就勝利。最好的辦法是你跟他們三分天下。以你的才能和具有的兵力，又占據著強大的齊國， 牽制著燕國和趙國，再出兵去收復劉、項雙方兵力不足之處，出兵向西，去爲百姓們講話，阻止劉、項之爭鬥。那樣天下的百姓對您會像風、像迴響一樣地快速回應。到了那個時候，誰敢不聽從您的意見？到最後，天下的君王們，一定相繼到齊國來朝拜您。「反手王齊」的「反手」即指讓韓信脫離劉邦，「王齊」即指讓韓信消滅劉邦與項羽的勢力成爲齊國的國君。衆所周知，韓信沒聽蒯通的話，最後被斬首於未央宮。

122 非意相干

「非意相干」是沒有干涉的意思嗎?

不是。「非意」指不是故意,「干」是干預;全語是「不是故意爲難」的意思。如《晉書·衛玠傳》:「玠嘗以人有不及,可以情恕;非意相干,可以理遣,故終身不見喜慍之容(衛玠認爲:人會有某些事想得不周全的時候,這種時候如辦了錯事,可以諒解;如果傷害到你,可他不是誠心找彆扭故意爲難你,對這種情況可以用事物的常理進行排遣,自寬自解。由於他是這樣看問題,所以他一輩子都顯不出高興或者惱怒的面容)。」此中的「非意相干」即是。唐段成式《酉陽雜俎》:「將午,當有匠餅者負囊而至,囊中有錢二千餘,而必非意相干也,可閉關,戒妻孥勿輕應對。」此中的「非意相干」亦是。這是一個叫盧生的說的話。盧生是一個賣石灰的,但是他常常顯露出一些能卜人吉凶的奇蹟。一個買賣人叫趙元卿的,特別好事。他老買盧生的東西,以便探訪盧生的虛實。被盧生發覺,盧生就問趙元卿:「你老買我的東西,是不是另有他圖?」趙向盧生說了實話,說自己想瞭解「盧生是否眞的能測人的吉凶」。盧生也不隱瞞,對趙說:「今天我卜測的一件事就可以應驗:你家主人今天有難。如果你認爲我出的主意可靠,你就去告訴你的主人。」下面就是引文的話:將近中午的時候,會有一個做餅的人背著一個袋子前來。他的袋子中有錢兩千餘,不過他並不是故意來爲難你家主人的。你要告訴你家主人,讓他關好門。如果有人叫門,千萬別出聲答應。這個故事的後續發展是:趙元卿急忙回去告訴主人。接近中午時,果然有人按盧生所說的那樣來了,主人因爲聽從了盧生的勸告而逢凶化吉。

123　非驢非馬

「非驢非馬」是指騾子嗎?

「非驢非馬」語出《漢書·西域傳》下:「(龜茲王)後數來朝賀,樂漢衣服制度,歸其國,治宮室,作徼道周衛,出入傳呼,撞鐘鼓,如漢家儀。外國胡人皆曰:『驢非驢,馬非馬,若龜茲王,所謂騾也。』」「非驢非馬」即從文中提煉而出。這段引文說的是:古西域國龜(qiū)茲(在今新疆庫車縣)國王數次到漢朝來朝賀。他很喜歡漢朝的衣服和制度。回國後,修了宮殿,修了巡行警戒的道路,國王出入要有人呼,見國王要有人傳,每日要撞鐘鼓,如同漢家的禮儀。外國的胡人都說:「說馬不像馬,說驢不像驢,龜茲王做的像所謂的騾子。」「非驢非馬」由於被「外國胡人」用來比喻龜茲王學漢儀,有了不倫不類的涵義,因而也就用來指「走了樣,不倫不類,什麼也不像」了。如《慈禧太后演義》:「外務部無可例援,只好把西太后遊幸的禮節模糊參酌,定了一個非驢非馬的禮節。」此中的「非驢非馬」即是。

唐三彩駱駝載胡人演奏俑

124 佶屈聱牙

「佶屈」與「聱牙」同義嗎?

不同義。「佶屈聱牙」語出韓愈《進學解》：「周誥殷盤，佶屈聱牙。」「佶(jí)屈」是曲折的意思，「聱(áo)牙」是讀起來拗口的意思。「佶屈」與「聱牙」這兩個詞原是分著用的，後來韓愈讀周《誥》、殷《盤》，覺得其文太難懂，就把兩詞結合起來說了，這樣「佶屈聱牙」就成了後來人們常用的成語，用來形容文辭艱澀古奧，彆扭難懂。

周《誥》是《尚書》中的《大誥》、《康誥》等篇的總稱。殷《盤》也叫《盤庚》，是商王盤庚遷都到殷(今河南安陽一代)前後，安撫民眾的訓話，分上中下三篇。

這訓話的時代可能是西元前14世紀，但是從文字的風格看，和西周的銅器銘文很接近。所以也有可能是進入西周以後，商朝的後裔根據祖上的傳說追記的。此文年代久遠，後人讀起來有困難也是可以理解的。此外「佶屈聱牙」也寫作「詰屈聱牙」，意義不變。

125 邯鄲學步

用「邯鄲學步」指出乖露醜對不對?

不錯，有這種用法。語本《莊子・秋水》：「且子獨不聞夫壽陵餘子之學行於邯鄲與?未得國能，又失其故行矣，直匍匐(púfú)而歸耳!」唐成玄英疏：「壽陵，燕之邑。邯鄲，趙之都。弱齡未壯，謂之餘子。」這段話的意思是：你難道沒聽說過那位燕國少年邯鄲學步的故事嗎? 不但沒學會趙國的走法，連他原來的走法也忘掉了。最後只好爬著回去。「邯鄲學步」即從文中提煉而出，比喻模仿照搬不成，反而出乖露醜。如清洪楝園《後南柯傳奇序》：「或問於余曰：『昔時湯臨川先生有《南柯記》之編，而子是作又名《後南柯》，亦借蟻爲喻，意者以湯意未盡，而爲東施效顰乎? 抑羡慕成作，而爲邯鄲學步乎?』」(有的人問我：「以前湯臨川先生已經著有《南柯記》，而你的這部著作又名《後南柯》，也是借蟻爲喻。你這樣做的初衷是認爲湯先生的《南柯記》沒有把『借蟻爲喻』表現充分，你不考慮自己的具體條件想要再進行表現呢? 還是因爲欣賞原作，而生搬硬套

明仇英《南華秋水圖》

地向其學習、模仿、出乖露醜呢?」）「東施效顰」也是成語，比喻不根據具體條件，盲目模仿別人，效果適得其反。

關於「邯鄲學步」，有時也只用其字面義，指「學習模仿」，不含「出乖露醜」義。如清梁紹壬《兩般秋雨庵隨筆》卷一：「半臂添寒尚書醉，屏後金釵楚楚，齊俯首邯鄲學步。」這說的是一個叫琴娘的女子善於彈琴，被一位中丞請進府內教授衆姬妾彈琴。「半臂」指短袖或無袖上衣。引文的意思是：這時尚書酒醉，穿著短袖衣衫也感到有些涼意;屏風後的美女都在低著頭模仿琴師彈琴。此中的「邯鄲學步」僅指「學習模仿」。

「邯鄲學步」也作「學步邯鄲」。如明張岱《又與毅儒八弟》：「蘇人常笑吾浙人爲趕不著，誠哉其趕不著也。……何必攀附蘇人始稱名士哉? ……學步邯鄲，幸勿爲蘇人所笑。」此中的「學步邯鄲」也指盲目跟風，出乖露醜。

126 封胡遏末

爲何用「封胡遏末」讚美優秀子弟?

「封胡遏末」語出《世說新語・賢媛》:「一門叔父,則有阿大(謝尚)、中郎(謝據);群從兄弟,則有封(謝韶)、胡(謝朗)、遏(謝玄)、末(謝淵)。不意天壤之中,乃有王郎。」這說的是:東晉有名的才女謝道韞,嫁給了王羲之之子、時任江州刺史的王凝之。但是道韞很看不起她丈夫。一次道韞回娘家,心情非常不好。她伯父謝安(身爲宰相)勸解侄女說:「王郎,是王羲之的兒子,不惡,人才也可以。你爲什麼這麼不滿意?」這時,道韞就說了引文中的話,意思是:您看咱們家從我的父輩說,有叔父阿大、中郎這樣的人物;從我的兄弟這一輩說,有封、胡、遏、末這樣的人物;可是實在想不到天底下竟然有王凝之這樣的庸碌之人。由於謝道韞是把封、胡、遏、末四兄弟作爲優秀人才與平庸的王郎

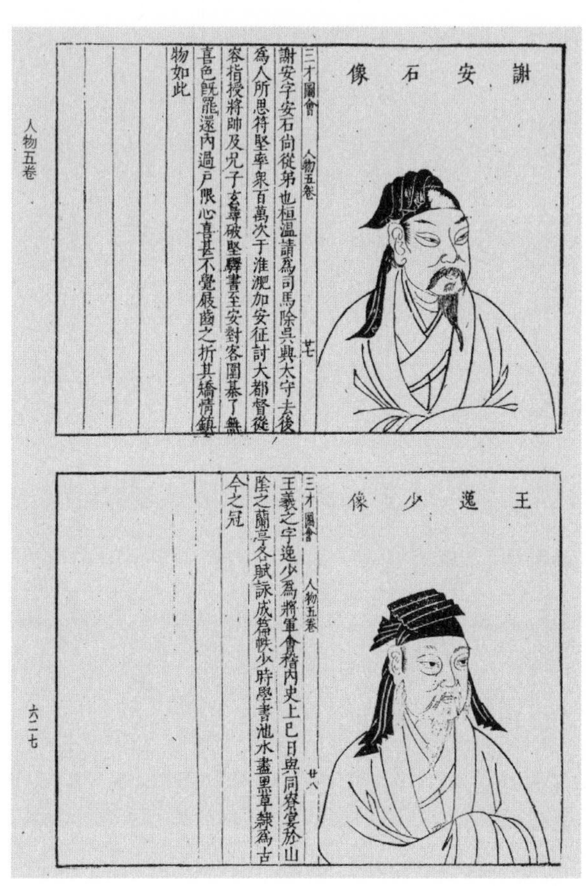
人物五卷

謝安石像

三才圖會　人物五卷　廿七

謝安字安石尚從弟也桓溫請爲司馬除吳興太守去後爲人所思符堅率衆百萬次于淮淝加安征討大都督從容指授將帥及兄子玄等破堅驛書至安對客圍碁了無喜色既罷還內過戶限心喜甚不覺屐齒之折其矯情鎮物如此

王逸少像

三才圖會　人物五卷　廿八

王羲之字逸少爲將軍會稽內史上巳日與同寮宴於山陰之蘭亭各賦詠成篇帙少時學書池水盡黑草隸爲古今之冠

六二七

謝安、王羲之像

加以對比，所以後來人們就把「封胡遏末」作爲成語用以讚美兄弟子侄和優秀子弟。如北宋蘇軾《蜜酒歌・又一首答二猶子與王郎見和》：「封胡遏末已可憐，不知更有王郎子(封胡遏末這些優秀人才已經很可愛，不知道更有一個王郎也不錯)。」「可憐」意爲「可愛」。再如南宋陸游《七侄歲暮同諸孫來過偶得長句》：「封胡遏末皆佳甚，剩喜團欒一笑新。」

還有一種解釋認爲「封胡遏末」是兩個人，「封胡」是謝韶，「遏末」是謝淵。有的版本「遏」還作「羯」。

127 春蘭秋菊

「春蘭秋菊」指的是兩種花嗎?

不僅指兩種花。這個成語含有幾種意義：

《楚辭・九歌・禮魂》：「春蘭兮秋菊，長無絕兮終古(雖然是春秋輪迴，年復一年地過去，但是祭祀之禮不廢，禮樂終古而相傳)。」在此篇中「春蘭秋菊」指春秋輪迴，年復一年地過去。還有一種說法是洪興祖對這兩句詩的補注：「古語云，春蘭秋菊，各一時之秀也。」按這種說法，引文可譯爲「春天的蘭花、秋天的菊花，各是一季的秀美之色」。

魯迅《偶成》：「所恨芳林寥落甚，春蘭秋菊不同時(遺憾的是芳林之中太冷清了，春蘭秋菊不能同時在林中開放)。」此中的「春蘭秋菊」亦比喻各有其秀美的特色。

「春蘭秋菊」也作「秋菊春蘭」。用例如南朝梁劉峻《重答劉秣陵詔書》：「秋菊春蘭，英華靡絕(秋季之菊、春季之蘭，其美麗特色從未消失，依舊在延續不斷)。」南宋趙蕃《學詩詩》：「學詩渾似學參禪，要保心傳與耳傳。秋菊春蘭寧易地，清風明月本同天。」此中的「參禪」是佛教用語，指佛教徒靜坐冥想領會佛理;「秋菊春蘭」代表參禪與學詩;全詩的意思是：學詩與參禪一樣，都需要自己去「悟」(耳聽心受)。只要抓住了「悟」這一條，就抓住了根本，如同「秋菊春蘭換到其他地方去開放也不要緊」，因爲其他任何地方都是可供「秋菊春蘭」開放的相同的「清風明月」。

128 枯木朽株

「枯木朽株」與「枯魚銜索」

「枯木朽株」指乾枯的木頭，腐朽的樹樁;比喻不足重視，沒有多大用處的人或物。「枯魚銜索」指穿在繩索上的乾魚，用以形容存在的日子已不多。如西漢司馬相如《諫獵疏》：「今陛下好陵阻險，射猛獸，卒然遇逸材之獸，駭不存之地，犯屬車之清塵，輿不及還轅，人不暇施巧，雖有烏獲、逢(páng)蒙之技不得用，枯木朽株盡爲難矣。是胡越起於轂(gǔ)下，而羌夷接軫(zhěn)也，豈不殆哉(現在陛下喜歡登險峻難行之處射獵猛獸。要是遇到特別兇猛的野獸，它們因無處藏身而驚起，冒犯了您聖駕車騎的正常前進，車子來不及掉頭，人來不及隨機應變，即使有烏獲、逢蒙的技術也施展不開，枯木朽株全都成了障礙。這就像胡人、越人從車輪下竄出，羌人、夷人緊跟在後面，豈不危險啊)!」此中的「枯木朽株」就是用的字面義，指在特殊情境下完全無用的東西也會成爲障礙。「逢蒙」是夏朝優秀的射箭能手。「烏獲」是戰國時秦國的大力士。「胡、越、羌、夷」指可能帶來傷害的人。再如南宋陳亮《與呂伯恭正字書》：「亮已如枯木朽株，不應與論此事，亦習氣未易頓除也(陳亮我已是枯木朽株，不應該參與議論此事，也是我舊的習氣不容易一下子改掉，所以還是要參加議論)。」此中的「枯木朽株」則比喻不足重視之人。毛澤東《漁家傲・反第二次大「圍剿」》：「白雲山頭雲欲立，白雲山下呼聲急。枯木朽株齊努力。槍林逼，飛將軍自重霄入。」也作「朽木枯株」。明康海《中山狼》第三折：「俺道你瓊(美玉)材玉樹，卻元是朽木枯株。」

「枯魚銜索」指穿在繩索上的乾魚，用以形容存在的日子已不多。如《孔子家語・致思》：「子路見於孔子曰：『負重涉遠，不擇地而休;家貧親老，不擇祿而仕。昔者，由也事二親之時……枯魚銜索，幾何不蠹。二親之壽，忽若過隙。』孔子曰：『由也事親，可謂生事盡力，死事盡思者也。』」這說的是：子路拜見孔子，說：「背負重物走遠路，就不會選擇非到好的地方才休息(因爲背負的東西太重，容不得選擇地方)；家中貧窮贍養父母，就不會計較俸祿厚薄才做官。過去我在侍奉雙親的時候，常吃藜藿這些最粗劣的食物，爲了父母常到百里外去背米回家。父母去世後我南下楚國做官，隨從的車輛多達百乘，積蓄的糧食有萬鍾之多，坐的墊子有好幾層厚，排列開大鼎吃飯。可是我仍想吃藜藿之食，去爲父母背米，卻已沒有機會了。將乾魚穿在繩子上，不生蠹蟲能有多久；父母的壽命，恍若白駒過隙般短暫。」孔子說：「你侍奉雙親，可以說是在父母生前盡了全力，去世之後傾盡了哀思的人啊。」此中的「枯魚銜索」是表示父母存在的日子太短，等到自己能讓父母過好日子了，但父母已不在，非常遺憾。由於子路已具有「排列開大鼎吃飯」的實力，但仍「想吃藜藿之食」，因此這「枯魚銜索」又具有了「思念已過世的雙親」之意。如北周庾信《哀江南賦》：「泣風雨於梁山，惟枯魚之銜索。」這裏用了兩個典故。第一個是講曾參是個大孝子，他在泰山腳下耕種，遇到大雨，回不了家，想念家中的父母。思念之情催發了創作靈感，即創作了琴曲《梁山吟》。庾信把這個典故凝練爲「泣風雨於梁山」，抒發他的思念雙親之情。第二個即是用了《孔子家語》中的「枯魚銜索」這個典故。

129 柳骨顏筋

「柳骨顏筋」、「虞褚歐顏」是成語嗎？

是成語。「柳骨顏筋」指唐代書法家柳公權的書法謹嚴而骨力遒勁，顏眞卿的書法渾厚而筋力飽滿。「虞褚歐顏」指的是四位唐代書法家——虞世南、褚遂良、歐陽詢、顏眞卿，泛指楷書的各種流派。前語的用例如元王實甫《西廂記》第五本第二折：「這的堪爲字史，當爲款識（zhì），有柳骨顏筋，張旭張顚，羲之獻之。」此中的「柳骨顏筋」代表柳、顏二人；「張旭張顚」指張旭，也是唐代書法家，尤善草書，嗜酒，醉後呼叫狂走方才下筆；「羲之」指東晉書法家王羲之；「獻之」亦書法家，羲之之子。後語的用例如《續孽海花》第三十九回：「北海（李邕）的字，與虞褚歐顏同出羲（之）獻（之）之門，惟各各變化，獨立一格。」

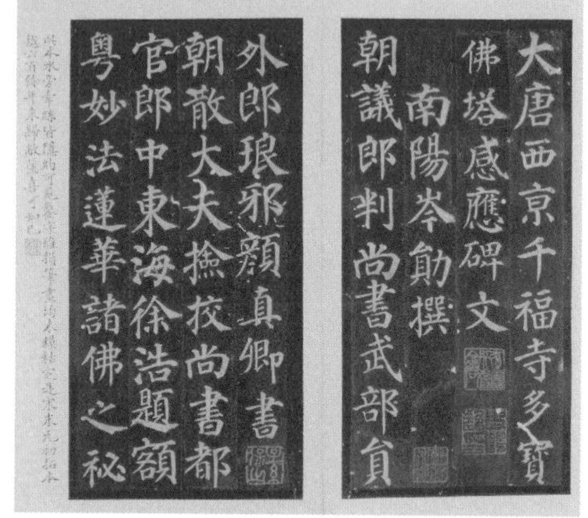

顏眞卿書《多寶塔》

此外還有「顏筋柳骨」、「顏精柳骨」、「歐虞顏柳」。用例依次是南宋陸游《唐希雅雪鵲》：「我評此畫如奇書，顏筋柳骨追歐虞。」北宋范仲淹《祭石學士文》：「曼卿之筆，顏精柳骨。」清王士禎《池北偶談》卷十四：「唐人留意書學，即不以書名者，往往有歐虞顏柳風氣。」

130 洞察其奸

「洞察其奸」、「洞見癥結」與「洞若觀火」

「洞察其奸」的「洞」意爲透徹、深入。全語的意思是：看透對方的陰謀詭計。如《鏡花緣》第十二回：「倘明哲君子，洞察其奸……諸事預爲防範，無許入門，他又何所施其伎倆?」

「洞見癥結」的「癥結」指「腹內結塊的病」。語出《史記・扁鵲倉公列傳》：「以此視病，盡見五臟癥結，特以診脈爲名耳。」「洞見癥結」原指醫生透視到病情所在，後來比喻眼光銳利，能透過現象看到問題的實質或要害。如《閱微草堂筆記・如是我聞四》：「一友曰：『周、張、程、朱必不輕詈(責罵)。惟其不足於中，故悻悻於外耳。』香畹首肯(點頭同意) 曰：『斯言洞見癥結矣。』」

「洞若觀火」的「洞」，其意義與前兩語的「洞」不同，是明澈、清楚明白的意思。所以此語的字面義是：清楚明白，好像觀火一樣。多用此語比喻觀察事物十分清楚。此語出自《尚書・盤庚上》：「予若觀火。」對這句話，西漢孔安國解釋爲「我觀汝情如視火。」唐孔穎達注疏爲「言見之分明如見火也。」用例如魯迅《〈守常全集〉題記》：「以過去和現在的鐵鑄一般的事實來測將來，洞若觀火！」

東漢扁鵲醫病畫像石

131 約定俗成

「約定俗成」是「約定」什麼?

「約定俗成」語出《荀子・正名》：「名無固宜，約之以命，約定俗成謂之宜，異於約則謂之不宜。」荀子認爲起初給事物、給社會上人與人的各種關係定名的時候，並沒有非常嚴格的不可更易的準則。

但是把名稱界定好了，畫定了界限，確定了所屬範圍之後，人之用某名指某實既已成爲習俗了，那它就是合適的，就要承認和遵守它(「俗成謂之宜」)，不承認不遵守就是不合適的。

後來這段話中的「約定俗成」被節選出來作爲成語，字面義就是「界限範圍已畫定，已成爲習俗」，其所表述的意義就是「某種事物的名稱或社會習慣是由人們經過長期實踐而確定或形成的」。

舉一個例：我們不用「罄竹難書」這個成語形容好事做的多，而一定用它形容罪狀很多。這就是約定俗成的用法。

132 約法三章

「約法三章」是約定的條文有三章嗎?

不是。此語出自《史記・高祖本紀》:「召諸縣父老豪傑曰:『父老苦秦苛法久矣,誹謗者族,偶語者棄市。……與父老約法三章耳:殺人者死,傷人及盜抵罪。余悉除去秦法(漢高祖劉邦召集各縣父老豪傑說:『父老們受秦朝苛法的痛苦已經很久了,誹謗朝廷的要滅族,相聚說話的要判死罪。……現在我與父老們約定:今後殺人的要判死罪,傷人的或盜竊的抵償相應的罪名。餘下的秦法一律廢除)。」

由此可知:「約法三章」中的「章」乃是「條」,「三章」就是「三條」的意思。「約法三章」本義指共同議定的三條法律,後來也指訂立簡明的必須遵守的規章條款。如《世說新語・排調》:「與卿約法三章:談者死,文筆者刑,商略(品評人物)抵罪。」《兒女英雄傳》第二十四回:「不想姑娘另有一段心事,當下便和安老爺說了約法三章,講明到京葬得父母,許她找座廟宇,廬墓終身,才肯一同上路。」兩文中的「約法三章」即是。

133 苦心孤詣

「苦心孤詣」與「苦口婆心」

「苦心孤詣」的「苦心」指費盡心思，「孤詣」指獨到之處;全語指刻苦用心地鑽研探求，到達獨創的程度。如清李重華《貞一齋詩說》：「孟東野、賈浪仙卓犖偏才(孟郊、賈島這二人詩作的意境風格簡嗇孤峭)，俱以苦心孤詣得之。」此中的「苦心孤詣」即是。也形容對某事努力經營，煞費苦心。如魯迅《風箏》：「(我)又很憤怒他的瞞了我的眼睛，這樣苦心孤詣地來偷做沒出息的孩子的玩藝。」

「苦口婆心」的「苦口」是反覆規勸的意思。所以「苦口婆心」是不辭煩勞地反覆勸說，用心像老婆婆那樣慈善，形容一片好心，再三再四地進行規勸。語出《宋史．趙普傳》：「卿社稷元臣，忠言苦口，三復來奏，嘉愧實深。」

用例如《兒女英雄傳》第十六回：「這等人若不得個賢父兄、良師友，苦口婆心的成全他，喚醒他，可惜那至性奇才，終歸名墮身敗。」

134　苟且偷安

「苟且偷安」可用來指「通姦」嗎？

不可以。「苟且偷安」的「苟且」是「馬虎隨便，不嚴肅認真」的意思。如《漢書・王嘉傳》：「其二千石長吏亦安官樂職，然後上下相望，莫有苟且之意。」這裏的「莫有苟且之意」，就說的是官吏們都忠於職守，沒有「馬虎、隨便」做事的。西漢賈誼《新書・數寧》：「夫抱火厝之積薪之下而寢其上，火未及燃，因謂之安，偷安者也(把火放在積薪的下面然後躺在積薪的上面，當火還沒燒到身上的時候就說這是安全。這種安全叫做偷安啊)。」此中的「偷安」是「只求眼前安逸」的意思。馮玉祥《我所知道的蔣介石》：「由此可見他們的旅長雖想要苟且偷安，但一般的官兵卻能很勇敢地不聽他的亂命。」可見「苟且偷安」就是「得過且過，不顧將來，只求眼前安逸」的意思。

不過有時「苟且」也引申指「男女之間有不正當的關係」，如周立波《掃盲志異》：「等到稍微定定神，他的頭一個心思是要衝進房間去，捉姦捉雙，親手拿住這對苟且的男女，好去打官司。」如果指的是不正當的男女關係，只用「苟且」二字即可，不必帶上「偷安」，因爲帶上「偷安」意義就完全變了。

135 革故鼎新

「革故鼎新」的「鼎」怎麼會有「更新」之義?

「鼎」乃是三個足的烹飪器皿，確實與「更新」的意思相距很遠。此詞之所以具有了「更新」之義，與《周易》有關，更與《周易》把此詞的引申義作爲一個卦名有關。首先，說「與《周易》有關」，是因爲「革故鼎新」這個成語出自《周易・雜卦》：「革，去故也；鼎，取新也。」「革」原指動物的皮，動物的皮都要新陳代謝，要脫皮脫毛，所以它要「去故」，要把老皮脫掉，長出新皮，因此它獲得了「更新」的意義。「鼎」是烹飪器皿，此器皿能使食物由生變熟，由硬變軟，引申一下也有更新之意，所以把「革故鼎新」合起來表示「破舊立新」。如《暴風雨前》第三部分：「鐵民的話有道理！中國古人革故鼎新，與民更始……全是這個意思。」此中的「革故鼎新」即是「破舊立新」之意。

西周晚期毛公鼎

136 風月無邊

「風月無邊」、「風雲際會」都指風景嗎?

清陳奕禧題《西遊記》圖冊

不是。「風月無邊」的「風月」指清風與明月；全語的意思是：清風所吹，明月所照，無邊無際，用以形容風光美好宜人。如南宋朱熹《六先生畫像贊・濂溪先生》：「風月無邊，庭草交翠。」清平步青《霞外捃(jùn)屑》卷四：「越人好傳讕語。如云徐天池遊西湖，題某匾曰：『虫二。』詰之，曰：『風月無邊也。』」此中的「讕語」指虛妄不實的話：「風」和「月」都去掉了「邊」，就只剩下「虫二」。

「風雲際會」的「際會」指適時地相遇、會合。語本《後漢書・朱祐景丹王梁等傳》：「中興二十八將……咸能感會風雲，奮其智勇，稱爲佐命(中興二十八將都能緊跟時代的步伐，發揮他們的聰明才智，奮勇殺敵，被稱爲建業功臣)，亦各志能之士也。」「風雲際會」即從文中提煉出，比喻有作爲的人物在良好的時機聚在一起。如《西遊記》第八十七回：「只見衆神都到，合會一天。那其間風雲際會，甘雨滂沱。」《鏡花緣》第五回：「蓋聖上既奉天運承了大統，天下閨中，自應廣育英才，以爲輔弼，亦如古之八元、八愷，風雲際會。」此中的「八元、八愷」是古代高辛氏、高陽氏時的十六個才子。「閨中」指館室之中。

137 風和日麗

用「風和日麗」有季節的限制嗎?

從用例看，大多用在春天，因爲「風」和「日」均以春天的「風」最溫和，「日」最美好。如沈復《浮生六記》卷二：「是時風和日麗，遍地黃金，青衫紅袖，越阡度陌，蝶蜂亂飛，令人不飲自醉。」這段描寫當是春遊所見到的景象。此中的「遍地黃金」指菜花開放。「青衫紅袖」是以衣代人。「越阡度陌」也是成語，在這裏指行走於田間。

再如章庭謙《悲慘的餘剩》：「在風和日麗的春光中，我不信人們的心會關得住的。」此例也指春天。也作「風和日暖」、「風暖日麗」。

用例依次是《水滸傳》第一回：「風和日暖，時過野店山村。」茅盾《香市》：「因爲從清明到穀雨這二十天內，風暖日麗，正是行樂的時令。」

138 風流倜儻

「風流倜儻」與「風流蘊藉」同義嗎?

小有不同。前語的「倜儻(tì tǎng)」是瀟脫、不拘束的意思。全語形容人有文才，豪爽灑脫，不受世俗禮法拘束。如《二十年目睹之怪現狀》：「這邊北院裏同居的也是一個京官，姓車……爲人甚是風流倜儻。」也作「倜儻風流」、「風流跌宕」、「風流逸宕」。「跌宕」、「逸宕」都是性格灑脫、不拘束的意思。用例依次是清百一居士《壺天錄》下卷：「南邑某生，少而聰慧，既長，豐神韶秀(精神飽滿姿容秀麗)，倜儻風流。」清孔尙任《桃花扇・聽稗》：「這笑罵風流跌宕，一聲拍板溫而厲，三下《漁陽》慨以慷。」巴爾札克《幻滅》：「一切舊事都奔湊到發脹的腦殼裏來了：巴黎的繁華，自己的風流逸宕，幾個朋友的豪情勝概……」

「風流蘊藉」的「蘊藉」是寬和而有涵容的意思，全語形容人風度瀟灑溫文。如《北齊書・王昕(xīn)傳》：「昕母清河崔氏，學識有風訓(教養)，生九子，並風流蘊藉，世號王氏九龍。」此中的「風流蘊藉」即是。「風流蘊藉」也指詩文的意趣飄逸而含蓄。用例如宋王灼《碧雞漫志》：「晏元獻公長短句風流蘊藉，一時莫及，而溫潤秀潔，亦其無比。」「長短句」在北宋時期是詞的本名。在宋代以後是詞的別名。

139 風流雲散

「風流雲散」爲何常與「一別如雨」搭配?

「風流雲散」是像風吹過，像雲飄散，比喻的是人們漂流分散。「一別如雨」則是指一場雨飄落下來，再也無法返回天空，即散了以後，再也不能相聚。因此把兩語連用，多表示分別之後，再見無望。其語義是十分沉重的，因此要愼用此語。

如「建安七子」之一的王粲《贈蔡子篤》：「風流雲散，一別如雨。」表示的就是「再見無望」。「風流雲散」也單用。

如《紅樓夢》第一百零六回：「衆姐妹風流雲散，一日少似一日。」又有「風吹雲散」，比喻事情的消失或完結，與「風流雲散」的意義有很大不同。

如康濯《春種秋收》：「這事兒是風吹雲散，往後誰也不許提啦!」此中的「風吹雲散」即是。

140 風流罪過

「風流罪過」僅指因男女關係所犯的錯誤嗎?

不是。從用例看,「風流罪過」有三種含義:

一是指因風雅之事所造成的細小過失。如《北齊書·郎基傳》:「基性清慎,無所營求。曾語人云:『任官之所,木枕亦不須作,況重於此事。』唯頗令寫書。潘子義曾遺之書曰:『在官寫書,亦是風流罪過。』基答書曰:『觀過知仁,斯亦可矣。』(郎基這個人清廉謹慎,不經營家產,不追求錢財。他曾說:『在做官的任上,連木枕這樣的小東西都不要置辦,更不用說比這個更大的東西了。』但他卻在任上讓人給他抄了許多書。因此潘子義給他寫信說:『你在任上讓人給你抄書,這也是一種風流罪過。』郎基回信說:『觀過知仁,這也是可以的吧。』)」此中的「觀過知仁」也是一個成語,語出《論語·里仁》:「子曰:『人之過也,各於其黨。觀過,斯知仁矣。』(孔子說:『人的過錯,有不同的類型,看他所犯的過錯,就知道他有沒有仁道的修養了。』)」「觀過知仁」即從文中摘出,指看人所犯的錯誤就可以知道此人是哪一類人。那麼從郎基所犯的讓人「抄書」的錯誤中可知他是哪一類人呢? 回答是:「他是風雅之士。」

二指細小的過失。如元袁忠賢《單鞭奪槊》:「你喚尉遲恭來,尋他些風流罪過,則說他有二心,將他下在牢中。」此中的「風流罪過」即是。

三指因男女關係所犯的過失。如北宋黃庭堅《滿庭芳》:「又須得、樽前席上成雙。些子風流罪過,都說與、明月空床。」此中的「風流罪過」即是。

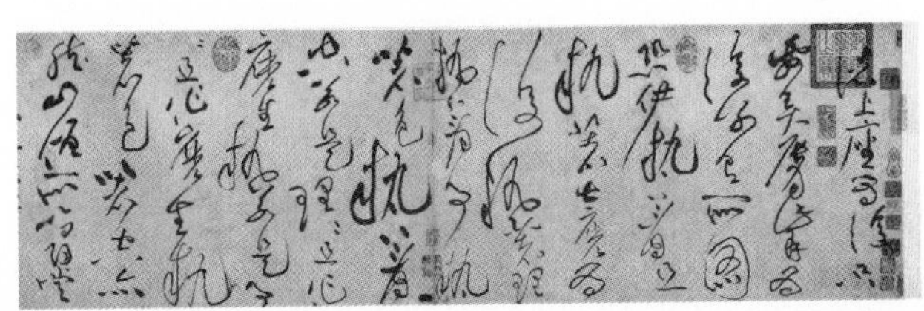

黃庭堅《諸上座帖》(局部)

141 風流儒雅

「風流儒雅」是學識淵博的意思嗎?

成都杜甫草堂

「風流儒雅」這個成語因語境不同而意義有別。下面擬以杜甫詩中的「風流儒雅」爲例，說明此語的正確解釋。杜甫詩中的用句是這樣的：「搖落深知宋玉悲，風流儒雅亦吾師。」（《詠懷古跡》）「風」，其本義爲氣象學意義上的風;引申指「像風一樣能流動傳播的影響廣大的教化、習俗」，再由此引申指「節操、姿態、態度」。「風流儒雅」的「風」即用的是「姿態」義項。「流」的本義是「水流動」，引申指「運動不定」。「風流」的「流」即用的是此義項，指「不拘禮法」。「儒」的本義是熟悉詩書禮樂的讀書人，在「儒雅」一詞中指「讀書人的風貌」。「雅」本義是烏鴉，後被借用以表示一種樂器，西周朝廷上用「雅」演奏的樂歌亦稱「雅」。由於「雅樂」出於朝廷，故「雅」引申指「正統的、合乎規範標準的、高尚的」。「儒雅」的「雅」即用的是此義項。把四個詞結合起來可知「風流儒雅」是稱揚人學識淵博，舉止瀟灑，很有風度。因此不能說此語只是「學識淵博」的意思。

結合上文，再把杜甫詩解釋一下：杜甫自蜀出陝，路過戰國時的楚國文學家宋玉的故里歸州(今湖北秭歸)，寫了《詠懷古跡》憑弔宋玉。前面所引的是此詩的第一二句。第一句「搖落深知宋玉悲」的「搖落」，是宋玉名篇《九辨》中的用詞。《九辨》原文爲「悲哉秋之爲氣也，蕭瑟兮草木搖落而變衰」。杜甫第一句詩的意思是：自己深知宋玉「悲秋景之寥落」的原因乃是「傷自身之飄零」。第二句「風流儒雅亦吾師」，很明確，是表示：宋玉不論是在品格方面還是在文采方面都足以做自己的老師。杜甫通過這兩句詩，目窮今古，思接千載，寫出了自己和宋玉之間異代知音的關係。下面再舉一個例子：《鏡花緣》第十九回：「而且無論男婦，都是滿臉書卷秀氣，那種風流儒雅光景，倒像都從這個黑氣中透出來的。」此中的「風流儒雅」亦是。

142 風清弊絕

「風清弊絕」與「風清月朗」分別指什麼?

蘇軾《赤壁賦》(局部)

「風清弊絕」的「風清」指風氣清明,「弊絕」指弊病絕跡;全語形容貪污舞弊等情況杜絕,社會清明。如北宋周敦頤《拙賦》:「上安下順,風清弊絕。」此中的「風清弊絕」即是。

「風清月朗」的「清」是涼爽的意思,全語指微風涼爽,月亮明朗。如《紅樓夢》第七十五回:「將一更時分,眞是風清月朗,上下如銀。」元李文蔚《燕青博魚》第四折:「正風清月朗碧天高。」 兩文中的「風清月朗」均是。也作「風清月白」、「月白風清」。用例依次是北宋歐陽修《采桑子》:「風清月白偏宜夜,一片瓊田(傳說中能生靈芝草的田)。」北宋蘇軾《後赤壁賦》:「有客無酒,有酒無肴(精美的菜),月白風清,如此良夜何?」

143 風簷寸晷

「風簷寸晷」是什麼含義?

「風簷寸晷(guǐ)」的「風簷」，指科舉時代的場屋條件艱苦，不能遮蔽風雨;「寸晷」即寸陰，極短的時間;全語形容科舉時代考場條件艱苦、時間短促的緊張狀態。如明臧懋循《元曲選序》：「或謂元取士有塡詞科，若今帖括然，取給風簷寸晷之下。」說的是元朝的科考中有一種考試科目，考的是「塡詞」。這「塡詞」的「詞」指的是元曲，相當於明朝科考的「帖括」。「帖括」有三個含義：(一)唐朝時，明經科以帖經試士。即把經文貼去若干字，令應試者對答。後來考生因帖經難記，乃總括經文編成歌訣，便於記誦應對，稱「帖括」。(二)比喻迂腐不切實用之言。(三)明清兩朝用「帖括」代指八股文。在上述引文中即用的是第三個義項。

再如明張岱《四書遇》序：「舉子十年攻苦於風簷寸晷之中，構成七藝。」清李海觀《歧路燈》第一百零二回：「到了場期日迫，只得把功令所有條件略爲照顧，以求風簷寸晷，有駕輕就熟之樂。」

144 食言而肥

「食言」怎麼會肥呢?

《左傳・哀公二十五年》中有這樣一個故事：春秋時期魯哀公身邊有一個重臣叫孟武伯。孟武伯有一個毛病就是經常說話不算話，出爾反爾。魯哀公很討厭孟武伯的這一點。一天魯哀公設宴，孟武伯來參加，被孟武伯看不上眼的郭重也來參加了。郭重雖然很胖但魯哀公看著很順眼，同時也很寵信他。孟武伯卻想借著郭重很胖這一特點羞辱羞辱郭重，於是對他說：「你都吃什麼好飯了? 眞是越來越胖啊!」郭重被孟武伯這樣露骨地挑明自己的缺點而且還是在君主面前，所以不知如何回答孟武伯。可是魯哀公立即做出了反應，說：「是食言多矣，能無肥乎(他是老把自己說過的話吞回去，吞回去的話太多了，怎麼能不胖呢)!」魯哀公用這兩句話既爲自己的寵臣郭重解了圍，又諷刺了孟武伯經常自食其言。所以後來人們就從魯哀公說的這兩句話中提煉出「食言而肥」作爲成語，用來指不履行諾言，自私自利。

145 俯仰無愧

「俯仰無愧」與「俯仰之間」的區別是什麼?

「俯仰無愧」語出《孟子・盡心上》:「仰不愧於天,俯不怍(zuò)於人。」此語是孟子所提出的「君子有三樂」之第二樂,意思是:仰頭看天自己無愧於天,低頭看人自己無愧於人。「俯仰無愧」從此文中提煉而出,表示處事公道正直,毫不欺詐,對天對人沒有慚愧之處。如清梁紹壬《兩般秋雨庵隨筆》卷五:「夫人苟夙夜捫心,俯仰無愧,果足以載福致祥。」此中的「俯仰無愧」即是。孟子提出的「君子有三樂」的第一樂是「父母俱存,兄弟無故」,第三樂是「得天下英才而教育之」。

「俯仰之間」指一低頭一抬頭的時間之內,形容時間十分短暫。如《漢書・鼂錯傳》:「以大爲小,以強爲弱,在俯仰之間耳。」這句話說的是戰爭的變化很快,大變小,強變弱,乃是瞬間的事。

146 俯拾即是

「俯拾即是」是一低頭就可以拾到嗎?

顧名思義，「俯拾即是」就是俯身拾取，即能得到。形容多而易得。語出唐司空圖《詩品・自然》：「俯拾即是，不取諸鄰。俱道適往，著手成春。如逢花開，如瞻歲新。眞予不奪，強得易貧(好的主題和詩句是很多的，而且就在眼前，不用到別處去找。有時筆下所寫的恰合古人詩意，這正好可與古人同道去揮筆即成。寫出的詩要像到季節應該開放的花，到時節應該更新的歲月，清新自然不刻意去雕琢用典。大自然所給予的不要丟失，要很好地採用;沒給予的也不要去強求，強求了會使詩意貧乏)。」「俯拾即是」的用例如郭沫若《虎符》第三幕：「眞的，並不是不能克服的。但要看我們拿什麼東西去克服它。這東西也是俯拾即是的。」

司空圖《偶題》詩圖

147　倒持泰阿

何謂「倒持泰阿」？

「泰阿」也作「太阿」，是古代的一種寶劍，「倒持」是倒拿著。由此可知：「倒持太阿」是把劍柄交給了別人，把可傷人的劍鋒衝著自己。語出《漢書・梅福傳》：「倒持泰阿，授楚其柄(倒持太阿劍，把劍柄交給了楚軍)。」對這句話唐顏師古有注：「言秦無道，令陳涉、項羽乘間而發，譬倒持劍而以把柄授與人也。」意思是說：秦朝無道，讓陳涉、項羽抓住人民反對暴政的機會而起義。這就好比秦朝是倒持劍，把劍柄交給了陳涉、項羽，而使自己被推翻。「倒持泰阿」作爲成語比喻隨意地把政權或權力交給別人，自己反受其害。如《民國通俗演義》第五十九回：「維時南軍渠帥，實亦豁達寡防，墮彼奸計，倒持泰阿，豢此凶逆(當時南軍的統帥，實在是很豁達不防備人的人，中了袁世凱的奸計，倒持泰阿，豢養了袁世凱這樣一個凶逆)。」「倒持泰阿」也與「授人以柄」連用，意義不變。如唐陸贄《論關中事宜狀》：「今執事者先拔其本，棄重取輕，所謂倒持泰阿，授人以柄(如今主持工作的人先把農業廢棄，而去幹別的事，削弱了關中的財富實力。這就等於倒持泰阿，授人以柄)。」《宋史・錢若水傳》：「陛下苟思兵者兇器，戰者危事，而不倒持太阿，授人以柄，則守在四夷，而常獲靜勝(陛下如果能想到武器是兇器，戰爭是危險的事，從而不把寶劍倒持給人，就守在邊疆，會常獲靜勝)。

148 兼權熟計

怎樣做才稱得上是「兼權熟計」？

「兼權熟計」的「權」本是秤砣，由於稱東西時秤砣要左右移動以求準確地稱出分量，故引申指衡量；「熟」是深入；「計」是考慮；全語的意思是：全面地權衡比較，反覆地深入考慮。那麼怎樣做才稱得上是「兼權熟計」呢？《荀子·不苟》有一段話對此語作了說明：「見其可欲也，則必前後慮其可惡也者；見其可利也，則必前後慮其可害也者；而兼權之，孰計之，然後定其欲惡取捨。」說的是：你看到一個喜歡的東西或者一件事你喜歡做，那麼必須前前後後地考慮這個東西或者這件事有讓人厭惡的地方沒有。同理，看見一個東西或一件事讓你覺得有利可圖，那麼必須前前後後地考慮這個東西或者這件事有讓人受損害的地方沒有。就是要這樣全面地進行衡量比較，反覆地進行深入考慮，然後再決定是「進」還是「退」，是「取」還是「捨」。這樣做出的決定才不會犯錯誤。

149 剛毅木訥

「剛毅木訥」與「剛直不阿」同義嗎?

小有區別。前語出自《論語・子路》:「剛、毅、木、訥,近仁(剛強、果斷、樸實、言語謹慎,這些品格都接近於仁德)。」這是孔子說的話。後來「剛毅木訥」組成成語表示剛強、果斷、樸實、愼重的品格。如唐呂溫《凌煙閣勳臣贊》:「尉遲(恭)、秦(瓊)、程(咬金),剛毅木訥,氣鎭三軍,力崩大敵。」此中的「剛毅木訥」即是。又有「剛毅果斷」、「剛毅果敢」。用例依次是《宋史・趙普傳》:「宋初,在相位者多齷齪循默,普剛毅果斷,未有其比(宋朝建立初期,在位的丞相多是拘牽小節,順旨緘默,趙普則剛毅果斷,不和其他丞相一樣)。」《官場現形記》第三十四回:「及試以他事,猶復剛毅果敢,不避嫌怨,實爲當今不可多得之員。」

趙普像

「剛直不阿」的「阿」是偏袒、迎合;全語意思是剛強正直,不徇私迎合。如《西湖二集・救金鯉海龍王報德》:「老夫於數年前,曾將恩人垂救之德,並一生宦跡,剛直不阿之志,具表奏聞。」

此中的「剛直不阿」即是。也作「剛正不阿」、「剛正無私」、「正直無阿」、「正大無阿」。用例依次是《聊齋志異・一員官》：「濟南同知吳公，剛正不阿。」《平妖傳》第二十七回：「(包拯)爲人剛正無私，不輕一笑。」《古今小說・沈曉霞相會出師表》：「臣所召乃上界眞仙，正直無阿。」明余繼登《典故紀聞》卷十四：「有正大不阿，不行私謁者，便以爲不賢(有行爲光明正大者，不去私自謁見，便以爲是不賢之人)。」

150 家給人足

「家給人足」與「比屋而封」

兩語都形容太平盛世的景象，但意義各有側重。前語的「給」，是「豐足、富裕」的意思;全語的意思是家家衣食充足，人人生活富裕。如《史記・商君列傳》：「道不拾遺，山無盜賊，家給人足。」「比屋而封」的「比屋」是一屋挨一屋，全語的意思是家家都可以接受封爵，形容太平盛世，教化大行，賢人衆多。如漢陸賈《新語・無爲》：「堯、舜之民，可比屋而封;桀、紂之民，可比屋而誅者，教化使然也。」「比屋而封」也作「比戶可封」。如嚴復《原強》：「夫古之所謂主治極盛者，曰家給人足，曰比戶可封。」

151 席捲天下

「席捲天下」是一種什麼樣的力量?

「席捲天下」是形容力量極其強大，以至於可以控制全天下。此語出自西漢賈誼《過秦論》：「有席捲天下，包舉宇內，囊括四海之意(有奪取天下，統一全國的意圖)。」「席捲天下」即從文中提出。後來又派生出「席捲八荒」、「席捲宇內」。用例爲《三國志通俗演義》：「我太祖武皇帝(曹操)，掃清六合，席捲八荒，萬姓傾心，四方仰德。」「六合」指天、地、四方，「八荒」本義爲八方荒遠的地方，在這裏指全國各地。引文的意思是：我太祖武皇帝平定了戰亂，統一了全國，受到了全國百姓的擁護與仰慕。梁啓超《義大利建國三傑傳》第十二節：「俄皇尼古拉第一，亦抱非常之遠略，思繼大彼得之志，席捲宇內。」「宇內」本指四境之內，在這裏也指天下。

152 恭敬桑梓

「恭敬桑梓」有幾種意義?

有兩種意義：一指熱愛故鄉，二指尊敬家鄉的人。此語出自《詩經・小雅・小弁》：「維桑與梓，必恭敬止(只要看到桑樹和梓樹，必定要畢恭畢敬)。」爲什麼見到桑樹和梓樹就畢恭畢敬呢? 因爲桑樹和梓樹是家宅旁邊常見的樹。見到了它就等於見到了家鄉。因此後來就用「桑梓」代表「家鄉」和「家鄉的人」。如《三國志・蜀書》注引《雲別傳》：「須天下都定，各反桑梓，歸耕本土，乃其宜耳(這樣做是適宜的)。」唐柳宗元《聞黃鸝詩》：「鄉禽何事亦來此，令我生心憶桑梓。」兩文中的「桑梓」均指故鄉。柳詩中的「鄉禽」指黃鸝，柳宗元認爲「黃鸝」是他的家鄉特有的禽鳥。

「恭敬桑梓」的用例如明王士禎《鳴鳳記・鶴樓赴義》：「豈孩兒未曾恭敬桑梓?」此中的「恭敬桑梓」即指熱愛家鄉。也作「敬恭桑梓」。如《孽海花》第七回：「富貴還鄉，格外要敬恭桑梓，也是雯青一點厚道。」此中的「敬恭桑梓」即尊敬家鄉的人。

153 悔之無及

「悔之無及」適用於哪種情況?

「悔之無及」語本《尚書・盤庚上》：「汝不和吉言於百姓，惟汝自生毒，乃敗禍姦宄，以自災於厥身。乃既先惡於民，乃奉其恫，汝悔身何及(你們不把我的善言向百姓宣布，這是你們咎由自取。你們所做的壞事已經敗露，這樣會害了你們。你們既然引導人民做了壞事，痛苦自然也應當由你們來承擔。到了那時候，你們再後悔也就來不及了)。」這是商朝第20代君王盤庚說的話。盤庚爲了改變當時社會不安定的局面，決心再一次遷都。但是大多數貴族貪圖安逸，不願意搬遷。一部分貴族還煽動平民起來反對。爲此盤庚把貴族召來，勸他們不要再做不利於國家大局的事，應該立刻搬遷，而且對平民做說服工作。上面的引文即是對貴族講話的一部分。所說的「汝悔身何及」，即是告訴貴族：如果你們再繼續做反對國家遷都大計的事，受到了嚴懲，那時就是後悔也來不及了。「悔之無及」即由此轉化而來，用來指造成了嚴重的惡果後再後悔已經來不及了。《漢書・晁錯傳》：「夫以人之死爭勝，跌而不振，則悔之無及也。」這是晁錯上書論戰爭所說的話，意思是：戰爭是以人的死來爭勝的事。由於人命關天，所以一旦失敗，很難恢復元氣。如因考慮不周而失敗，那時會悔之無及。再如《三國志・魏志・董卓傳》裴松之注：「及溺呼船(等到溺水了再呼船)，悔之無及。」

也作「懊悔無及」、「後悔無及」、「悔之何及」。用例依次是《三國演義》第九十八回：「令人往探之，果是虛營，只插著數十面旌旗，兵已去了二日也。曹眞懊悔無及。」《鏡花緣》第九十八回：「我們的罪都是爲他而起，以致弄出人命事來……後悔無及。」《孔子家語・致思》：「吾有三失，晚而自覺，悔之何及(我有三種過失，到了晚年才發覺，再後悔已來不及)。」這是丘吾子說的話。此話涉及一個故事：孔子到齊國去，路上聽到哭聲，其音甚哀。孔子就下車問痛哭的人是誰，爲何如此地悲哀。哭者說：「我是丘吾子。我有三次過失，讓我非常痛心：一是我自少年時期起非常好學，走遍天下。後來回家時，雙親已去世，失掉了奉養雙親的機會，這是一失;二是我長期輔佐齊王，齊王因驕傲奢侈失去了許多賢士，我作爲臣子節操也不能保全，這是二失;三是我的至親好友，如今均已離我而去，這是三失。樹欲靜而風不止，子欲養而親不在。已經過去而不再來的是年華，不能再見面的是雙親。現在我就向你告別。」說完即投水而死。孔子見此情景，對他的弟子們說：「你們要以此爲鑒。」從此孔子弟子回家奉親的十之有三。

154 桑中之約

何謂「桑中之約」？

「桑中之約」語本《詩經・鄘風・桑中》：「期我乎桑中，要我乎上宮，送我乎淇之上矣(和我相約在桑中，邀我會面在上宮，淇水離別把我送)。」對這三句詩朱熹有注：「桑中、上宮、淇上，小地名也。衛俗淫亂，世族在位，相竊妻妾，故此人自言……與其所思之人相期會迎送如此也。」「桑中之約」即由詩中提煉而出，指男女情人相約幽會。如《聊齋志異・陳雲棲》：「妾師撫養，即亦非易。果相見愛，當以二十金贖妾身。妾候君三年。如望為桑中之約，所不能也(我的師傅撫養我，實在不容易。如果你眞的愛我，就去籌二十金然後來贖我。我等你三年。如果你只打算和我幽會而不成親，這是辦不到的)。」這是道姑陳雲棲對潘生說的話。說這話之前，潘生多次地來找雲棲，雲棲避而不見。

155 泰山北斗

「泰山北斗」指的是什麼樣的人?

因爲此語中包含地上巍峨的泰山和天上明亮的北斗，故作爲成語比喻德高望重或有卓越成就而爲衆人所敬仰的人。如《新唐書・韓愈傳贊》：「自愈沒，其言大行，學者仰之如泰山北斗雲(自從韓愈去世以後，他的言論被奉爲經典，學者敬仰他如泰山北斗)。」清惲敬《答姚秋農書》：「五兄夢中題孔子廟欞星門柱聯有『泰山北斗，景星慶雲』之語，敬意如此者，士之望、人之瑞，一代不過數人。」這是用「泰山北斗，景星慶雲」稱頌孔子。之所以用這樣的話稱頌孔子，向孔子表示敬意，是因爲像孔子這樣的衆望所歸的「人瑞」，一個世代出現不過數人。此中的「景星慶雲」也是一個成語，乃分指大星、德星、瑞星和五色雲，均是罕見的吉祥象徵，出現於有道之國。明沈受先《三元記・團圓》：「景星慶雲龍呈瑞，想天人契合當此時。」

156 浮一大白

「浮一大白」是漂起一個大杯嗎?

不是。「浮」指滿飲;「白」指酒杯;全語指滿飲一大杯酒。原作「浮以大白」,後多寫爲「浮一大白」。如清張潮《虞初新志》:「一日,靈獨坐讀《劉伶傳》,命童子進酒,屢讀屢叫絕,輒拍案浮一大白。」《李自成》第一卷第十一章:「『如此好詩,眞可浮一大白!』左右的隨從們都熟知他的脾氣,立刻拿出來一壺新豐名酒和一隻大杯子放在他的面前,並替他斟滿杯子。」也作「浮一大匏(páo)」。「匏」同「匏」,即匏瓜,其果實比葫蘆大,可做水瓢。如清朱彝尊《黃征君壽序》:「目擊其先公之大節,具書於國史,先生之心足以自慰,於介壽日,宜浮一大匏者也。」此中的「大節」指高尚的情操。「介壽」語出《詩經・豳風・七月》:「爲此春酒,以介眉壽(用這春酒來求長壽)。」「介」是求的意思;「眉壽」是長壽(古人認爲長長眉的人壽命長);後來把「介」、「壽」合成一詞,表示祝壽。

157 浩浩蕩蕩

「浩浩蕩蕩」的含義是什麼?

黃河圖

《尚書・堯典》：「湯湯洪水方割，蕩蕩懷山襄陵，浩浩滔天。」此中的「湯湯」形容水極其盛大的樣子;「割」指災害;「蕩蕩」指廣大的樣子;「懷」指圍繞;「浩浩」形容水勢很大;「滔天」形容波浪巨大的樣子。所以這段引文的意思是：奔騰呼嘯的洪水普遍爲害，吞沒一切的洪水包圍了大山，沖上了高空，水勢大極了，簡直要遮蔽天空。「浩浩蕩蕩」即由文中提煉而出，指水勢浩大。如李大釗《艱難的國運與雄健的國民》：「揚子江及黃河遇見沙漠，遇見山峽都是浩浩蕩蕩的往前流過去，以成濁流滾滾，一瀉萬里的魄勢。」後來又發展爲形容隊伍規模盛大，氣勢雄壯。如《三國演義》第五十八回：「西涼州前部先鋒馬岱，引軍一萬五千，浩浩蕩蕩，漫山遍野而來。」

158 破釜沉舟

爲何用「破釜沉舟」比喻決心戰鬥到底？

「破釜沉舟」語出《史記・項羽本紀》：「項羽乃悉引兵渡河，皆沉船，破釜甑(zèng)，燒廬舍，持三日糧，以示士卒必死，無一還心。」這說的是：項羽已經殺了卿子冠軍宋義，威名震撼楚國，聲名遍聞於諸侯。項羽乃派遣當陽君、蒲將軍二人率領二萬人渡過漳河，去救巨鹿。後來二人小有勝利。趙將陳餘又請項羽出更多的兵，項羽便率領全部的隊伍渡過漳河。過河以後，便把船都敲破，沉入水中；把做飯的鍋和蒸飯的瓦甑，都敲破；把房屋都燒掉；保留三天的糧食，用以向士兵表示，如不能戰勝，就只有死，沒有退還的可能，因此士兵沒有一個人有退縮之心。「破釜沉舟」即從文中提煉而出，作爲成語比喻決心戰鬥到底，決不後退。如《六十年的變遷》：「不管它，只有『破釜沉舟』幹一下。」也作「沉舟破釜」。梁啓超《新民說・論尚武》：「項羽沉舟破釜以擊秦，韓侯背水結陣以敗楚，彼其衆寡懸殊，豈無兵力不敵之危境哉？然奮其膽力，卒獲成功。」此中的「韓侯」指韓信，「背水結陣」指與趙軍「背水一戰」。又有「焚舟破釜」。《孫子・九地》：「焚舟破釜，若驅群羊，驅而往，驅而來，莫知所之。」有人認爲項羽能想出「破釜沉舟」的辦法，與《孫的這一兵法有關，可爲一說。

159 紛至遝來

文件也可以「紛至遝來」嗎?

「紛至遝來」的「遝」是繁多、重複的意思;全語指紛繁雜遝，接連不斷地到來。有時指人。如明張岱《魯雲谷傳》：「相知者日集試茶，紛至遝來，應接不暇。」此中的「紛至遝來」即指前來試茶的好友接連不斷。有時指事物、文件等。如《慈禧太后演義》第十六回：「清廷主戰的奏摺還是紛至遝來。」此中的「紛至遝來」即指「文件」了。

160 紛紛不一

「紛紛不一」與「紛紛籍籍」可互相代用嗎?

不可。「紛紛」是多而雜亂的意思;「紛紛不一」指衆說紛紜，意見各不相同。如《儒林外史》第六回：「話說嚴監生臨死之時，伸著兩個指頭……幾個侄兒和些家人，都來訌亂著問，有說為兩個人的，有說為兩件事的，有說為兩處田地的，紛紛不一。」《星火燎原・三戰三捷》：「這時部隊的幹部有的要打，有的要回，意見紛紛不一。」兩文中的「紛紛不一」均是。

「紛紛籍籍」的「籍籍」是紛亂的樣子，全語形容衆多而雜亂。如唐韓愈《讀荀子》：「周之衰，好事者各以其說干時君(好事者各以他們的學說主張干求當時的君主)，紛紛籍籍相亂。」清汪琬《辯公孫龍子》：「且孔子之門，畔孔子者衆矣。諸弟子之後，或流而為荀卿，或流而為莊周、禽滑釐，紛紛籍籍，皆異學(都成了不同的學派)也。」兩文中的「紛紛籍籍」均是。

161 紛紛揚揚

「紛紛揚揚」與「紛紅駭綠」如何區分?

「紛紛揚揚」一般地說多是形容雪花大量飄落的樣子。如《水滸傳》第十回：「正是嚴冬天氣，彤雲密布，朔風漸起；卻早紛紛揚揚，卷下一天大雪來。」《金瓶梅》第二回：「只見四下彤雲密布，又見紛紛揚揚，飛下一天瑞雪來。」兩文中的「紛紛揚揚」均是。

唐柳宗元《袁家渴記》圖

「紛紅駭綠」的「紛」是雜亂，「駭」是散亂；全語形容花草樹木隨風擺動的樣子。如唐柳宗元《袁家渴記》：「每風自四山而下，振動大木，掩苒(rǎn)衆草(風吹使衆草倒伏)，紛紅駭綠，蓊葧(wěng bó)香氣(發出濃烈香氣)。」此中的「紛紅駭綠」即是。

162 胸有成竹

「胸有成竹」、「胸中丘壑」可互相代用嗎?

雖然這兩個成語多用於稱讚創作人員或設計人員的才能，但它們的含義卻不同，不宜互相代用。首先說「胸有成竹」。此語出自北宋蘇軾《文與可畫篔簹(yún dāng)谷偃竹記》：「故畫竹必先得成竹於胸中，執筆熟視，乃見其所欲畫者，急起從之(所以畫竹的人在作畫之前一定要把所要畫的竹子的形象在腦子裏全部構思好，拿起筆來再仔細地看過去，彷彿看到了自己所要畫的竹子，然後立刻動手去畫，一氣呵成)。」「胸有成竹」即從文中提煉而出，用來比喻事前先有定見或者事前已有成熟的計畫。章炳麟《東京留學生歡迎會演說辭》：「就是將來建設政府，那項需要改良?那項需要復古?必得胸有成竹，才可以見諸實行。」

「胸中丘壑」原是指作畫前心中已有山水勝跡的輪廓，後來比喻心中對事物的處置自有高下，已把握到了深遠的意境。北宋黃庭堅《題子瞻枯木》：「胸中元自有丘壑，故作老木蟠風霜。」「丘壑」本指「深山幽谷」，詩人在這裏說人物(子瞻是蘇軾的字)「胸中有丘壑」，顯然用的是「深山幽谷」的引申義，指「心中思慮深遠」或「胸中有深遠的意境」。又如清龔自珍《與秦敦夫書》：「士大夫多瞻仰前輩一日，則胸中長一分丘壑;長一分丘壑，則去一分鄙陋;潛移默化，將來或出或處，所以益人家邦與移人風俗不少矣。」此中的「丘壑」是與「鄙陋」相對的；能「一分一分地長」又能對移風易俗有好處，顯然是指「深遠的思慮」。再如葉聖陶在《蘇州園林》中說蘇州園林的設計者「胸中有丘壑」，這裏的「丘壑」則指的是「深遠的意境」。

163 記問之學

「記問之學」是什麼樣的學問?

以前的相聲演員多稱自己的學問是「記問之學」。這些前輩藝術家這樣自稱，一方面有謙虛的意味，一方面也確實反映了一部分眞實情況，因爲「記問之學」指的是通過死記硬背所得到的書本知識。而以前的相聲演員，他們演出的「段子」多是根據師父的「口傳」而死記硬背下來的，因此有「背書本」的性質。若問「記問之學」的出處，則源於《禮記・學記》：「記問之學，不足以爲人師，必也其聽語乎！力不能問，然後語之；語之而不知，雖舍之可也。」這段話說的是憑死記硬背得來知識的人沒有資格做老師(因爲他學無根底，缺乏獨立見解)，做老師要聽學生的反映，瞭解學生的特點(這樣才能因材施教)，學生有力不能及的問題，會問老師，然後老師據問作答；答覆以後，學生還不懂，則放一放。「記問之學」從文中擇出，指對學問未能融會貫通，不成體系。如《警世通言・俞伯牙摔琴謝知音》：「伯牙見他對答如流，猶恐是記問之學。又想到：『就是記問之學，也虧他了。』」

164 軒然霞舉

「軒然霞舉」、「班香宋豔」都可形容人嗎?

前語可，後語不可。「軒然霞舉」語出《世說新語・容止》：「海西時，諸公每朝，朝堂猶暗；唯會稽王來，軒軒如朝霞舉(晉廢帝時，諸位大臣上朝時，朝堂上顯得很沉悶；只有司馬昱來了，就好像朝霞升起)。」此中的「軒軒」同「軒然」。「軒然霞舉」即從文中提煉而出，字面義是像雲霞高高飄起，作爲成語形容人俊美瀟灑，引人注意。北宋王讜《唐語林・文學》：「李白名播海內，玄宗見其神氣高朗，軒然霞舉，上不覺忘萬乘之尊。」「萬乘之尊」指君主的尊貴。「軒然霞舉」也作「軒軒韶舉」，「韶」是虞舜時的樂舞，在這裏表示高雅美好的意思。如《世說新語・容止》：「林公道王長史，斂衿作一來，何其軒軒韶舉。」此中的「道」意爲稱說，「斂衿」是整理衣襟；引文意思是：王長史整理衣襟的舉動顯得非常俊美瀟灑。

「班香宋豔」的「班」指《漢書》作者班固，「宋」指戰國時期楚國的宋玉；全語的字面義是用「香」、「豔」對班、宋所寫的文章進行讚美，作爲成語用以比喻文章的華美，不用以指人。如清孔尙任《桃花扇・聽稗》：「早歲清詞(早年寫的清麗的詞句)，吐出班香宋豔;中年浩氣(中年有浩然正氣)，流成蘇海韓潮。」此中的「班香宋豔」即是。「蘇海韓潮」也是成語，指蘇軾、韓愈的文章氣勢磅 ，如海如潮。

165　骨軟筋酥

「骨軟筋酥」與「骨軟筋麻」同義嗎?

不同義。前語形容非常害怕。如《紅樓夢》第一百一十一回：「這些家人聽了這話，越發嚇得骨軟筋酥，連跑也跑不動了。」也作「骨軟肉酥」。用例爲《醒世姻緣傳》第六十一回：「只消心月狐放一個屁，那井木犴(àn)俯伏在地，骨軟肉酥。」此中的「心月狐」、「井木犴」是二十八星宿中的兩宿。

「骨軟筋麻」形容非常勞累疲倦。如《二刻拍案驚奇・襄敏公元宵失子》：「王吉……將身子儘量挨出，挨得骨軟筋麻，才到得希松之處，遇見府中一夥人。」此中的「骨軟筋麻」即是。

166　假手於人

「假手於人」是貶義語嗎?

此語雖有利用他人之手辦事之意，但不是貶義語。語出《後漢書・呂布傳》：「諸將謂布曰：『將軍常欲殺劉備，今可假手於術。』」「假手於人」即從此中提煉而出。如東漢皇甫謐《烈女傳》：「今雖三弟早死，門戶泯絕，而娥親猶在，豈可假手於人哉!」也作「假手旁人」。如《官場現形記》第五十七回：「本部院凡事秉公辦理，從不假手旁人。」

167 動輒得咎

「動輒得咎」是一活動就犯錯嗎?

這是把這成語中的「動」理解錯了。「動」是會意兼形聲字，繁體字從重從力，是一個背重物的人站在地上的形象，能背得動之意。《說文・力部》：「動，作也。」本義為「背起來」，引申泛指「改變事物原來的位置或狀態」。如《論語・雍也》：「知者樂(yào)水，仁者樂山。知者動，仁者靜。知者樂，仁者壽(聰明的人喜愛水，仁愛的人喜愛山。聰明的人愛活動，仁愛的人愛恬靜。聰明的人快樂，仁愛的人長壽)。」「動」由「活動」又引申作副詞，表示極容易發生某種情況，相當於「動不動」、「常常」、「往往」。「動輒得咎」的「動」即是。此語出自唐韓愈《進學解》：「跋前躓後，動輒得咎。」此中的「動」即是「常常」、「動不動」的意思，「輒」意為「就」，「咎」意為「罪過」。這兩句話的意思是「進退兩難，動不動就獲罪或受到責備」，形容處境艱難。「跋前躓後」也是成語，同「跋胡疐尾」，本指狼向前走就踩住了自己的頸肉，向後退又會被自己的尾巴絆倒，比喻進退兩難。再如三國蜀諸葛亮《後出師表》：「劉繇、王朗各據州郡，論安言計，動引聖人，群疑滿腹，眾難塞胸(揚州刺史劉繇、會稽太守王朗，論安危談計策動不動就引證聖人的言論，他們用人則妒能嫉賢，群疑滿於腹內;臨事則畏首畏尾，眾難塞於胸中)。」此中的「動」亦是。

168 屠龍之技

「屠龍之技」是什麼意思?

劉禹錫像

「屠龍之技」語本《莊子・列禦寇》：「朱泙漫學屠龍於支離益，單千金之家，三年技成，而無所用其巧(朱泙漫向支離益學習屠龍的技巧，耗盡了家裏千金的積蓄，經過三年學成技藝，但卻沒有發揮它才能的地方)。」「屠龍之技」即從文中提煉而出，比喻本領高超卻不實用，也指好高騖遠，不切實際的人學習的專業。如清黃宗羲《敘陳言揚勾股述》：「及學成屠龍之技，不但無所用，且無可與語者。」此中的「屠龍之技」即是。也作「屠龍之伎」。用例爲劉禹錫《何卜賦》：「屠龍之伎，非曰不偉，時無所用，莫若履豨(屠龍的技藝，不能說不高明，可是在現實中沒有用武之地，與其這樣還不如學習用腳踩豬)。」

169 彩雲易散

「彩雲易散」是指「天有不測風雲」嗎?

不是。「彩雲易散」的「彩雲」多指美好的事物、情景，故此語比喻好景不長、好的事物易損。如南宋許《彥周詩話》：「玉爵弗揮，典禮雖聞於往記;彩雲易散，過差宜恕於斯人。」這是司馬光對一個家奴作的判詞。司馬光家的家奴把名貴的琉璃盞摔碎了，人問司馬光如何處置這個奴婢，司馬光就作了這兩句判詞。判詞中「玉爵弗揮」語出《禮記・曲禮上》：「飲玉爵者弗揮。」意思是「拿玉爵飲酒時不要揮動玉爵。因爲玉爵名貴，揮動它容易失手摔碎」。「彩雲易散」中的「彩雲」代指美好事物，「易散」代指容易損壞。兩句判詞的意思是：拿著琉璃盞這樣貴重的東西時不要揮動，此話雖然在過去的典禮中讓人聽到過：但是美好的事物容易損壞，奴婢摔琉璃盞的過失已成事實了，就寬恕這個犯錯的人吧。再如唐白居易《簡簡吟》：「蘇家小女名簡簡，芙蓉花腮柳葉眉……大都好物不堅牢，彩雲易散琉璃脆。」此中的「彩雲易散」比喻美滿的姻緣輕易被拆散。

司馬光像

「天有不測風雲」指人的禍福像天氣一樣變化無常，難以預料。與多指好景不長的「彩雲易散」不同義。如《青春之歌》第十四章：「不要去吧。聽說外面常捕人……天有不測風雲，誰知道哪塊雲彩下雨。」此中的「天有不測風雲」即指會不會被捕難以預料。另外，此語常和「人有旦夕禍福」連用，意義不變。如元曲無名氏《合同文字》第四折：「天有不測風雲，人有旦夕禍福。那小廝恰才無病，怎生下在牢裏便有病。」「人有旦夕禍福」也單用。如《三國演義》第四十九回：「人有旦夕禍福，豈能自保?」

170 得寸進尺

「得寸進尺」與「得隴望蜀」同義嗎?

其比喻義相同。「得寸進尺」語出《戰國策・秦策三》：「王不如遠交而近攻，得寸則王之寸，得尺亦王之尺也。今舍此而遠攻，不亦繆乎(秦王您不如與較遠的國家結交，而攻打相近鄰的國家。攻打後哪怕只是得到一寸的土地，這一寸土地也是您自己的土地；哪怕只是得到一尺的土地，這一尺的土地也是您自己的土地。如今您捨棄近的去攻打遙遠的國家，這不是很荒謬嗎)?」這是范雎來到秦國後，秦王向范雎請教國策時，范雎對秦王越過韓國和魏國去攻打兵力強大的齊國，提出的意見。後來即從此文中提煉出「得寸進尺」作爲成語，指得到了一寸又想得一尺，比喻貪心不足，要求越來越高。如梁啓超《義大利建國三傑傳》第十四節：「加富爾既有成算，定步步爲營得寸進尺之計。」此中的「得寸進尺」 即是。「得寸進尺」也作「得步進步」。用例爲魯迅《采薇》：「那老三……得步進步，喝鹿奶還不夠了。他喝著鹿奶心裹想， 『這鹿有這麼胖，殺它來吃，味道一定是不壞的。』」

「得隴望蜀」的「隴」爲古代地名，在今甘肅省一帶;「蜀」約在今四川省中西部。全語的意思是：既取得隴地又想望著蜀地，比喻貪心不足。據《後漢書・岑彭傳》記載，東漢初年，隗(wěi)囂和公孫述分別占據著隴地和蜀地。漢光武帝劉秀派岑彭等去攻打隗囂的西城和上邽(guī)兩地，在給岑彭的信中說：「兩城若下，便可將兵南擊蜀虜。人苦不知足，既平隴，復望蜀。」「得隴望蜀」即從文中提煉而出。用例如《紅樓夢》第七十六回：「湘雲笑道：『得隴望蜀， 人之常情。』

171 得天獨厚

何謂「得天獨厚」？

「得天獨厚」的「天」是天然的、自然的意思；「厚」是優越的意思。所以此語是指人或環境具有特殊優越的條件。如清趙翼《甌北詩話》卷六：「至八十五歲臘月五日始落第一齒，距易簀僅數日耳。然則先生具壽者相，得天獨厚爲一代傳人，豈偶然哉。」此中的先生指宋代大詩人陸游。他是西元1125年生，1210年逝世，享年85歲。在醫學尚不夠發達的宋代能有如此高 ，應該說是比較少見的了。先生不僅85歲高齡才落第一齒，他的眼睛也特別好，77歲高齡還能「孤燈細觀字，堅坐常夜半」。他的腦力也特別好， 「白髮無情侵老境，青燈有味似兒時」。白髮蒼蒼的老翁讀書寫詩還像兒時那樣勤勉而且興趣盎然。他的目明、齒堅、腦子好，這些都是壽相的表現。一個人的壽命長短與他的先天條件是有關的，所以趙翼說他「得天獨厚」。另外引文中提到「易簀」一詞，這是《禮記・檀弓》中的典故:魯國曾參臨終前，認爲自己睡的床席華美不合禮制，命兒子曾元換掉。新的床席還沒鋪好，曾參就死了。後來便用「易簀」比喻將死或已死。再如端木蕻良《曹雪芹》:「曹沾進園，草草看了，便覺這南園得天獨厚。」此中的「得天獨厚」指南園的環境獨具優越的天然條件。董必武《旅居美國三藩市雜詩五首》:「得天獨厚非關命，遷地爲良信有之。」人若是「得天獨厚」，應該是與命運有關的。在這裏作者是反其意而用之，說「得天獨厚」與命運無關，如果「遷地」相信會對命運有好處。

172 從井救人

「從井救人」的做法對不對?

「從井救人」的「從」，是「跟隨」的意思。有人掉進井裏，自己也跟著跳入井中去救人。此語到底說的是什麼意思呢? 請看《論語・雍也》，宰我問道：「有仁德的人，即使告訴他『井裏有一位仁人』，難道他也會跟著跳下去嗎?」孔子說：「為什麼要這樣呢? 君子可以讓他走遠點，不可以陷害他;可以用正當理由瞞騙他，不可以無禮愚弄他。」「從井救人」即從此文中的「井有仁焉，其從之也」提煉而出，用來比喻主觀願望雖好，但方法不對，不能取得應有的效果。如明馬中錫《中山狼傳》：「從井以救人，解衣以活友，於彼計則得，其如就死地何(跟著跳入井中救人，脫下自己的衣服救已經凍僵了的人，主觀上想的很好，這樣做是不是也把自己置於死地了?)」清孔尚任《桃花扇・卻奩》：「我雖至愚，亦不肯從井救人。」兩文中的「從井救人」 均是。不過有時對此語也做正面理解。如章炳麟《革命之道德》：「昔華盛頓拯一溺兒，躍入湍水，蓋所謂從井救人者。」 此中的「從井救人」即是。

173 掩目捕雀

「掩目捕雀」與「即鹿無虞」同義嗎?

不同義。「掩目捕雀」的意思是遮著眼睛捉麻雀，比喻做事盲動，徒然自欺，很難達到目的。《三國志·魏志·陳琳傳》：「諺有『掩目捕雀』。夫微物尚不可欺以得志，況國之大事，其可以詐立乎?」此中的「掩目捕雀」即是。「即鹿無虞」的「即鹿」指接近鹿了待要捉它，「無虞」指沒有熟悉情況的管理山澤的官員(虞)來幫助；全語的意思是：靠近了鹿待要捉它，卻沒有熟悉情況的官員來幫助;比喻做事條件不具備，則不可能取得成績。

《周易·屯》：「即鹿無虞，惟入於林中(已經接近了鹿，待要捉它，卻沒有熟悉山林情況的虞官來幫助，不但捉不到鹿，還會因追鹿跑得太遠，在林中迷路)。」再如清侯方域《代司徒公屯田奏議》：「惟無水之處，不必鑿空尋訪，以蹈即鹿無虞之戒(沒水的地方，不要去打井，去觸犯即鹿無虞的戒告)。」

174 掃眉才子

「掃眉才子」是怎樣的才子?

薛濤像

「掃眉」指女子畫眉，所以「掃眉才子」指的是富有文才的女子。唐王建《寄蜀中薛濤校書》：「萬里橋邊女校書，枇杷花裏閉門居。掃眉才子知多少，管領春風總不如(在成都萬里橋這個地方有一位女校書，她在繁盛美麗的枇杷花園中閉門而居。有才華的女性已有很多了，但都不如薛濤的獨領風騷、異常出色)。」此中的「掃眉才子」即指才女薛濤。薛濤字洪度，西川樂妓。辯慧工詩，甚爲時人所稱。淪爲樂籍，卻以藝妓身份曆事韋皋(南康郡王)至李德裕(唐朝宰相)，歷十一鎮，皆以詩受知。再如明陳嘉燧《閶門訪舊作》：「掃眉才子何由見，一訊橋邊女校書。」此中的「掃眉才子」亦是。清百一居士《壺天錄》卷上：「塾師曾以『春風狂似虎』令對，女應口而出曰：『秋水淡於鷗』。以成語對成語，妙不可言，掃眉才子，其信然矣。」此中的「掃眉才子」指那位應對的女學生。「春風狂似虎」形容春風猛烈；對「秋水淡於鷗」的理解則有分歧，一般的說法是：海上滑翔而去的淺淡的白鷗，與清冷安靜的秋水相映成趣，用以表示淡泊、寵辱不驚。

175 捫心自問

何謂「捫心自問」？

魯迅像

「捫」是按、摸的意思;全語的意思是摸著胸口問自己，表示反省。梁啓超《論政府阻撓國會之非》：「此則當請政府諸公捫心自問，無勞吾輩更贊一辭也。」也作「撫心自問」。魯迅《這回是「多數」的把戲》：「倘使我看了《閒話》之後，便撫心自問……那可連自己也奇怪起來。」

176 救火揚沸

何謂「救火揚沸」？

「救火揚沸」語出《史記·酷吏列傳》：「當是之時，吏治若救火揚沸，非武健嚴酷，惡(w)能勝其任而愉快乎?」「救火揚沸」是把「抱薪救火」和「揚湯止沸」兩個成語合併在一起了。「抱薪救火」語出《史記·魏世家》：「且夫以地事秦，譬猶抱薪救火，薪不盡，火不止(用割讓土地給秦國的辦法來侍奉秦國，好比抱著柴薪去救火，柴薪不燒完了火是不會熄滅的)」。可見「抱薪救火」是用來比喻消滅災害的方法不對，用這種辦法不僅不能滅災反會使災害擴大。「揚湯止沸」語出西漢枚乘《上書諫吳王》：「欲湯之滄，一人炊之，百人揚之，無益也;不如絕薪止火而已(想要使滾開的水變涼，而一個人燒火，一百個人將水舀起來又倒進去，是無益的，不如把柴禾撤掉把火熄滅爲好)。」可見「揚湯止沸」是用來比喻治標不治本，不從根本上解決問題。一般地說，「抱薪救火」和「揚湯止沸」都是單獨使用。司馬遷在《史記·酷吏列傳》中之所以把這兩個詞語合起來說明秦朝的「吏治」，是因爲秦朝當時實行嚴苛的法律，使得官吏和百姓上下通同作弊，鑽法律的漏洞，弄得國家衰頽不振(「昔天下之網嘗密矣，然奸僞萌起，其極也，上下相遁，至於不振」)。因此用嚴法治國不僅不能收效反而越治越壞，很像「抱薪救火」;從表面上看是在治理，實際上是治標不治本，很像「揚湯止沸」。正是由於秦朝當時的「吏治」兼有「抱薪救火」和「揚湯止沸」的兩種情況，所以就把這兩個詞語合起來用了。

177 涸轍之鮒

「涸轍之鮒」與「牛蹄中魚」同義嗎?

莊子像

同義。「涸轍之鮒(fù)」語本《莊子・外物》:「莊周家貧,故往貸(借)粟於監河侯。監河侯曰:『諾! 吾將得邑金(百姓到年底繳納的賦稅),將貸子三百金,可乎?』莊周忿然作色曰:『周昨來,有中道而呼者,周顧視車轍中,有鮒魚焉。周問之曰:『鮒魚來,子何爲者邪?』對曰:『我,東海之波臣也。君豈有升斗之水而活我哉? (你可以往車轍中倒升斗之水讓我活下去嗎?)』周曰:『諾! 我且南遊吳、越之王,激西江之水而迎子,可乎?』鮒魚忿然作色曰:『……我得斗升之水然活耳。君乃言此,曾不如早索我於枯魚之肆(你說這樣的話,還不如早早地到賣乾魚的店鋪中去找我)。』」

「涸轍之鮒」即由文中提煉而出,指乾涸了的車轍中的鯽魚。後來比喻處在困境中急待救助的人。魯迅《〈譯文〉復刊詞》:「先來引幾句古書,——也許記的不眞確——莊子曰:『涸轍之鮒,相濡以沫,相煦以濕,——不若相忘於江湖。』」「相濡以沫」、「相煦以濕」在此文中指離開水的魚互相吐沫沾濕,以求得暫時的生存,後來多用來比喻在困境中的人相互以微薄力量救助。「牛蹄中魚」指一個牛蹄踩成的小坑中的魚。此語出自漢劉向《說苑・善說》,故事情節與《莊子》相同,只是把「監河侯」改爲「魏文侯」,「車轍中有鮒魚焉」改爲「牛蹄中有鮒魚焉」。用法與「涸轍之鮒」相同。

178 習焉不察

「習焉不察」與「習以成俗」同義嗎?

不同義。前語指習慣於某些事情，就覺察不出其中的問題。語出《孟子·盡心上》：「行之而不著焉，習矣而不察焉，終身由之而不知其道者，衆也(正在實行卻不知爲何要這樣做，已經習慣了卻還不深知爲何會這樣，一輩子都在這條路上走卻不知這是一條什麼路，這種人是普通的人)。」「習焉不察」即從文中節出。清梁紹壬《兩般秋雨庵隨筆》卷一：「尋常之字，本有專音，古昔之文或多假借，而習焉不察，信口訛傳，未免……貽譏大雅。」

「習以成俗」的「俗」指習慣，全語的意思是：長期就是這樣做，因而成了習俗。《魏書·高允傳》：「雖條旨久頒，而俗不革變。將由居上者未能悛改，爲下者習以成俗，教化陵遲，一至於斯(上方的規定雖早已頒布下來，但民間習慣上不想改變。對這種情況，居上的領導不督促著進行更改，居下的百姓又習以成俗，因此政教風化衰敗，以至於發展到這個地步)。」

179 聊以解嘲

「聊以解嘲」與「聊勝於無」

陶潛詩意圖

「聊以解嘲」是暫且用來解脫所受到的嘲笑。語出《漢書・揚雄傳》：「哀帝時，丁、傅、董賢用事，諸附離之者起家至二千石。時雄方草《太玄》，有以自守，泊如也。或嘲雄以玄尚白，而雄解之號曰《解嘲》（哀帝時，丁太后、傅太后、董賢掌權，和他倆親近的人都成名發跡，官位高至二千石。這時楊雄則正在創作《太玄》，顯示出他保持名節，恬淡無欲的樣子。有人嘲笑他是因爲《太玄》還沒有寫完的緣故。玄，意爲黑色，『玄尚白』在這裏就是說還沒寫完《太玄》的意思。楊雄爲自己辯解，寫下了《解嘲》）。」如《北洋軍閥統治時期史話》第十一章：「如果做獨裁者的工具能夠保全自己的地位，那還可以恬不知恥地用『好官自爲』的一句話來聊以解嘲。」

「聊勝於無」意爲比什麼也沒有好。語出東晉陶潛《和劉柴桑》：「弱女雖非男，慰情良勝無。」這第二句詩後來演化出成語「慰情聊勝於無」，也作「聊勝於無」。對這兩句詩的解釋，紛紜不一。一說是安慰柴桑令劉遺民的話。劉遺民無子，只有一女，詩人說劉可以從女兒身上得到些安慰，比沒有孩子強。另一說是把「弱女」解釋爲薄酒，把「男」解釋爲濃酒，意思是薄酒雖不濃，但從薄酒中還可以得到一些安慰，比沒有酒強。魯迅《致曹靖華》：「但這一部書我總要譯成它，算是聊勝於無之作。」朱自清《槳聲燈影裏的秦淮河》：「但是橋上造著房子，畢竟使我們多少可以想見昔日的繁華，這也慰情聊勝於無了。」

180 莫逆之交

「莫逆之交」爲何是「情投意合」之交?

「莫逆之交」的「莫逆」語出《莊子・大宗師》：「子祀、子輿、子犁、子來四人相與語曰：『孰能以無爲首，以生爲脊，以死爲尻，孰知死生存亡之一體者，吾與之友矣。』四人相視而笑，莫逆於心(心領神會)，遂相與爲友。」這說的是子祀等四人對「生死存亡是同一本體」這一觀點，看法一致，沒有不同的地方。所以他們成爲了好友。他們所認爲的「生死存亡是同一本體」乃是指「人要安於時勢而順應變化」，因爲這是自然規律，人無法超越，只能順應。

由此可知，「莫逆」乃是「一致，不矛盾」的意思。後來用「莫逆之交」指心意相投、感情深厚的朋友。如《北史・司馬子如傳》：「所與遊集，盡一時名流。與邢子才、王元景等並爲莫逆之交。」再如鄒韜奮《經歷・再被羈押》：「後來我發現其中有幾位還是我的讀者，我們更成了莫逆之交了。」

181 陳言務去

「言」能分新鮮與陳舊嗎?

「陳言務去」的「陳言」確實指陳舊的言辭，「陳言務去」則是強調寫作時要力戒舊套，努力創新。此語出自唐韓愈《與李翊(yì)書》：「惟陳言之務去，戛戛(困難的樣子)乎其難哉!」「陳言務去」即是韓愈在此文中提出的主張，對後世的寫作具有極其深遠的影響。如清朱彝尊《橡村詩序》：「吾家橡村弟善古今詩，其取材必良，其煉句必極精緻，陳言務去，而夕秀啓焉。」此中的「夕秀啓焉」是用了西晉陸機《文賦》的典：「謝朝華於已披，啓夕秀於未振。」意思是：古人已用之意與辭猶如已開的花(朝華)，應謝而去之，而古人未述之意與辭，就如未開的花(夕秀)一樣，宜採用之。「古人已用之意」指大家都知道了，不能「動心驚耳」了，故「務去」。再如清劉熙載《藝概・詩概》：「陳言務去，杜詩與韓文同。黃山谷、陳後山諸公學杜在此。」那麼黃庭堅與陳師道是怎樣「學杜」的呢? 下面各舉一例：古典詩詞裏以惜春、傷春、送春入題的，大多表現的是空虛、傷感、孤獨、寂寞的情緒;而黃庭堅的《清平樂》則是：「春歸何處，寂寞無行路。若有人知春去處，喚取歸來同住。」此詞入題就

韓愈像

一反上述情緒，沒有傷春，而是天眞地、誠懇地、癡情地去尋覓春天，宣告：誰要是找到了春天，就讓春天來與我一起同住。同樣是「惜春」，但抱的卻是積極態度。再如人「喜極」了應該是盡情地「笑」，但陳師道寫他久別之後見到兒女則是「喜極不得語，淚盡方一哂」（《示三子》）。說的是喜出望外時，人的兩種異乎尋常的表現：千言萬語，不知從哪裏說起，幸福的眼淚奪眶而出；激動的感情稍稍平靜，這才笑顏逐開。這樣寫感情豐富，符合生活中的眞實情況，不落俗套。

182 魚游沸鼎

「魚游沸鼎」與「燕巢飛幕」意思相同嗎?

前語中的「鼎」是古代烹煮用的器物，「沸鼎」是水沸騰的鼎。後語中的「飛幕」，是飛動搖盪的帳幕。兩語均出自南朝梁丘遲《與陳伯之書》：「而將軍魚游於沸鼎之中，燕巢於飛幕之上。不亦惑乎?」陳伯之梁時爲江州刺史，梁武帝天監元年(502年)起兵反梁。天監四年，梁武帝命臨川王蕭宏領兵北伐。陳伯之屯兵壽陽與梁軍對抗。蕭宏命記事丘遲以個人名義勸降陳伯之，《與陳伯之書》即是勸降信。引文即勸降的話，意思是：目前將軍您卻像魚一樣在開水鍋中游蕩，像燕子一樣在飄動的帷幕上築巢，不是很糊塗嗎? 這兩種狀況都面臨滅亡的危險。丘遲之所以把兩句話連用，就是強調陳伯之的處境十分危險。後來這兩句話即變成「魚游沸鼎」、「燕巢飛幕」兩個成語，比喻處境極其危險。也可以合在一起作爲一個成語使用。與這兩個成語意義相同的還有：(一)「魚游沸釜，燕處危巢」。《晚清文學叢鈔・南荃外史・歎老》：「傀儡兒一場熱鬧，依舊的魚游沸釜，燕處危巢。」(二)「燕巢於幕」。《左傳・襄公二十九年》：「夫子之在此也，猶燕之巢於幕上。」(三)「燕巢危幕」。《洪秀全演義》第六回：「公此言，正是燕巢危幕，不知大廈將傾。」(四)「鼎魚幕燕」。《元史・外夷傳一》：「鼎魚幕燕，亡在旦夕。」此外尚有「魚游釜中」、「魚游沸鼎」、「釜底游魚」、「釜魚幕燕」等，不一一例舉。

183 割臂之盟

「割臂之盟」是怎樣的盟約?

「割臂之盟」語本《左傳・莊公三十二年》：「初，公築臺，臨黨氏，見孟任，從之。閟(bì)。而以夫人言，許之，割臂盟公。生子般焉(當初，莊公建築高臺，可以看到黨家。在臺上見到了孟任，就追求孟任。孟任關上了門。莊公答應立她爲夫人，她答應了，割破手臂與莊公盟誓，後來就生了子般)。」

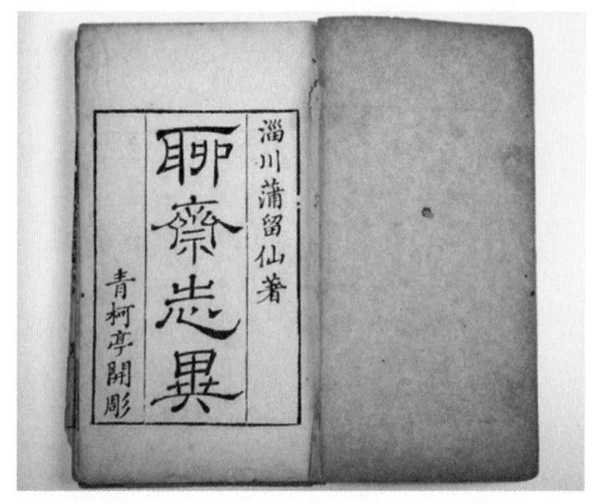

《聊齋誌異》

由此可知「割臂之盟」乃是婚姻之盟。後來就以「割臂之盟」爲成語，指男女秘密訂婚。如《聊齋志異・向杲(gǎo)》：「庶兄晟……狎一妓，名波斯，有割臂之盟。」「割臂之盟」也作「齧(咬)臂爲盟」。用例爲《警世通言・金明池吳清逢愛愛》：「吳小員外焚香設誓，咬臂爲盟。那女兒方才掩著臉，笑了進去。」

184 勞燕分飛

「勞燕分飛」與「分釵斷帶」同義嗎?

不同義。「勞燕分飛」的「勞」是伯勞，是一種鳥。全語的意思是：伯勞和燕子分開飛了。多用此語比喻夫妻、戀人或好友離別。如《樂府詩集・東飛伯勞歌》：「東飛伯勞西飛燕，黃姑織女時相見。」此中的「黃姑」指牽牛星，「織女」指織女星。這兩句詩的意思是伯勞東飛燕子西飛，不能相聚，而牽牛星織女星也是隔河相望。此中的「東飛伯勞西飛燕」極言一男一女不能相聚。王實甫《西廂記》第二本第四折：「分明伯勞飛燕各西東。」此中的「伯勞飛燕」指男女情侶。

「分釵斷帶」的「釵」是古代婦女首飾的一種，由兩股合成。「帶」指衣帶。全語的意思是：把兩股釵分開，把一條帶割斷，用以指夫妻離異。如東晉袁宏《後漢紀・孝靈皇帝紀上》：「夏侯氏父母曰：『婦人見去，當分釵斷帶，請還之。』遂還。」說的是：黃元艾爲了攀附權貴，娶司徒袁隗之女爲妻，不惜與原配妻子夏侯氏離婚。南朝梁陸罩《閨怨》：「自憐斷帶日，偏恨分釵時。」這兩句詩把「分釵斷帶」分開說，也指夫妻離異。

185 循循善誘

「循循善誘」是一種什麼樣的誘導?

孔子像

「循循善誘」意爲善於一步一步地引導別人學習。語出《論語・子罕》：「夫子循循然善誘人(老師擅長於一步一步誘導人)，博我以文，約我以禮。」此中的「循循」是「一步一步」的意思，「善」則是「擅長」的意思；引文是顏淵讚美孔子的話。《梁書・劉峻傳》：「巘(yǎn)則關西孔子，通涉六經，循循善誘，服膺儒行(劉巘就是關西這一帶的孔子，他精通六經，擅長於一步一步教導人，使儒學界都佩服他)。」《保衛延安》第六章：「他望著他，像一位循循善誘的老師。」

186 揮灑自如

「揮灑自如」與「回黃轉綠」

《新出三國志三氣周瑜蘆花蕩》年畫

前語的「揮灑」指揮筆灑墨；全語本指寫字或作畫時隨意運筆，無拘無束；後來也形容處理事情幹練、嫻熟。語本唐李頎《贈張旭》：「興來灑素壁，揮筆如流星。」「揮灑自如」即由詩中提煉而出。《三國演義》第五十七回：「吊君鄱陽，蔣干來說；揮灑自如，雅量高志。」這是周瑜死後，諸葛亮前來弔孝時悼詞中的一句話。說的是蔣幹奉曹操之命前來勸周瑜歸降曹操，結果周瑜不僅沒有給蔣干以勸降遊說的機會，而且還讓蔣干帶回假信，使曹操中了「借刀殺人」之計，殺了水軍統領蔡瑁、張允。「揮灑自如」說的就是周瑜處理蔣干來勸降這件事時的幹練、嫻熟。再如清錢詠《履園叢話・書學・總論》：「總之，長箋短幅，揮灑自如，非行書、草書不足以盡其妙。」此中的「揮灑自如」則指書法飄逸自然。

「回黃轉綠」則指樹葉由枯黃變為蔥綠，比喻由衰枯轉為旺盛；也比喻各勝一時或相互交替。如古樂府《休洗紅》：「回黃轉綠無定期，世事反覆君所知。」此中的「回黃轉綠」即指相互交替。清孫星衍《館試春華秋實賦》：「回黃轉綠，九秋則不讓三春；擷秀搴芳，百獲則終資一樹。」此中的「回黃轉綠」則指各勝一時。

187 欺上瞞下

「欺上瞞下」、「禮賢下士」、「民可近，不可下」的「下」同義嗎?

不同義。「下」是指事字，甲骨文是在一長橫(象徵物體)下邊加一短橫，意思是指物體底部。可見，「下」本義是「底部」、「低處」。由「位置低」又引申指「地位較低的人」。如《新唐書・食貨志》：「聚斂之臣用，則經常之法壞，而下不勝其弊焉。」這是說：貪贓枉法的官員被任用，法制就會遭到破壞。這樣一來，地位較低的人就會承受不了由此帶來的危害。此中的「下」即指「地位較低的人」。「欺上瞞下」的「下」亦是。此外「下」由位置低又引申指「退讓」、「謙恭」。

本紀第一　唐書一
翰林學士兼龍圖閣學士朝散大夫給事中知制誥充史館脩撰判秘閣臣歐陽脩奉
敕撰
高祖神堯大聖大光孝皇帝諱淵字叔德姓李氏隴西成紀人也
其七世祖暠當晉末據秦涼以自王是爲涼武昭王暠生歆歆爲
沮渠蒙遜所滅歆生重耳魏弘農太守重耳生熙金門鎮將戍于
武川因留家焉熙生天賜爲幢主天賜生虎西魏時賜姓大野氏
官至太尉與李弼等八人佐周代魏有功皆爲柱國號八柱國家
周閔帝受魏禪虎已卒乃追錄其功封唐國公謚曰襄襄公生昞
襲封唐公隋安州總管柱國大將軍卒謚曰仁仁公生高祖於長
安體有三乳性寬仁襲封唐公隋文帝獨孤皇后高祖之從母也
以故文帝與高祖相親愛文帝相周復高祖姓李氏以爲千牛備
身事隋譙隴二州刺史大業中歷岐州刺史滎陽樓煩二郡太守
召爲殿內少監衛尉少卿煬帝征遼東遣高祖督運糧於懷遠鎮

《新唐書》(《四部叢刊》影印北宋刻本)

如《道德經》第六十六章：「江海所以能爲百谷王，以其善下之(江海之所以能爲百谷王，是因爲處在下游，能容納百谷之水)。」此中的「下」即爲「退讓」。「禮賢下士」的「下」也同此。「禮賢下士」是有禮節地敬重賢人，謙恭地對待有才能的人。「下」由「低處」又引申指「輕視」。

如曹操《請增封荀彧戶邑表》：「古人尚帷幄之規，下攻拔之捷。」這說的是古人作戰崇尚不動武力而是用帷幄中的謀畫使敵人降服。這不動用武力使敵人屈服的「下」即是輕視。「民可近，不可下」也是說對百姓應該親近而不可輕視。「欺上瞞下」也作「欺上罔下」、「蒙上欺下」。唐元結《與李相公書》：「如曰不可，合正典刑，欺上罔(蒙蔽)下，是某之罪。」胡繩《帝國主義與中國政治》：「蒙上欺下，是官僚政治的特點。清政府也用這種態度敷衍人民，對上向『洋大人』蒙混。」

188 渾金璞玉

「渾金璞玉」與「良金美玉」同義嗎?

不同義。這兩個成語都是褒義語。「渾金」是尚未冶煉的金，「璞玉」是尚未雕琢的玉。但因爲渾金璞玉的質地優良，所以此語多用來形容天生的純眞質樸的美好品性。如南朝梁元帝《爲東宮薦石門侯啓》：「渾金璞玉，才匹山濤。」山濤是西晉人，「竹林七賢」之一。梁啓超《節本明儒學案・師說・羅整庵欽順》：「德行如渾金璞玉，不愧聖人之徒，自是生質之美，非關學力。」「渾金璞玉」也作「璞玉渾金」。如《世說新語・賞譽》：「王戎目山巨源(濤)，如璞玉渾金。人皆欽其寶，莫知名其器。」「良金美玉」語出《舊唐書・楊炯傳》：「李嶠、崔融、薛稷、宋之問之文，如良金美玉，無施不可(用在任何地方都很恰當)。」此中的「良金美玉」比喻文章完美珍貴。《宋史・黃洽傳》：「上首肯再三，乃曰：『卿如良金美玉，渾厚無瑕。』」此中的「良金美玉」指人的品格高貴。

東晉竹林七賢圖磚刻之一　　東晉竹林七賢圖磚刻之二

189 渾然天成

「渾然天成」等同於「渾然一體」嗎?

否。「渾然天成」的「渾然」是完全融合的樣子，「天成」是自然形成;全語的意思是：完全融合在一起，就像是自然形成的整體，無斧鑿的痕跡。如唐韓愈《上襄陽於相公書》：「閣下負超卓之奇材，蓄雄剛之俊德，渾然天成，無有畔岸(邊際)。」金王若虛《滹南遺老集》評價黃庭堅：「山谷之詩有奇而無妙，有斬絕而無橫放，鋪張學問以爲富，點化陳腐以爲新;而渾然天成，如肺腑中流出者不足也。」「渾然一體」是「成爲完整而不可分割的統一體」的意思。如黃藥眠《面向著生活的海洋·文藝漫談》：「寫抒情詩……有時應插上一些景物描寫，或借景抒情，或因情生景，使之景中有情，情中有景，情景交融，渾然一體。」孫世愷《雄偉的人民大會堂》：「但是由於設計師們處理得巧妙，走進大禮堂的人放眼一望，從屋頂到地面，上下渾然一體，並不感到怎樣空曠。」

190 畫地為牢

「畫地爲牢」是比喻自己困住自己嗎?

不相傳在上古時期民風淳厚，人犯了罪就在地上畫一個圈兒讓罪犯站進去以示懲戒。《漢書・路溫舒傳》：「故俗語曰：『畫地爲獄，議不入；刻木爲吏，期不對。』此皆疾吏之風，悲痛之辭也。」此中的「議」是「議論」，「期」是「必定」。全段引文的意思是：「所以俗語說：『在地上畫個圈兒當作牢獄，人們議論著不敢進入；刻削個木頭人做獄吏，人們也必定不敢面對它。』這都是說明人們痛恨獄吏的悲痛之詞啊!」從這個俗語來看「畫地爲牢」本是爲講獄吏的兇狠殘暴。後來語義有發展，用來比喻嚴格限制活動範圍了。《花城》1981年第6期：「幾億人的大國裏，她只能在幾個人中間選擇，這不是作繭自縛、畫地爲牢嗎?」

《漢書》

191 痛心疾首

「痛心疾首」與「痛下針砭」的「痛」有區別嗎?

有區別。「痛心疾首」的「痛」是使痛的意思；全語意爲使心極端地痛，使頭極端地疼，比喻怨恨極深、極端痛恨。如《左傳．成公十三年》：「諸侯備聞此言，斯是用痛心疾首，昵就寡人(諸侯都聽了這些話，因此才痛心疾首，都來和我親近)。」這是晉厲公派呂相去和秦國斷絕外交關係時說的話。文中的「此言」指陳述秦國對待各諸侯反覆無常的情況的話。明焦竑《玉堂叢語．籌策》：「有血氣者，宜痛心疾首而食不下嚥也。更有何說?」

「痛下針砭」的「痛」是痛切，「針砭」指古代以砭石爲針的治療方法;全語比喻痛切尖銳地批評錯誤，以便改正。如《清史稿．藝術一．徐大椿傳》：「又《愼疾芻言》，爲溺於邪說俗見者痛下針砭，多驚心動魄之語。」此中的「痛下針砭」即是。《愼疾芻言》是醫論著作，清徐大椿撰於1767年。此書著重剖析醫界流弊，以期醫家謹愼治疾。

192 發揚蹈厲

「發揚蹈厲」與「踔厲風發」

「發揚蹈厲」語出《禮記‧樂記》：「賓牟賈侍坐於孔子，孔子與之言，及樂，曰：『夫《武》之備戒之已久，何也?』對曰：『病不得其衆也。』『詠歎之，淫液之，何也?』對曰：『恐不逮事也。』『發揚蹈厲之已蚤，何也?』對曰：『及時事也。』(賓牟賈在孔子旁邊陪坐。孔子和賓牟賈談話，談到了音樂，孔子問：『《武》樂開始之前擊鼓警衆爲什麼擊那麼長的時間?』賓牟賈答：『這擊鼓甚久表明武王憂慮伐紂不得士衆之心。』『那麼唱歌爲何又反覆詠歎，漫聲長吟呢?』答：『那是恐怕事不成功的緣故。』『《武》舞一開始就發揚蹈厲，這是爲什麼呢?』『是表明到了該進行戰鬥的時候。』)」發揚蹈厲的「蹈」指「跳」，「厲」指「猛烈」;全語意思是手足發揚，蹈地而猛烈，後來作爲表現奮發有爲、意氣昂揚的褒義語用了。

那麼這「幾個動作」爲何當褒義語用了呢? 原因有二：首先，這與《武》樂在「發揚蹈厲」之前全是節奏慢的動作，直到「發揚蹈厲」才是急促的令人鼓舞的動作有關。其次，更與《樂記》後文說的「發揚蹈厲，大公之志也」有關。「大公之志」即「姜子牙姜太公之志」，也就是輔佐武王伐紂正義之師的「威武鷹揚之志」（見《十三經注疏 禮記正義》）。因此後來凡與「發揚」或「蹈厲」搭配組成的詞語也都是褒義。如清朱彝尊《放膽詩序》：「六朝代降，志微滌濫之音作，而發揚蹈厲之志寡矣(六朝時代之後，頹廢萎靡的音樂興起，而表達雄心壯志、昂揚進取的音樂少了)。」此語中「發揚蹈厲之志」實際上就是「發揚蹈厲，大公之志」。再如「發揚光大」中有「發揚」。其中的「發」由原義的「開始起舞」變成了「發展」，「揚」由原義的「揚袖」變成了「顯揚」，「光大」是「使之盛大」。全語的意思是：「使美好的事物更加發展提高」，顯然富含褒義。再如「奮發蹈厲」，「奮發」是精神振作，「蹈厲」則由原義的「頓足踏地、神情嚴肅」變爲了「鬥志昂揚」。全語的語義和「發揚蹈厲」相近。

「踔(chuō)厲風發」語出唐韓愈《柳子厚墓誌銘》：「議論證據今古，出入經史百子，踔厲風發，率常屈其座人(議論今古凌厲縱橫，旁徵博引扎實深入，精神振奮，意氣風發，常使同座人感到自愧不如)。」此中的「踔厲」是指精神振奮，「風發」同「奮發」，「踔厲風發」作爲成語與「發揚蹈厲」近義。

193 發蒙振落

「發蒙振落」與「輕而易舉」同義嗎?

兩語不同義但用法相同。「發蒙振落」的「發蒙」是揭掉對象上蒙罩的東西。「振落」是振掉將要落的樹葉。由於這兩件事都容易做到，故用此語比喻輕而易舉。如《史記・汲鄭列傳》：「淮南王謀反，憚黯，曰：『好直諫，守節死義，難惑以非。至如說丞相弘，如發蒙振落耳。』(淮南王謀反，但他很怕汲黯。他說：『汲黯好直諫，能爲正義而死，很難用邪說迷惑他。像他當面指斥丞相公孫弘，如同揭掉蒙罩，振動落葉那麼輕而易舉。』)」　此中的「發蒙振落」即是。關於「發蒙」　還有一種說法，指「草木萌發」。因爲「草木」到了該萌發的季節就自然萌發，也顯得很容易，故此種說法也成立。

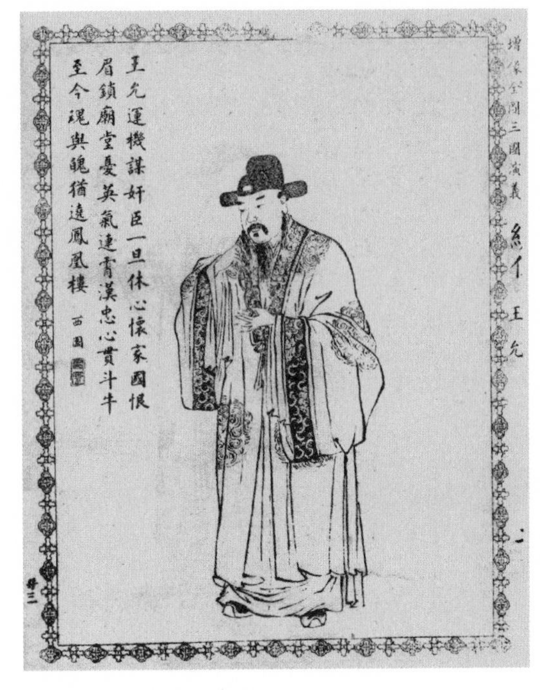

王充像

「輕而易舉」語出東漢王充《論衡・狀留》：「(草木)枯而輕者易舉，濕而重者難移也。」後來從此文中提煉出「輕而易舉」，形容很容易做到。還有一種說法，認爲此語出自《詩經・大雅・烝民》：「人亦有言，德輶(yóu，輕)如毛，民鮮克舉之(人們也曾這樣說，德行輕得像根毛，人們卻很少能舉起它)。」對這句話朱熹有注：「言人皆言德甚輕而易舉，然人莫能舉也(人們多以為行有德之事是很容易的，但卻很少有人眞的能身體力行)。」由此可知「輕而易舉」在《詩經》中不是這四個字，但在朱熹注中則用了這四個字。關於此語的意義，在《論衡》的語境中指的是「草木乾枯因此輕而易舉(舉起)」，與「發蒙振落」同義。

194 結繩而治

「結繩而治」是何含義?

不「結繩而治」指上古時代沒有文字，用結繩記事的方法治理天下。如《周易・繫辭下》：「上古結繩而治，後世聖人易之以書契。」「後世聖人易之以書契」指時代變了，有了文字。有了文字就改用文字記事了。

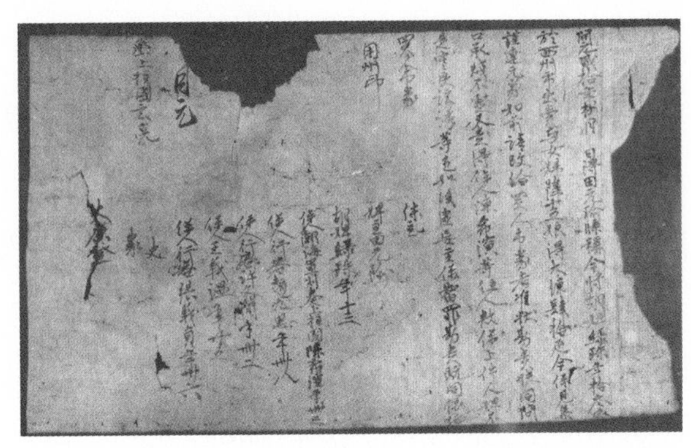

開元二十年薛十五娘買奴婢契

唐李鼎祚《周易集解》引《九家易》中就談到了「結繩」怎樣反映數量的問題：「古者無文字，其有約誓之事，事大大其繩，事小小其繩，結之多少，隨物眾寡，各執以相考，亦足相治也(古代沒有文字，彼此間有約定的事，就用給繩子打結的辦法。大事、大數就多打結，小事、小數就少打結，雙方各執一份，到約定的期限時都拿出來驗對，用這種方式來解決問題)。」後來也指社會清平，不用法律治國的空想。《世說新語・品藻》：「曹蜍、李志雖見在，厭厭如九泉下人，人皆如此，便可結繩而治。」

195 著手成春

贈醫生匾額爲何寫「著手成春」？

「著手成春」語出唐司空圖《詩品・自然》：「俯拾即是，不取諸鄰。俱到適往，著手成春。」「著手成春」的「著」是接觸、挨上，全語本是形容詩歌或書畫創作得心應手，揮筆即成，而且風格清新自然。如清錢泳《履園詩話・畫中人》：「畫梅，宗王元章一派，千枝萬蕊，著手成春，大小幅俱臻絕妙。」此中的「著手成春」即是。由於「著手成春」與「妙手成春」意近，故也用以稱讚醫道高超，能手到病除。如陳獨秀《文學革命論》：「贈醫生以匾額，不曰『術邁岐黃』，即曰『著手成春』。」「術邁岐黃」中的「術」是醫術，「邁」是超過，「岐黃」是岐伯與黃帝二人的合稱。岐伯是黃帝時的醫官，中國早期著名的醫學專著《黃帝內經・素問》即是以黃帝與岐伯的問答對話展開的語錄體著作，後將「岐黃之術」作爲中醫的代稱。所以「術邁岐黃」是醫術超過了岐伯的意思。用此語贈予醫生，以讚揚其醫術水平甚高。「著手成春」也作「著手回春」。《李自成》第一卷第十三章：「他想起來高一功的情況不妙，尙炯回來也許會著手回春。」

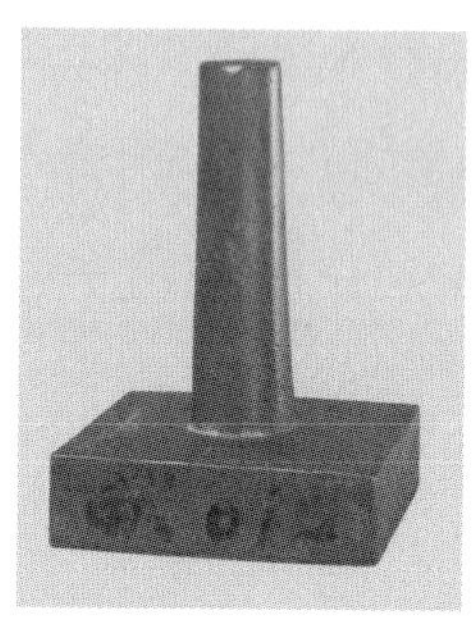

清太醫院印

清太醫院印

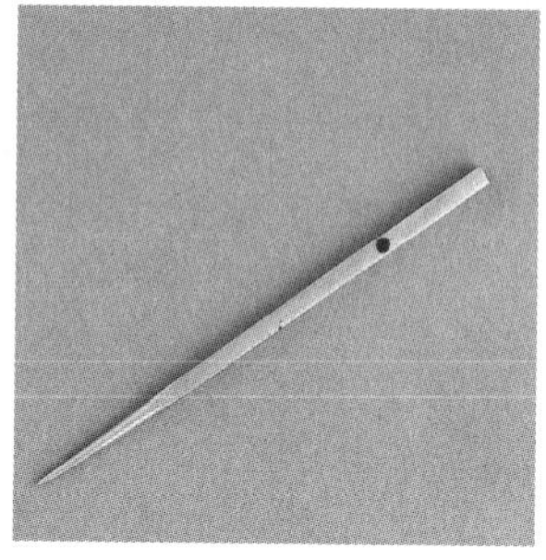

西漢金醫針

196 虛與委蛇

「虛與委蛇」可用於人與人正常的交往嗎?

「虛與委蛇」這個成語須慎用。此語出自《莊子・應帝王》：「吾與之虛而委蛇(wēi yí)，不知其誰何，因以爲弟靡，因以爲波流，故逃也。」這裏的「與」指「給他看的」；「虛」指「萬象俱空的境界」；「委蛇」指「順隨事物的變化，也就是自然的狀態」。這句話說的是：列子有一次叫季咸給壺子看相。季咸來到壺子面前，就大驚失色，腳跟還沒站穩就跑了，列子去追季咸也沒追上。回來見壺子，壺子就對列子說了所引的那句話：「剛才我給他看的，是萬象俱空的境界，一點跡象都沒表露出來。他不知道我是怎麼回事，一會兒像小草隨風搖擺，一會兒又像江河波流順勢而漂，所以逃跑了。可見「虛與委蛇」的原義是指沒用任何心機，只順隨事物的變化。後來轉義爲對人對事假意相待、敷衍應付。因此此語不可用於人與人的正常交往。章炳麟《致伯中書十四》：「吾之一身，願爲鷙鳥，其名已在人口，今即虛與委蛇，亦非所信(現在即或我假意地去進行應付，也不能被信任)。」也作「虛爲委蛇」。孫中山《和平統一之通電》：「……而冀諸公相與爲實踐，以矯虛爲委蛇之失。」

197 陽奉陰違

「陽奉陰違」與「敬鬼神而遠之」同義嗎?

「敬鬼神而遠之」是孔子的話。從它的本義說，與「陽奉陰違」相去甚遠。此語出自《論語·雍也》。孔子的弟子問孔子：「怎樣才算明智?」孔子答：「務民之義，敬鬼神而遠之，可謂知矣(專心致力於人所應當做的事，尊敬鬼神而遠離鬼神，這樣就可以說是明智了)。」從孔子的話中可知，「敬鬼神而遠之」是衡量一個人明智與不明智的標準之一。那麼，「尊敬鬼神而遠離鬼神」指的是什麼呢? 指的乃是「不被迷惑，做事能保持清醒頭腦。」孔子一貫主張對於「鬼神」要敬但不可陷得很深;對「鬼神」過度地敬，就會辦不切實際的事。今天人們多用「敬鬼神而遠之」表示「惹不起，躲得起」。「敬鬼神而遠之」又被簡化爲「敬而遠之」。《老殘遊記》第十一回：「若遇此等人，敬而遠之，以免殺身之禍。」而「陽奉陰違」一般來說屬於貶義語。「陽」指表面，「陰」指暗地裏;全語指表面上遵從，背地裏違背。這自然不是正常現象。《官場現形記》第三十三回：「倘若陽奉陰違，定行參辦不貸。」此中的「陽奉陰違」即是。馮玉祥《我的生活》第五章：「不過當時官長都存有陽奉陰違的心，不情願眞正消滅他們，但也無力指導他們走上正道。」此中的「陽奉陰違」屬活用，不含貶義。

198 集腋成裘

「集腋成裘」與「繭絲牛毛」同義嗎?

不同義。「集腋成裘」的「腋」指狐狸腋下的皮毛，「裘」是皮衣；全語指許多狐狸腋下的皮毛集起來，就能縫成一件皮衣，比喻積少成多。語本《愼子・知忠》：「狐白之裘，蓋非一狐之腋也(非常漂亮的皮衣，不是一張狐狸的腋下皮毛就能製成的)。」「集腋成裘」即由此語中提煉而出。如《官場現形記》第十一回：「他這會就去同人家商量，想趁此機會捐過知縣班。果然一齊應允，也有二百的，也有一百的，也有五十的，居然集腋成裘，立刻到捐局裏塡了部照出來。」

「繭絲牛毛」的「繭絲」即蠶絲，全語比喻極多。如清黃宗羲《答萬充宗質疑書》：「吾兄經術，繭絲牛毛，用心如此，不僅當今無與絕塵，即在先儒亦豈易得哉?」也作「蠶絲牛毛」。用例爲明宋濂《答郡守聘五經師書》：「苟於孝道有闕，則雖分析經義如蠶絲牛毛，徒召辱耳(假如本人在盡孝道方面有缺失，你把經義分析得再多再細密也沒用，只是招來羞辱罷了)。」

199 黃鐘大呂

「黃鐘大呂」是指樂器嗎?

「黃鐘大呂」是我國古代音樂的兩個律名。「黃鐘」是古代音樂十二律中六種陽律的第一律；「大呂」是十二律中六種陰律的第四律。語本《周禮・春官宗伯》：「乃奏黃鐘，歌大呂，舞雲門，以祀天神。」《列子・楊朱》：「黃鐘大呂不可從煩奏之舞(黃鐘大呂不可以伴奏雜湊的歌舞)。」後來用「黃鐘大呂」形容音樂或文辭的莊嚴、正大、和諧。如毛錡《雲帆集・後記》：「洞簫牧笛，我們固然需要，但我們更需要黃鐘大呂。」「黃鐘大呂」也指正大、莊嚴的文辭。如宋陸九淵《陸九淵集・語錄下》：「先生之文如黃鐘大呂，發達九地。」

北宋大晟編鐘「黃鐘清」

200 愛人以德

「愛人以德」與「愛之必以其道」同義嗎?

近義但不同義。「愛人以德」語出《禮記．檀弓上》：「君子之愛人也以德，細人之愛人也以姑息(有修養有名望的人是按道德的要求去愛護人，見識短淺的人是用無原則的寬容去愛護人)。」此語是講愛人的原則的。如鄒韜奮《抗戰以來，愛我們的祖國》：「但是君子愛人以德，小人愛人以姑息，我們對於政治改革的要求，爲著抗戰必勝、建國必成的目的，也一點不能鬆。」 此中的「愛人以德」即是。也作「君子愛人以德」。如章炳麟《致段祺瑞書》：「君子愛人以德，當不以規爲瑱也。」

「愛之必以其道」指愛護人必定要講求原則。如清鄭燮《濰縣署中與舍弟墨第二書》：「余五十二歲始得一子，豈有不愛之理? 然愛之必以其道，雖嬉戲玩耍，務令忠厚悱惻，毋爲刻急也。」此中鄭燮所堅持的「道」即是：愛護子女要講究方法，不論何時都要教育子女忠厚老實，對人有同情心，不苛刻。

201 愛才若渴

「愛才若渴」與「選賢與能」有區別嗎?

大有區別。「愛才若渴」語出《三國志・蜀志・諸葛亮傳》：「總攬英雄(廣爲延攬天下的英雄)，思賢如渴。」「愛才若渴」即由「思賢如渴」演化而出，指愛慕賢才，急欲求得，就像口渴急於喝水一樣。用例爲清葉燮《原詩・外篇上》：「嫉惡甚嚴，愛才若渴，此韓愈之面目也(極端地痛恨邪惡，殷切地愛慕賢才，這就是韓愈的本色)。」此中的「愛才若渴」即是。又有「愛才如命」。如清薛雪《一瓢詩話》：「古人愛才如命，其人稍有一長，即推崇讚歎。」「愛才如命」指視賢才如自己的生命。

諸葛亮像

「選賢與能」的「與」指舉薦，全語的意思是：選拔、推薦有德行有才能的人。語出《禮記・禮運》：「大道之行也，天下爲公。選賢與能，講信脩睦(大道通行天下時，把天下作爲大家所共有的。選舉推薦賢能之人，講究誠實，重視親睦)。」「選賢與能」的「與」爲何有了「舉薦」

之義?「與」簡化前寫作「與」。最初造這個字的時候，這個字中含有「四個人站在四方形的四個角上各舉起一隻手共同高舉」的含義，「與」因此就有了「舉」的意義。所以許多詞典在解釋「選賢與能」時都把其中的「與」註解爲「同『舉』」，讀音也應讀jǔ。用例如馮玉祥《我的生活》第三十二章：「但是國家政治，總還是選賢與能爲好。」此中的「選賢與能」即是。也作「選賢進能」。用例爲《晏子春秋‧內篇問上》：「不掩君過，諫乎前，不華乎外；選賢進能，不私乎內。」又有「選賢任能」、「舉賢任能」。用例依次是《宋史‧孫沔傳》：「若因此振紀綱，修廢墜，選賢任(任用)能，節用養兵，則景德、祥符之風，復見於今矣。」《三國演義》第二十九回：「舉賢任能，使各盡力以保江東，我不如卿。」

202 搖唇鼓舌

「搖唇鼓舌」是「大發議論」的意思嗎?

很多書都把「搖唇鼓舌」解釋爲「大發議論」，許多文章也把此語當「大發議論」來用。如果分析此語的出處，則會發現這樣解釋和運用是不準確的。「搖唇鼓舌」語出《莊子·盜蹠(zhí)》：「此夫魯國之巧僞人孔丘非邪? 爲我告之：『爾作言造語，妄稱文武……多辭繆說，不耕而食，不織而衣，搖唇鼓舌，擅生是非，以迷天下之主……』(這個人不就是魯國虛僞的人孔丘嗎? 替我告訴他：『他花言巧語制造輿論，無根據地稱道文王和武王……大發謬論，不事耕種卻吃得很好，不織布卻穿得很好，賣弄口才，製造是非以迷惑天下的君主……』)」這段話是借盜蹠之口批評孔子的。從這段話中可以得到這樣的啓示：如果把「搖唇鼓舌」解釋爲「大發議論」，它就會與前文「多辭繆說」不但重複而且指責的力量也不夠(「大發謬論」當然重於「大發議論」);不僅如此，「大發議論」還不能與後文的「以迷天下之主」呼應，因此「搖唇鼓舌」應是形容憑著口才搞挑撥、煽動或進行遊說。

《官場現形記》第十四回：「我正在這裏指授進兵的方略，誰膽敢搖唇鼓舌，煽惑軍心!」郭沫若《虎符》第三幕：「侯嬴：那些人除掉搖唇鼓舌之外，實在也沒有多麼大的本領。」也作「鼓舌搖唇」、「搖唇鼓吻」、「鼓唇弄舌」。

用例依次是元曲無名氏《連環計》第三折：「你這裏鼓舌搖唇說短長。」《南村輟耕錄》：「不然如兩生、四皓、伏生之流，鴻飛冥冥，弋人何慕，肯搖唇鼓吻，自投於陷井哉。」此中的「兩生」、「四 」、「伏生」都是漢朝初年的士人，他們都有獨立的思想品格。叔孫通替劉邦招募賢士參加議政，招募到「兩生」時，「兩生」認爲：叔孫通阿諛逢迎劉邦，品格不好，因而拒絕參加他的招募。「四 」是秦朝的四位博士，見劉邦輕視讀書人，因而遠離劉邦，不給劉邦做事。「伏生」是西漢經學家，曾爲秦博士。秦時焚書，他把《尙書》藏於壁中。「鴻飛冥冥，弋人何慕」指大雁飛向遠空，獵人無法射到，比喻隱者遠走高飛，全身避害。《慈禧太后演義》第三十一回：「京內外一般官吏，又復鼓唇弄舌，搖筆成文，談幾條變法章程，草幾篇變法奏牘。」

203 楊柳依依

「楊柳依依」的「楊柳」是楊還是柳？

李商隱像

古人送行，常常折柳贈別，表示依依不舍之情。那麼「楊柳」到底指的是「楊」還是「柳」呢？以下有兩條依據可以說明「楊柳」指的是柳樹。依據一：《隋書・食貨志》記載：隋煬帝從板渚(zhǔ)引黃河通淮海。河邊築禦道，栽柳樹。後人稱爲「隋堤」。《開河記》又載：隋煬帝下令，民間有柳一棵賞一匹細絹，於是百姓爭獻柳樹。煬帝和群臣又親自栽種，栽種完畢，煬帝賜柳樹姓「楊」，叫「楊柳」。唐李商隱《隋宮》詩，其中有一句是：「於今腐草無螢火，終古垂楊有暮鴉。」感歎隋煬帝國破身亡。此句中的「垂楊」即指的是「垂柳」。從上述記載中可知「楊柳」乃偏指柳樹。依據二：《說文解字》：「楊，蒲柳也(楊是水邊之柳)。」所以「楊柳」亦應是柳。

因爲「柳」可諧音「留」，所以古人用「柳」代指「留戀」。「依依」意爲輕柔的樣子。「楊柳依依」遂比喻依依不捨之情。

「毀譽參半」含貶義嗎?

不含貶義。「毀」是指責，「譽」是稱讚，全語是說：指責的，稱讚的，各占一半。如梁啓超《管子傳・自序》：「古代之管子、商君，中世之荊公，吾蓋遍征西史，欲求其匹儔而不可得。而商君、荊公，爲世詬病，以迄今日。管子亦毀譽參半(古代之管仲、商鞅，中世的王安石，我查遍了西洋史，想找到與這三人相匹敵的人而沒能找到。可是商鞅、王安石，直到今天還遭到人們的指責。管仲也是指責的人與讚揚的人各占一半)。」此中的「毀譽參半」即是。

再如茅盾《溫故以知新》：「正常的現象是毀譽參半。這個毀譽參半……會爭出一個對作品既不偏高也不偏低的恰好的評價。」

205 溘然長逝

人去世都可用「溘然長逝」表示嗎?

不可。「溘(kè，忽然)然長逝」語出《離騷》：「固時俗之工巧兮，偭(miǎn，違背)規矩而改錯。背繩墨以追曲兮，競周容以爲度。忳(tún，煩悶)郁邑余侘傺(chà chì，失意的樣子)兮，吾獨窮困乎此時也。寧溘死以流亡兮，余不忍爲此態也(實在是時俗都精於諂媚取巧啊，破壞了原來的規矩，改變了原來的舉措。他們違背原先的法度原則追逐邪道，爭著以迎合討好爲準則。我憂鬱愁苦失意潦倒啊，在這個世上只有我貧窮淒苦。我寧可突然死去順水漂流，也不忍去迎合這種世態)。」由於「溘」是突然、忽然的意思，所以「溘然長逝」只適用於「突然死去」。如梁啓超《飲冰室詩話》：「乃歸未及一月，竟溘然長逝，年僅逾弱冠耳(年齡僅剛過二十歲)。」也作「溘焉長往」、「溘然而去」、「溘然而逝」。用例依次是清汪琬《歸震川先生年譜後序》：「方欲以高文大冊自鳴天子之前(剛剛要以自己的經典性著述自我顯示於皇帝面前)，而又溘焉長往矣。」清袁枚《小倉山房尺牘》第九十二首：「則一旦溘然而去，將一生心血，付之茫茫，豈不大可惜也。」《閱微草堂筆記・灤陽續錄五》：「一日，忽呼鄰里語曰：『同居三十餘年，今長別矣，以遺蛻(遺體)奉托可乎?』溘然而逝。」

206 落花流水

「落花流水」是寫景的嗎?

南唐後主李煜像

「落花流水」是落下的花隨流水飄走，原本就是形容暮春時節花兒飄零的景象的。唐李群玉《奉和張舍人送秦煉師歸岑公山》：「蘭浦蒼蒼春欲暮，落花流水怨離襟。」北宋歐陽修《夜行船》：「落花流水草連雲，看看是、斷腸南浦。」後來多比喻慘敗或境遇悲慘衰敗。如清酌元亭主人《照世杯・百和坊將無作有》：「可憐歐滁山被那大漢捉住，又有許多漢子來幫打，像餓虎攢羊一般，直打得個落花流水。」《李自成》第一卷第六章：「轉眼之間，戰場的局面完全扭轉，把官軍殺得落花流水。」也作「流水落花」。南唐後主李煜《浪淘沙》：「流水落花春去也，天上人間。」這是此詞的結句，與起始句「簾外雨潺潺，春意闌珊」呼應，再次描寫了暮春景色。李煜作爲皇帝，國破了，家亡了，自己成了階下囚；幸福的生活，美好的願望全都化爲烏有。正像潺潺的流水，帶走了落花，也帶走了春天;無限的江山難以再見，也同春光消逝，天上、人間成爲永訣。所以此中的「流水落花」有一切化爲烏有之意。《兒女英雄傳》第十八回：「那顧肯堂重新和了弦彈起來，彈得一時金戈鐵馬，破空而來；一時流水落花，悠然而去。」

207 落落大方

「落落大方」與「落落難合」的「落落」同義嗎?

不同義。「落落大方」的「落落」是坦率開朗的樣子。「落落難合」的「落落」則是孤獨的意思。

「大方」語出《莊子・秋水》：「吾長見笑於大方之家(我一定會被天下的有道之士恥笑)。」指見識廣博的人。「落落大方」形容人「灑脫自然」。如《三俠五義》第六十九回：「少時家童把衣衫、帽、靴取來，秦昌恭恭敬敬奉與杜雍，杜雍卻不推辭，將通身換了，更覺落落大方。」

「落落難合」形容人的性格孤僻或見解孤立，很難與人合得來。語出《後漢書・耿弇(yǎn)傳》：「將軍前在南陽建此大策，常以爲落落難合;有志者事竟成也。」此中的「落落難合」指見解十分孤直大膽。那麼是一種什麼見解呢?是耿弇向劉秀建議推翻當時的皇帝更始帝，由劉秀來做皇帝，結果耿弇的建議終於實現了，劉秀成了漢光武帝。所以劉秀對耿弇說了引文的話：你在南陽的建議太大膽了，當時還以爲難於實現，結果有志者事竟成，今天終於實現了。《民國通俗演義》第五十一回：「起初與六君子、十三太保等統是落落難合。後來逐漸親昵，反似彼此引爲同調。」此中的「落落難合」即指彼此合不攏。

208 過江之鯽

「過江之鯽」爲何有「趕時髦」的意思?

「過江之鯽」緣於一個典故：西晉滅亡，東晉建立，北方知名之士，紛紛來到江南。有人諷刺這些過江人說：「過江名士多於鯽。」形容多而且紛亂。由於北方知名之士都紛紛過江，有趕時髦的意味，這樣後來就用「過江之鯽」或「過江名士多於鯽」指稱「趕時髦」了。柳亞子《丹青引》：「過江名士多於鯽，唯君傑出群流中。」說的是「唯有你不趕時髦」。也作「過江名士多如鰂(zé)」。用例爲清吳趼人《俏皮話・烏龜雅名》：「古人有言曰：『過江名士多如。』我就叫過江名士吧。」「過江名士」即指趕時髦的人。

「時髦」的「髦」是會意兼形聲字，篆文從髟(biāo，長髮下垂的樣子)，從毛：本義爲毛髮中的長毫，引申指出類拔萃的人物。與「時」結合，「時髦」指一個時期的傑出人物。「趕時髦」則指追求衣物或其他事物合乎時尚。

209 過眼雲煙

「過眼雲煙」與「身外之物」能互相代用嗎?

不能。兩語有意義相同的部分，也有不同的部分。「過眼雲煙」出自北宋蘇軾《寶繪堂記》：「譬之煙雲之過眼，百鳥之感耳，豈不欣然接之，去而不復念也? (譬如從眼前飄過的輕煙，百鳥的鳴叫聲，怎麼能不欣然感受它，然後離開它們就把它們忘記呢?)」「過眼雲煙」即從文中提煉而出，本指很容易消失的事物，後來多用它比喻身外之物。如《二刻拍案驚奇·田舍翁時時經理》：「盡道是用不盡的金銀，享不完的福祿了。誰知過眼雲煙，容易消歇。」此中的「過眼雲煙」即指「金銀」與「福祿」這些「身外之物」。這是「過眼雲煙」與「身外之物」同義之處。再如明王彥泓《寄贈孝先子巨鍾陵秋試》：「畫船歌舞日西東，過眼雲煙過耳風。」此中的「過眼雲煙」則指易消逝之物。「身外之物」則沒有此義。「過眼雲煙」也作「雲煙過眼」、「過眼雲煙」、「煙雲過眼」。用例依次是：《閱微草堂筆記·如是我聞二》：「(何)華峰畫有佛光示現卷，並自記始末甚悉(詳細)。華峰歿(死)後，想已雲煙過眼矣(一切全無人過問了)。」《紅樓夢》第一百十八回：「論起榮華富貴，原不過是過眼雲煙。」

「身外之物」的字面義是自己身體以外的東西。作爲成語指錢財名利等身體以外的東西無足輕重，不必重視。如元人蔣正子《山房隨筆》引南宋劉過詩：「拔毫已付管城子，爛首曾封關內侯。死後不知身外物，也隨樽酒伴風流。」此詩涉及三個典故，分別說明如下：(一)唐韓愈《毛穎傳》：「秦皇帝使恬賜之湯沐(洗身洗頭髮)，而封諸管城，號曰管城子。」這說的是蒙恬伐楚時打獵，用獵取的兔毛和竹管製成毛筆獻給秦始皇。秦始皇十分高興，封筆爲侯，號曰管城子。這樣毛筆就有了「管城子」的別名。(二)《後漢書·劉玄傳》：

劉玄被綠林軍立爲更始皇帝後，大封諸王，濫授官爵。這樣長安城中就出現了民謠：「灶下養，中郎將；爛羊胃，騎都尉；爛羊頭，關內侯。」此民謠譏諷連廚子(灶下養)都當了官，其他雜七雜八的人(爛羊胃、爛羊頭)也封「尉」拜「侯」。(三)劉過雖關心國家大事，但屢試不中，遂放浪於江湖間。一次他拜見身爲高官的辛棄疾，辛棄疾請劉過飲酒賦詩，劉過向辛棄疾乞韻。當時正好劉過飲酒手顫，酒流出了杯子，辛棄疾即以「流」字爲韻。又因爲正吃羊腰腎羹，劉過即以「羊腰腎羹」爲題作了上面那首詩。由這四句詩可知：劉過是借羊的封侯拜爵諷刺了功名利祿之不足取，從而發洩了自己屢試不第、布衣終身的不平之氣。劉過的這四句詩顯然沒有積極意義，但這四句詩是乞韻之後隨手拈來的，所以應該說還是表現出了一定的才氣。正是因爲這一點，所以最後辛棄疾厚贈了他，「身外之物」也成爲流傳衆口的成語。如魯迅《智識即罪惡》：「大約錢是身外之物，帶不到陰間的。所以一死便成爲清白鬼了。」

210 過猶不及

何謂「過猶不及」？

此語出自《論語・先進》：「子貢曰：『師與商也孰賢?』子曰：『師也過，商也不及。』曰：『然則師愈與?』子曰：『過猶不及。』(子貢問孔子：『顓孫師與卜商兩位弟子哪個好?』孔子說：『顓孫師做事愛做過了頭，卜商做事常常不到家。』子貢說：『這麼說您認爲顓孫師好一些是嗎?』孔子說：『做過頭和不到家同樣不好。』)」由此可知孔子所說的「過」指的是越過了最恰當的那個度，「不及」是沒達到最恰當的那個度。所以「過猶不及」的核心是做事應「恰如其分」。如《荀子・王霸》：「過，猶不及也，辟之是猶立直木而求其影之枉也(管的事太多，如同什麼事也不管一樣。這就好像立一個直木，可是要求直木之影是彎的)。」荀子的這句話是在論述「一個君王應該怎樣行使自己的王權」時說的。荀子認爲：最好的使權，應該是「勞於索之，而休於使之」，也就是一個君王應該把「精力、心思」花費在尋找選擇好的將相臣子上，把「安逸、休息」寄託於將相臣子去執行國家的綱紀和自己的命令上。此中的「過」指君王管的事太多，「不及」指管得不到位。

211 鈞金輿羽

「鈞金輿羽」與「寸木岑樓」同義嗎?

比喻義相同。「鈞金輿羽」的「鈞金」指三錢多重的金子,「輿羽」指一車羽毛;全語的意思是:金子比羽毛重,但不能說三錢多重的金子也比一車羽毛重,比喻不顧具體條件,類比失當。

「寸木岑樓」的「岑樓」指高樓。如果不考慮起點,寸把厚的小木塊也可以使它比高樓還高。比喻不把二者放在同一基礎上進行比較,就會得出錯誤的結論。

兩語均出自《孟子・告子下》:「不揣其本而齊其末,方寸之木可使高於岑樓。金重於羽者,豈謂一鈞金與一輿羽之謂哉?」「寸木岑樓」由第一句提煉而出,「鈞金輿羽」由第二句提煉而出。這段話涉及一個故事:有一個任國人問屋廬子:「禮跟食哪樣重要?」屋廬子答:「禮重要。」任國人說:「如果按照禮規去找食物,就會餓死;不按禮規去找就得到了食物。這樣的話,也一定要按照禮嗎?」屋廬子回答不出,來請教孟子。孟子說:「如果不量度一下根基的高低,而只比頂端,那麼寸把厚的小木塊也可以使它比高樓還高。黃金比羽毛重,難道說三錢重的黃金與一大車羽毛的重量可以相比嗎? ……你可以去回答他:扭斷了哥哥的手臂,奪取他的食物,就得到了吃的;不扭,就得不到吃的,他會去扭嗎?」孟子就是這樣指出「不顧具體條件的類比是不適當的」。如明胡應麟《詩藪・外篇・唐下》:「況以甲所獨工,形乙所不經意,何異寸木岑樓、鈞金輿羽哉!(況且拿甲所最擅長的去與乙所最忽略的對比,與寸木岑樓、鈞金輿羽有什麼不同呢?)」

由此可知:「寸木岑樓」與「鈞金輿羽」的比喻義相同,用法也相同。

212 嘉言善行

「嘉言善行」與「戛玉敲金」

「嘉言善行」是富有教育意義的美好言行。如明余繼登《典故紀聞》卷六：「成祖嘗命侍臣輯自古嘉言善行有益於太子者爲書。」清汪琬《屐硯齋記》：「採擇其嘉言善行以爲楷模，而備當世之用。」兩文中的「嘉言善行」均是。也作「嘉言懿(美)行」。用例爲梁啓超《三十自述》：「四五歲就王父及母膝下授四子書、《詩經》，夜則就睡王父榻，日與言古豪傑哲人嘉言懿行。」「四子書」指《論語》、《大學》《中庸》、《孟子》四部儒家經典，因是記載孔子、曾子、子思、孟子言行的書，故合稱「四子書」。

「戛玉敲金」的「戛」是敲擊，全語是形容聲調鏗鏘悅耳的。如《聊齋志異・八大王》：「雅謔(xùe，開玩笑)則飛花粲齒，高吟則戛玉敲金。」「飛花粲齒」指口齒流利。

213 圖窮匕見

何謂「圖窮匕見」？

「圖窮匕見」語出《戰國策・燕策三》：「軻既取圖奉之，發圖，圖窮而匕首見。」這說的是：燕太子丹看到秦國想要滅亡六國，而且秦兵已經攻打到易水，亡國慘禍即將降臨到燕國，於是就找太傅鞫武商議對付秦國之策。鞠武建議找燕國智謀深遠的田光先生請教，田光又把荊軻介紹給太子丹。但荊軻來見太子丹時，先告訴太子丹：田光爲了表明自己沒有洩露國家機密已經自殺。荊軻坐定之後，太子丹說：「有您指教我，這說明上天可憐燕國而不遺棄她的後人。現在秦王有虎狼之心，要占有天下的土地。爲了挽救燕國，我想請您出使秦國，以重利來引誘秦王。秦王爲了貪圖這項重利，必然能給您刺殺他的機會。秦王一死，秦國就會大亂，在國外掌握兵權的大將也會互相猜疑。燕國就趁此機會，聯合天下諸侯，擊敗秦國。」

漢荊軻刺秦畫像石

荊軻答應完成這項任務，太子丹立刻拜荊軻爲上卿。以樊於期(秦國懸賞要捉拿的人)的人頭和燕國督亢的地圖爲重禮獻給秦王；又徵得趙人徐夫人最銳利的匕首，並把匕首染上毒藥，捲在地圖之內。與此同時還任命了一位副使名叫秦舞陽(也是燕國的勇士)。就這樣，荊軻以主使的身份與秦舞陽一起帶著這些重禮到達秦國。到達秦國後，首先用價値千金的重禮賄賂秦王的寵臣中庶子蒙嘉。蒙嘉替荊軻向秦王說：「燕王誠畏慕大王之威，情願率領全民臣事大王。但是燕王由於恐懼過度，不敢親來陳情，特砍下樊於期的頭和燕國督亢地圖一起來獻給秦王。」秦王聽了非常高興，就在咸陽宮接見燕使。見面後，秦王讓荊軻把地圖獻上。荊軻就走到秦王近前，打開地圖讓秦王看。地圖展開到最後時露出了匕首。於是荊軻就左手拉著秦王的衣袖，右手抓著匕首猛刺秦王，可惜沒有刺中秦王的身體。秦王大驚，自己跳起來，由於用力過猛而把袖子拉斷。秦王趕緊拔劍，情急之下卻拔不出來。荊軻追殺秦王，秦王繞著柱子跑。按照秦國的法律，群臣侍立殿上的，不得佩帶任何兵器，而負責守衛的郎中，又都站立在臺階下，沒有秦王的口諭絕對不許帶武器上殿。最後還是秦王拔出了佩劍，砍斷了荊軻的左腿。荊軻仍堅持用匕首投刺秦王，可惜又沒有擊中。秦王再次砍殺荊軻，荊軻創傷八處。他自知已經事敗，就把身子靠在柱子上大笑，然後又盤著腿高聲罵道：「事情之所以沒有成功，是因爲我要生擒你，劫持你歸還所有被你侵占的燕國土地，藉以報答燕太子丹!」這時左右侍臣才跑上來殺死了荊軻。「圖窮匕見」即由引文中節出，用以比喻事情發展到最後，眞相或眞意完全暴露。由於暴露出的是匕首，故不用「圖窮匕見」表示好事的最後階段。如葉聖陶《一個青年》：「不意先生乃蓄別抱，圖窮匕見，爰有斯言。」《北洋軍閥統治時期史話》第八十章：「這次談話，雙方針鋒相對，已經到了圖窮匕首見的最後階段了。」

214 圖謀不軌

是「圖謀不軌」還是「謀爲不軌」？

兩語都有。「圖謀不軌」也作「謀圖不軌」，語出《晉書．王彬傳》：「兄抗旌犯順(舉旗作亂)，殺戮忠良，謀圖不軌，禍及門戶。」指籌謀策畫越出法度與常規之事。《初刻拍案驚奇．何道士因術成奸》：「若圖謀不軌，禍必喪生。」

魯迅《忽然想到》：「政變之後，有族中的所謂長輩也者教誨我，說：『康有爲是想篡位，所以他的名字叫有爲;有者，富有天下，爲者，貴爲天子也。』非圖謀不軌而何?」兩文中的「圖謀不軌」均是。也作「謀爲不軌」。

用例爲明周楫《西湖二集．韓晉公人奩兩贈》：「有怪韓滉的，一連奏上數本，說『韓滉聞鑾輿在外，聚兵修理石頭城，意在謀爲不軌』。」

215 對床夜語

「對床夜語」為何指傾心交談？

這是用了白居易的典故。唐韋應物《示全眞元常》中有「寧知風雪夜，復此對床眠（你難道不知道，我非常盼望著風雨之夜與你重逢，對床談話直到天明）」的詩句。由於反映了「當差不自由」的人所嚮往的自由境界，因此這兩句詩後來被許多詩人沿用。把「對床眠」改為「對床聽雨」就是白居易沿用於下列詩句中的：「泥濘非遊日，陰沈好睡天。能來同宿否，聽雨對床眠。」（《雨中招張司業宿》）由於白詩「聽雨對床眠」反映的是「二三知己的閒居之樂」，這樣就被提煉為「對床夜語」，用來指親友久別相聚，傾心交談。如北宋蘇軾《送劉寺丞赴餘姚》：「中和堂後石楠樹，與君對床聽夜雨。」此中的後一句即是。此成語後來又延展出「風雨連床」、「對床風雨」。用例依次是秋瑾《挽故人陳闋生女士》詩序：「回憶省垣聚首，風雨連床，曾幾何時？誰憐一別，竟成夢幻。」清汪玉珩撰《朱梅舫詩話》：「此當於二三吟友，對床風雨，細細辨之。」

韋應物《閒居寄諸弟》詩圖

216 慘無人道

「慘無人道」、「慘絕人寰」、「冰霜慘烈」的「慘」同義嗎?

不同義。「慘」本義為「兇惡」。如《荀子・議兵》:「楚人鮫革犀兕以為甲,鞈如金石;宛鉅鐵釶,慘如蜂蠆(chài)(楚人用鯊魚皮、犀牛皮製作的甲,如金石般堅固;宛地所產的鋼製成的鐵矛,兇惡如蜂蠍)。」此中的「鉅」是鋼,「釶」是矛。再如馮玉祥《我的生活》第五章:「最殘暴的要算是日本兵,許多慘無人道的事情都由他們做出來。」

由「兇惡」又引申指「程度嚴重」。如《荀子・天論》:「其說甚爾,其災甚慘(這種說法的內容很淺近,但是對人的危害十分嚴重)。」

由「嚴重」又引申指「悲傷」。如茅盾《狼》:「波蘭境內許多大規模屠殺人民的『工廠』使用毒氣、熬人油等等慘絕人寰的事實,一年以前蘇聯就有過詳細的報導。」「慘絕人寰」即指令人悲傷的程度為人世所未有。

由「悲傷」又引申指「寒冷」。如東漢張衡《西京賦》:「雨雪飄飄,冰霜慘烈,百卉具零。」此中的「慘」即指「因寒冷以致各種植物都凋零了」。

217 滿城風雨

「滿城風雨」是寫景色的嗎?

「滿城風雨」最初是描寫景色的。此語出自北宋僧惠洪《冷齋夜話》卷四：「謝無逸以書問近新作詩否? 潘答書曰：秋來景對象件是詩思，恨爲俗氣所蔽翳。昨日清臥，聞攪林風雨聲，遂起題壁曰：『滿城風雨近重陽』，忽催稅人至，遂敗思。止此一句奉寄。」這說的是：謝無逸向潘大臨求近作。潘回信說：「秋來景對象件是佳句，只可惜被俗氣所遮蔽。昨日清晨臥在床上時，聽見攪林風雨聲，欣然起來在壁上題詩『滿城風雨近重陽』，剛寫完了這句，忽然催稅的官吏來了，敗了我的詩興，只好將這一句詩奉寄。」「滿城風雨」即從文中節出，指城內處處風雨交加的深秋景色。《孽海花》第三十四回：「看著已到了滿城風雨的時季，勝佛提議與常肅同行。」後來潘大臨去世，謝無逸曾用「滿城風雨近重陽」爲首句，寫了三首七絕，以悼念亡友。潘大臨寫詩被催稅人敗興這件事和「滿城風雨近重陽」這句詩，當時傳揚了出去，大家都知道了。這樣人們就以「滿城風雨」爲成語，比喻某件事一傳出去就轟動起來，到處議論紛紛的情景。如魯迅《花邊文學・零食》：「爲什麼倒弄得鬧鬧嚷嚷，滿城風雨的呢?」

218 箕風畢雨

「箕風畢雨」是講氣象的嗎?

「箕風畢雨」語本《尚書·洪范》:「庶民惟星,星有好風,星有好雨(老百姓好比星,有的星好風,有的星好雨)。」這原是說百姓各有所好的,後來經孔安國作傳解釋爲:「箕星好風,畢星好雨。」這樣就變成了「古人認爲月亮經過箕星座時多風,經過畢星座時多雨」。後來就以「箕風畢雨」比喻人的愛好各不相同。後來此語又有發展,「愛好」的「好」被讀成了「好壞」的「好」,用來讚揚統治者,形容他們如好風好雨。如南朝梁吳均《八公山賦》:「箕風畢雨,育嶺生峨(好風好雨,撫育高山峻嶺)。」此中的「箕風畢雨」即是。由於此語有兩義,故在閱讀時要結合語境理解其究竟指的是哪種意義。

南朝文學家吳均像

219 精金良玉

「精金良玉」與「犖犖大者」

「精金良玉」比喻人品像赤金、寶玉那麼純粹、溫潤。語出北宋程頤《程明道先生行狀》：「先生資稟(天賦)既異，而充養(猶供養)有道，純粹如精金，溫潤如良玉。」也作「精金美玉」。如《兒女英雄傳》第三十四回：「那點精金美玉同心意合，媚滋一人。」此中的「精金美玉」即是。此語也用來形容詩文珍貴華美。用例爲北宋蘇軾《答謝民師推官書》：「歐陽文忠公言，文章如精金美玉，市有定價，非人所能以口舌定貴賤也。」

「犖犖大者」的「犖犖」意爲分明、明顯，全語指很明顯的重大的方面。語出《史記・天官書》：「……此其犖犖大者。至若委曲小變，不可勝道。」如梁啓超《生計學學說沿革小史》：「吾欲詳言之，則累十數萬言不能盡也。今姑語其犖犖大者。」也作「犖犖大端」。用例爲梁啓超《變法通議》：「今之言變法者，其犖犖大端，必曰練兵也，開礦也，通商也。斯固然矣(這固然是對的)。」

220 聞一知十

「聞一知十」與「聞一知二」有什麼區別?

兩語均出自《論語・公冶長》：「子謂子貢曰：『汝與回也孰愈?』對曰：『賜也何敢望回? 回也聞一以知十，賜也聞一以知二。』子曰：『弗如也，吾與汝弗如也。』(孔子問子貢：『你和顏回誰更勝一籌?』子貢說：『我怎麼敢和顏回比呢? 他聽到一件事就能推知十件事，我聽到一件事只能推知兩件事。』孔子說：『比不上，我和你都比不上。』」

由此可知：孔子與子貢都認爲自己不及顏回。所以「聞一知十」與「聞一知二」在程度上不等同。由於兩語都指聽到一點就能推知其他或很多，因此兩語後來都形容稟性聰明。

如《初學記》卷十七引東漢禰衡《顏子碑》：「知微知彰(知道很少，就能推知很多)，聞一知十。」再如《醒世恒言・蘇小妹三難新郎》：「又生個女兒，名曰小妹，其聰明絕世無雙，眞個聞一知二，問一答十。」

221 齊大非偶

爲何用「齊大非偶」表示婚姻不門當戶對?

敦煌榆林窟25窟《婚禮圖》

「齊大非偶」的「偶」指配偶；全語的意思是齊國強大，鄭國弱小，齊國國君的女兒不是與鄭國太子相稱的配偶，表示婚姻不門當戶對。也指對方地位高，不敢仰攀。此語出自《左傳・桓公六年》：「齊侯欲以文姜妻鄭大(太)子忽，大(太)子忽辭。人問其故，太子曰：『人皆有耦(偶)，齊大，非吾耦(偶)也。《詩》云：自求多福。在我而已，大國何爲?』」這說的是：北戎攻打齊國，齊侯向鄭國求援。鄭國的太子忽率領軍隊救援齊國，於是大敗戎軍。齊侯想把女兒文姜嫁給鄭太子忽，太子忽辭謝了。別人問他原因，太子忽說：「每個人都有合適的配偶。齊國強大，與鄭國地位懸殊，文姜不適合做我的配偶。《詩經》上說：『自求多福(靠自己就會多受福德)。』一切全在自己，仰仗大國幹什麼?」「齊大非偶」即從文中提煉而出。沈約《奏彈王源》：「臣聞齊大非偶，著乎前誥：辭霍不婚，垂稱往烈(霍光要把自己的女兒嫁給雋不疑，雋不疑固辭不受)。」這是沈約作爲御史官彈劾王源的奏章中的話。王源是士族，他家世代爲官。沈約風聞王源嫁女與富陽滿氏，而滿氏不是士族，這樣王源就觸犯了南北朝時期特有的一種士族制度。這個制度規定按門第等級區別士族與庶族在政治、經濟、文化上的地位。婚姻也是一樣。所以王、滿兩家士族與庶族聯姻被認爲是犯了錯。因此沈約上書，要求免去王源的官職。再如清袁枚《小倉山房尺牘》：「(袁)枚靜言思之，終覺齊大非偶，不敢作董叔之系援。」「靜言思之」語出《詩經・邶風・柏舟》：「靜言思之，不能奮飛。」「靜言」的「言」在這裏同「然」。「董叔」是春秋時晉國叔向的哥哥，他娶了富有的範氏女子爲妻。「系援」是向有力者拉關係。所以袁枚文的意思是：袁枚仔細地想了想，還是感覺到齊大非偶，不敢像董叔那樣爲了有個靠山而娶富家女。

222 蒹葭倚玉

「蒹葭」與「玉」爲何有了聯繫?

蒹葭是蘆葦，玉是玉石。蘆葦如何能倚玉呢?原來「蒹葭倚玉」是「蒹葭倚玉樹」的簡稱。「蒹葭倚玉樹」語出《世說新語・容止》：「魏明帝使後弟毛曾與夏侯玄共坐，時人謂『蒹葭倚玉樹』。」

由此可知「蒹葭倚玉樹」乃比喻語，說的是毛曾與夏侯玄二人品貌不相稱。後來人們就以「蒹葭倚玉」爲成語，比喻兩人品貌高下懸殊，極不相稱。因爲此語對品貌低下者貶義濃，故用此語作比時要愼重。

用例如《二刻拍案驚奇・同窗友認假作眞》：「小女嬌癡慕學，得承高賢不棄，今幸結此良緣，蒹葭倚玉，惶恐惶恐。」此中的「蒹葭倚玉」即是自謙之詞。

223 價值連城

「價值連城」到底價値幾何?

戰國鏤雕龍鳳玉璧

「價値連城」語出《史記・廉頗藺相如列傳》:「趙惠文王時,得楚和氏璧。秦昭王聞之,使人遺趙王書,願以十五城請易(換)璧。」「和氏璧,天下所共傳寶也(和氏璧是天下人公認的寶貝)。」

先說「和氏璧」的由來。《韓非子・和氏》載:楚國一個叫卞和的人得到一塊玉璞(美玉包孕在石中叫璞),獻給楚厲王。楚厲王找琢玉的匠工相看。這位匠工說是石而不是玉璞。楚厲王就認爲和氏欺騙了他,於是砍去了和氏的左腳。楚武王繼位了,卞和又去獻玉,琢玉的匠工仍然說是石,這樣卞和又被砍去了右腳。等到文王繼位了,卞和就抱著他的玉璞在山中哭。文王知道了就讓匠工琢開這塊玉璞,果然得到了寶玉。因此就給這塊寶玉命名爲「和氏璧」。

從以上兩個典故可知,「價値連城」本義爲「價重連城」,意思是和氏璧相當於十五個城那麼貴重。後來用「價値連城」來形容物品極其珍貴。

224 緘口結舌

「緘口結舌」的來歷?

「緘口結舌」源自兩個典故。㈠漢劉向《說苑・敬愼》：「孔子之周，觀於太廟。右階之前，有金人焉，三緘其口，而銘其背曰：『古之愼言人也，戒之哉！無多言，多言多敗……』「緘口」即源自此中的「三緘其口」。此中的「三緘其口」說的是：孔子進太廟，看見右臺階前有一個金人，嘴上加有三道封條。至於太廟中爲何放這樣一個金人？對此有兩種說法：一是太廟是肅靜之地，讓進入者見金人封嘴會保持肅靜。另一則是教育人用的：讓人看了會警戒自己少言愼言，以避免言多語失。「緘口」即指閉口。㈡「結舌」語出《漢書李尋傳》：「及京兆尹王章坐言事誅滅，智者結舌(王章因爲說錯了話而判死罪之後，智者接受教訓都不敢說話了)。」此中的「結舌」字面義是舌頭不能動，實指不敢說話。後來「緘口結舌」組成成語比喻理屈詞窮，無話可

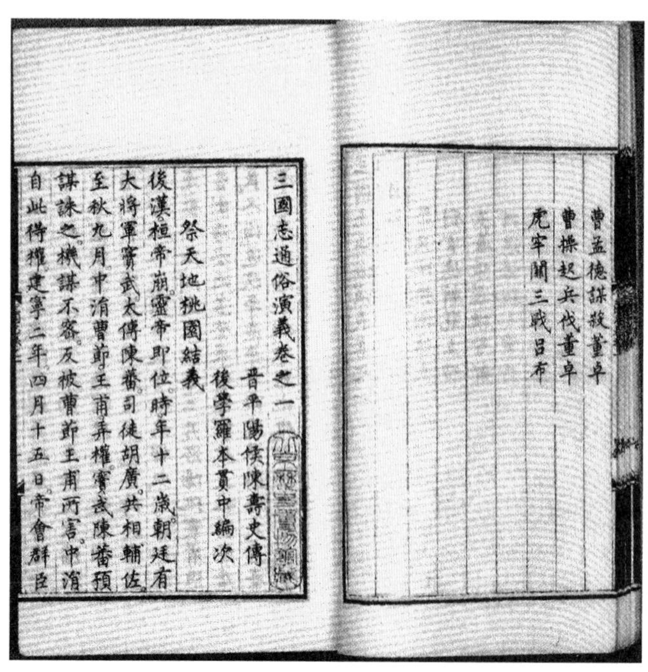
曹孟德謀殺董卓
曹操起兵伐董卓
虎牢關三戰呂布

三國志通俗演義卷之一
晉平陽侯陳壽史傳
後學羅本貫中編次
祭天地桃園結義
後漢桓帝崩靈帝即位時年十二歲朝廷有大將軍竇武太傅陳蕃司徒胡廣共相輔佐至秋九月中涓曹節王甫弄權竇武陳蕃預謀誅之機謀不密反被曹節王甫所害中涓自此得權建寧二年四月十五日帝會群臣

《三國志通俗演義》

說；也比喻因怕得禍而閉口不言。如《三國志通俗演義・吳臣趙咨說曹丕》：「王上養兵千日，用在一朝。王上待臣等官僚以國士之禮，今聞蜀兵已至，皆緘口結舌，是何理也?」此中的「緘口結舌」即指不說話。也作「緘口藏舌」。用例爲《元曲選・范張雞黍》：「如今那蕭丞相爭頭鼓腦，便有那魯諸生也索緘口藏舌。」此外與「緘口結舌」近義的還有「緘默不言」、「緘口無言」。如《宋史・鄭俠傳》：「御史緘默不言，而君上書不已(應該上書的御史他不說話，可是你卻上書沒個完)。」此中的「緘默不言」指不說話。《三國演義》第五十四回：「一席話，說得魯子敬緘口無言。」此中的「緘口無言」指理屈詞窮。

225 駕輕就熟

「駕輕就熟」的「熟」是熟練嗎?

秦銅車馬

不是「熟練」，是「熟路」。語出唐韓愈《送石處士序》：「若駟馬駕輕車就熟路，而王良、造父為之先後也（像四匹馬拉一輛輕車，並且走的還是熟路，其速度與善駕車的王良、造父所駕的車比，也不相上下)。」「駕輕就熟」即從此文中提煉而出，比喻對事情熟悉，做起來容易。此中的「王良」指春秋時晉國公卿趙襄子的馬車夫，是駕馭馬車的能手。「造父」是中國歷史上有名的善於駕車的人，曾為周穆王駕車。用例如馬識途《學習會紀實》：「他當時指定我這個過去一直陪首長們學習的宣傳幹事擔任中心學習組的秘書，駕輕就熟嘛。」也作「輕車熟路」。孫景瑞《紅旗插上大門島》第十五章：「劉兆德在前面走得非常輕鬆，好像輕車熟路。」

226 蓴羹鱸膾

爲何用「蓴羹鱸膾」比喻思念故鄉之情?

這是用了晉人張翰的典故。張翰是西晉文學家，齊王司馬冏執政時期，張翰爲大司馬東曹掾。但他對從政不感興趣，嚮往山林生活。一日，「翰因見秋風起，乃思吳中菰菜、蓴羹、鱸魚膾，曰：『人生貴得適志，何能羈宦數千里以要名爵乎!』 遂命駕而歸。」(《晉書・張翰傳》)張翰認爲：一個人一生最重要的就是按照自己的意志生活，不應該爲了自己並不想追求的名譽、官位跑到千里之外去受限制。因此秋風起，他想起了家鄉的美食，就棄官回家了。不久，司馬冏兵敗，張翰反倒因棄官而沒受到牽連。張翰的詩文都非常好，但對後世影響不大。唯獨他思鄉這件事給後人留下了「蓴羹鱸膾」這一成語，被廣泛運用，用以比喻思念故鄉之情。「蓴」是蓴菜，莖和葉可做湯羹;「鱸膾」是切細的鱸魚肉;全語指這兩樣食材做成的菜。如南宋辛棄疾《沁園春・帶湖新居將成》：「意倦須還，身閑貴早，豈爲蓴羹鱸膾哉(做官感到疲倦了，就辭官回

唐歐陽詢書《張翰思鱸帖》

鄉，清閒下來是越早越好，哪裏是因爲思鄉太切)。」此中的「蓴羹鱸膾」即指思念家鄉。「蓴羹鱸膾」也作「蓴菜鱸魚」、「蓴羹魚膾」、「蓴鱸之思」。用例依次爲北宋歐陽修《初出眞州泛大江作》：「蓴菜鱸魚方有味，遠來猶喜及秋風。」《餘嘉錫論學雜著・釋傖楚》：「(陸)機(陸)雲入洛，厭北人之厚重少文，嗜羊棗而啖酥酪，不如南方之蓴羹魚膾，輒目之爲傖父。」此中的「厚重少文」也是成語，形容人穩重敦厚，質樸平淡，但在此文中則指粗鄙；「羊棗」是果名；「傖父」是蔑稱，南北朝時南人對北人的稱呼。張恨水《八十一夢・第五十五夢》：「一個來四川多年的人，對於這些食物都不免有點蓴鱸之思的。」

227 激濁揚清

「激濁揚清」是講治水的嗎？

不是。「激濁揚清」語本《尸子・君治》：「水有四德：沐浴群生，流通萬物，仁也；揚清激濁，蕩去滓穢，義也……」「激濁」指沖去髒水，「揚清」指使清水湧流。水有四德，而「揚清激濁」是四德之一。所謂「水之四德」在《尸子》中是一種比喻，建議君王按「水之四德」治理國家。「激濁揚清」後來比喻批評過惡，表彰良善。如《晉書・牽秀傳》：「秀少在京輦，見司隸劉毅奏事而扼腕慷慨，自謂居司直之任，當能激濁揚清，處鼓鼙之間，必建將帥之勳(牽秀年輕時在京城，見主管監察的司隸劉毅奏事時慷慨激昂，就說自己如果身居司直之位，一定能批評罪惡，表彰良善;如參加戰爭，必能建將帥之勳)。」清顧炎武《與公肅甥書》：「誠欲正朝廷以正百官，當以激濁揚清爲第一義。」又作「揚清激濁」。《晉書・武帝紀》：「揚清激濁，舉善彈違，此朕所以垂拱總綱，責成於良二千石也(表彰良善，批評罪惡，舉進賢才，彈劾違紀，這些就是朕總管國家、責成諸大臣要做到的)。」

顧炎武像

228 獨樹一幟

「獨樹一幟」應有何特點?

「獨樹一幟」指獨自樹起一面旗幟，自成一家，與眾不同。如孫中山《心理建設》第八章：「其時慕義之士，聞風興起，當仁不讓，獨樹一幟以建義者，踵相接也。」此中的「獨樹一幟」指參加建設新國家的志士仁人各人所持有的獨特風格。也作「獨豎一幟」、「自樹一幟」。如清袁枚《隨園詩話》：「所以能獨樹一幟者，正爲其不襲盛唐窠臼也。」寫詩不承襲盛唐的格式，自出心裁，也是「獨樹一幟」。再如清周濟《介存齋論詞雜著》：「詩有史，詞亦有史，庶乎自樹一幟矣。」以前沒有詞史， 如今寫了詞史， 可謂「獨樹一幟」了。

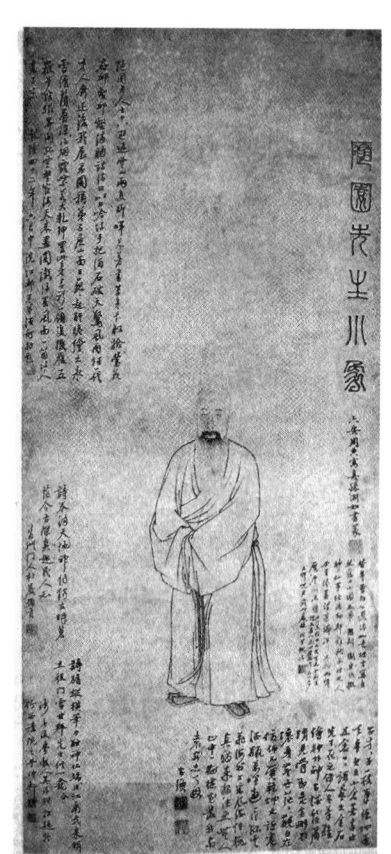

袁枚像

229 蕙心蘭質

「蕙心蘭質」與「蘭姿蕙質」同義嗎?

不同義。南朝宋鮑照《蕪城賦》：「東都妙姬，南國麗人。蕙心紈質，玉貌絳唇。」此中的「紈」是精緻潔白的細絹，引申為潔白。所以引詩是形容妙姬這一麗人的心地純潔，性格高雅的。後來由「蕙心紈質」演化出「蕙心蘭質」一語。如唐王勃《七夕賦》：「金聲玉韻，蕙心蘭質(聲音清麗，溫潤可人，心地純潔，性格高雅)。」由於「蕙」、「蘭」都是香草，與「紈」的比喻義相近。所以「蕙心蘭質」仍是比喻女子的心地和性格的。也作「蘭心蕙性」。用例為《兒女英雄傳》第八回：「況且他雖說是個鄉村女子，外面生得一副月貌花容，心裏藏著一副蘭心蕙性。」

「蘭姿蕙質」則僅比喻女子姿容美麗。如元施君美《幽閨記・少不知愁》：「蘭姿蕙質，香肌稱羅綺(姿容秀麗，肌膚與羅綺一樣潔白細膩)。」

230 錢可通神

「錢可通神」的「通」是「通過」嗎?

不是。應是「買通」的意思。何以見得呢? 唐張固《幽閒鼓吹》中記載了這樣一件事:「相國張延賞將判度支。知有一大獄,頗有冤濫,每甚扼腕。及判使,即召獄吏嚴誡之,且曰:『此獄已久,旬日須了。』明旦視事,見案上有一小貼子曰:『錢三萬貫,乞不問此獄。』公大怒,更促之。明日貼子復來,

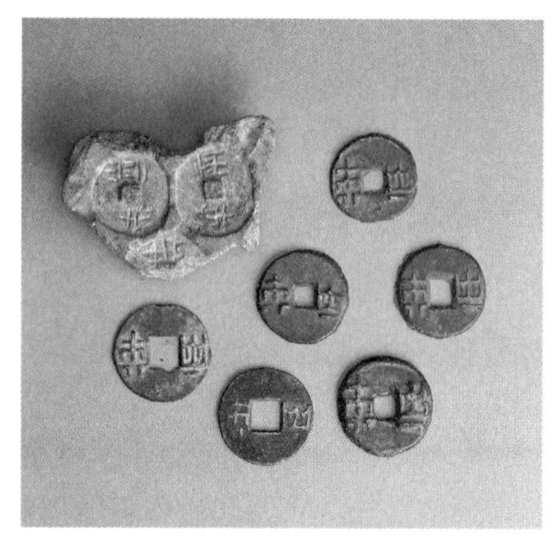

傳教士筆下的中國錢

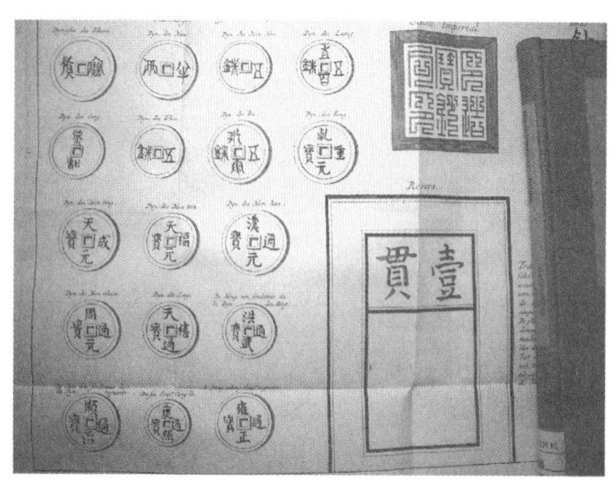

秦半兩銅錢及錢範

曰:『錢五萬貫。』公益怒,命兩日須畢。明日復見貼子曰:『錢十萬貫。』公曰:『錢至十萬,可通神矣,無不可回之事,吾懼及禍,不得不止。』(相國張延賞將要裁決有關國家財政賦稅收入的案件,知道其中有一個案子弄虛作假,每次想到這個案子就非常憤怒。等到裁決開始,就把判案人召集來嚴加告誡,並且說:『這個案子已拖了很久,這一次十天之內必須結案。』第二天相

國上班，看見辦公桌上有一個小票據上面寫著『三萬貫錢』，請求不再追究此案。張公看了大怒，更加緊催促辦此案。第三天又送來一個票據，上寫『五萬貫錢』。張公益發憤怒，命令兩天內辦完此案。第四天又送來，上面寫的是『十萬貫錢』。張公看後說：『錢增到十萬貫就可以買通神了。只要能買通神就沒有不可迴旋之事。我怕自己要招禍，不得不停止追究。』）」上述文中的「可通神矣」之所以譯爲「可以買通神了」，是基於張相國對自己「判度支」以來所經歷的事的推論。從「判度支」開始，「弄虛作假」的那位官員暗中陸續送來「三萬」、「五萬」以至「十萬」，很明顯地就是要「買通」張相國，目的是「乞不問此獄」。特別是遭到拒絕後仍繼續「加錢」，就表明出錢者相信「錢的買通力量」，只不過是數目還不夠「火候」而已。張相國也非常明白這「層層加碼」的目的。如今這「錢已增至十萬貫」，連可降禍於人的「神」都可「買通」了，自己如果還不識趣，那麼被買通的神就會使不識趣的人「及禍」。因此不得不讓步。由上述可知「錢可通神」即源於「錢至十萬，可通神矣」這句話。張相國最後把神搬了出來，表明「錢」是「無堅不摧的。」「錢可通神」民間又作「錢能通神」、「錢能通鬼」、「有錢能使鬼推磨」。不管怎麼變，錢的「買通」作用對有些人來說是不會變的。

231 隨機應變

「隨機應變」與「臨機制變」同義嗎?

清彩繪本《桃花扇圖》

小有不同。「隨機應變」的「機」指時機合宜的時候；全語的意思是隨著具體情況的變化，靈活對付。如《舊唐書・郭孝恪傳》：「建德遠來助虐，糧運阻絕，此是天喪之時。請固武牢，屯軍汜水，隨機應變，則易爲克殄(tiǎn)(竇建德前來助戰，使我軍糧草的運輸受到阻絕，這是天災的時候啊!請你鞏固武牢的防禦，在汜水屯軍待命，隨著情況的變化，靈活機動地應付，這樣就容易戰勝而消滅他了)。」清孔尚任《桃花扇》：「那些隨機應變的口頭，左沖右擋的膂力，都還有些兒。」

「臨機制變」的「制」是指「控制」，顯得比「應變」的「應」主動一些。如《南史・梁宗室傳上》：「諸將每諮事，輒怒曰：『吾自臨機制變，勿多言。』這個例子中的「臨機制變」就體現了此語含有的「主動性」。又有「臨機設變」。宋陳亮《酌古論・劉備》：「臨機設變，奮力死鬥。」此外還有「臨機應變」，與「隨機應變」同義。用例爲《李自成》第一卷第二十四章：「可是在細心周到上我不如(高)一功，在臨機應變上我不如補之(李過)。」

232 頭頭是道

「頭頭是道」這個成語是怎麼來的?

「頭頭是道」本是佛家用語，指處處都存在著道。語出《續傳燈錄・慧力洞源禪師》：「方知頭頭皆是道，法法本圓成。」「頭頭是道」即由文中提出，後來作爲成語形容說話作詩文有條有理。如清李漁《閒情偶寄・格局第六》：「開場數語，謂之家門……是以此折最難下筆。

如機鋒銳利，一往而前，所謂信手拈來，頭頭是道，則從此則做起。」「家門」指戲劇演出之前，先用一兩首詞向觀衆概括地說明創作意圖和劇情大意。

又如《四世同堂》：「爲了報復這個失敗，他故意的不過問家事，而等到哥嫂買貴了東西，或處置錯了事情，他才頭頭是道的去批評，甚至於攻擊。」

233 龜厭不告

「龜厭不告」與「龜玉毀櫝」同義嗎?

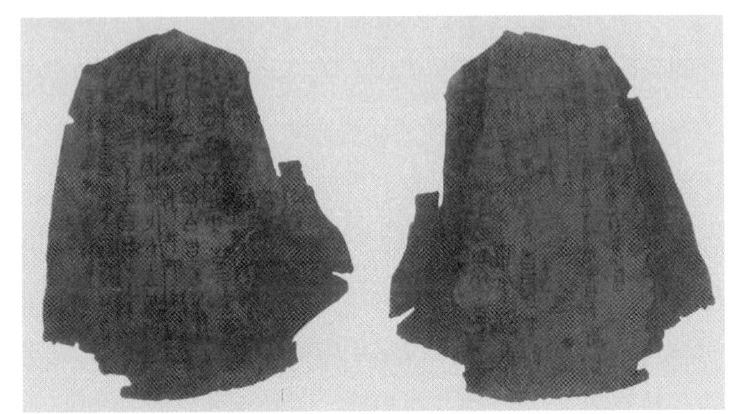

商代刻字龜甲

不同義。前語出自《詩經・小雅・小旻》：「我龜既厭，不我告猶。謀夫孔多，是用不集（占卜占得龜靈已厭煩，不願把吉凶告知我。謀臣策士很多，都無勞又無功)。」「龜厭不告」即由詩中提煉而出，此中的「龜」指龜甲，是占卜用的；全語的意思是：一遍一遍地占卜不休，讓龜靈感到厭倦了，不再告訴吉凶結果。後來作爲成語比喻很有效的東西過分使用也會失靈。如《漢書・藝文志》：「龜厭不告，《詩》以爲刺(很有效的東西過分使用也會失靈。《詩》把這個道理提出來作爲告誡)。」

「龜玉毀櫝」的「龜玉」指龜甲和寶玉，「櫝」是匣子。此語出自《論語・季氏》：「虎兕(sì)出於柙(xiá)，龜玉毀於櫝中，是誰之過與?（老虎、犀牛從籠子裏跑出來，龜甲、美玉在匣子裏受到損毀，這是誰的過失呢?)」「龜玉毀櫝」即從文中節出，作爲成語比喻輔佐之臣失職而使國運毀敗。

234 擘肌分理

「擘肌分理」與「條分縷析」同義嗎?

同義。「擘(bò)肌分理」的「擘」是剖開，「理」是肌膚的紋理；全語的意思是剖開肌膚分析其紋理，比喻分析事理十分細密。如東漢張衡《西京賦》：「若其五縣遊麗辯論之士，街談巷議，彈射臧否，剖析毫釐，擘肌分理。」此中的「擘肌分理」即是。「五縣」指五陵，漢代的五個皇帝的陵墓：長陵、安陵、陽陵、茂陵、平陵，在長安附近;「遊麗」即遊逸；「彈射臧否」指直率地指摘，直率地批評。也作「肌擘理分」。如明袁中道《李溫陵傳》：「所讀書皆抄寫爲善本……雪藤丹筆，逐字讎(chóu)校，肌擘理分，時出新意。」此中的「雪藤」是一種紙的名字，產於廣安州。「丹筆」即朱筆。「讎校」指校對。

「條分縷析」的「縷」是線，全語的意思是一條一線地進行分析，比喻有條有理地細緻分類剖析。如清侯方域《代司徒公屯田奏議》：「條分縷析，期於明便可行，算計見效。」梁啓超《變法通議》：「凡譯此類書，宜悉仿內典分析之例，條分縷析，庶易曉暢(也許容易曉暢)，省讀者心力。」也作「條析理分」。《新唐書·張嘉貞傳》：「嘉貞條析理分，莫不洗然。」「洗然」，清晰的樣子。

茂陵採集「長樂未央」 瓦當拓片

235 臨池學書

「臨池學書」是指在池水邊練習書法嗎?

「臨池學書」出自西晉衛恒《四體書勢》：張芝年少就有高尙的情操，淡於仕進。朝廷以「有道」徵召他入朝做官，他不去。但他學書甚勤：「凡家中衣帛，必書而後練之(凡是家中能往上面寫字的衣裳布帛，必定都是先在上面練字，寫完字以後再拿去洗染)。臨池學書，池水盡黑。」他學書法的這種刻苦磨礪的精神成爲中國書法界盡人皆知的一大掌故。北宋曾鞏《墨池記》：「(王)羲之嘗慕張芝，臨池學書，池水盡黑，此爲其故跡，豈信然邪?(確實是這樣嗎?)」這段文字是曾鞏去探訪王羲之的墨池時寫下的。「故跡」指的是王的墨池。由此可知：「臨池學書」本指張芝到池邊練字，後來成爲成語，泛指刻苦學習書法。如明張岱《家傳》：「少不肯臨池學書，字醜拙，試有司輒不利(少年時不肯努力學習書法，因此字寫得非常不好看。去參加科舉，卻因爲答卷上的字寫得不好而不被錄取)。」古代的科舉考試，答卷上的字也被視爲考查考生水平的標準之一。

236 臨渴掘井

「臨渴掘井」與「臨危制變」

前語出自《黃帝內經・素問・四氣調神大論》：「夫病已成而後藥之，亂已成而後治之，譬猶渴而穿井，鬥而鑄錐，不亦晚乎?」「臨渴掘井」即從文中節出，比喻事急才想辦法，已經來不及。「鬥而鑄錐」指已經爭鬥起來了才開始製造武器，與「臨渴掘井」同義。清朱用純《治家格言》：「宜未雨而綢繆，毋臨渴而掘井。」「未雨綢繆」也是成語，指趁著天沒下雨，先修繕房屋門窗，比喻事先做好準備。「臨危制變」語出《晉書・宣帝紀》：「朝廷聞師遇雨，咸請召還。天子曰：『司馬公臨危制變，計日擒之矣。』（朝廷聽說司馬懿帶的大軍遇雨，所以大臣們都請皇上下令把大軍召回。皇上說：『司馬公面對著危難，會採取果斷的應變措施，很快就能捉住公孫淵。』）」「臨危制變」即從文中節出，指面臨危難時緊急應變。如《三國志通俗演義・司馬懿破公孫淵》：「司馬太尉善能用兵，臨危制變，多有良謀，捉公孫淵計日而待。」

237 臨潼鬥寶

何謂「臨潼鬥寶」？

首先說明「臨潼鬥寶」出自元雜劇《臨潼鬥寶》。說的是：春秋時各諸侯國爭霸主地位，秦穆公爲了威震諸侯，採納謀士建議，請十七路諸侯到臨潼展覽自己國家的寶物，寶物最優者爲霸主，並評出最佳傳國之寶。消息傳到楚國。楚平王想不出自己有什麼可制勝的寶物，召群臣獻策，群臣亦無計可施。正在發愁之際，一個名爲伍子胥的英俊少年要求進宮獻寶，消除了楚平王的擔憂。獻寶那一天到了，秦王居上，各國分列兩旁，紛紛獻寶。諸如金毛雕、玉龍環、醒酒毯、水火衣、夜明珠等等應有盡有。但秦王一笑，說「你們這些都不算寶!」於是他拿出了號稱永遠不滅的萬年燭，在殿外呼呼的北風中確實不滅，並且宣稱自己取得勝利。正在此時，只聽得殿下一人大叫一聲「且慢!」大步流星走上殿來要求代楚國獻寶。秦王說：「寶在哪裏?」此人說：「我就是寶。」說著就轉身向殿外張口吹氣，把萬年燭吹滅了。秦王見萬年燭被吹滅，正要動武，此人立刻抄起眼前矗立著的千斤鑄鼎，舉過頭頂，嚇得秦國武士不敢近前，從而戳破了秦王的陰謀。「臨潼鬥寶」後來作爲成語比喻誇耀財富，爭強賭勝。如《紅樓夢》第七十五回：「大家議定，每日輪流作晚飯之主。天天宰豬割羊，屠鵝戮鴨，好似『臨潼鬥寶』的一般，都要賣弄自己家裏的好廚役，好烹調。」《兒女英雄傳》第二回：「衆人的禮物都是你賭我賽，不亞如那臨潼鬥寶一般。」

238 豁達大度

「豁達大度」與「閎中肆外」均可形容人嗎?

前語可，後語不可。「豁達大度」語本《史記・高祖本紀》：「(高祖)仁而愛人，喜施，意豁如也。常有大度，不事家人生產作業(高祖這個人……意志豁達，胸襟開闊，常表現出大度寬宏，不肯從事一般老百姓生產勞作之事)。」「豁達大度」即由文中提煉而出，形容胸懷寬廣，有容人的大度量。如晉潘岳《西征賦》：「觀夫漢高之興也，非徒聰明神武，豁達大度而已也。」這是說明劉邦之所以能成事的原因，全在於他的豁達大度。唐陳子昂《申宗人冤獄書》：「陛下豁達大度，至聖寬仁，觀於漢祖，固已遠矣(陛下您豁達大度，至聖寬仁，與漢祖劉邦比，他距離您甚遠)。」宋陳亮《酌古論》：「雖料敵明，遇敵勇，豁達大度，善禦諸將，顧亦何用哉(雖然能準確地判斷敵情，遇到敵人能勇敢作戰，豁達大度，善待諸將，然而又有什麼用呢)!」

「閎中肆外」語本韓愈《進學解》：「先生之於文，可謂閎其中而肆其外矣。」「閎」是寬宏，「肆」是恣肆，「閎中肆外」即由文中提煉而出，指內容寬巨集，形式恣肆，用以形容文章在內容上博大精深，在文辭上極盡表達之能事。如宋衛宗武《秋聲集序》：「李、杜以天授之才，閎中肆外，窮幽極渺。」

239 韓陵片石

為何用「韓陵片石」指好文章?

「韓陵」是山名，在今河南安陽市東北，俗名七里崗。北魏高歡曾敗爾朱兆於此，並在此建定國寺旌功，由溫子升撰碑文。「片石」指溫子升所作《韓陵山寺碑》。語本唐張鷟(zhuó)《朝野僉載》卷六：「庾信以南朝初至北方，文士多輕之，信將《枯樹賦》以示之，於後無敢言者。時溫子升作《韓陵山寺碑》，信讀而寫其本。南人問信曰：『北方文士何如?』信曰：『惟有韓陵山一片石堪共語；薛道衡、盧思道，少解把筆(這兩個人稍微知道一點怎樣寫作)，自餘驢鳴狗吠，聒耳而已(其餘的人的文章讀起來如驢鳴狗吠，只會讓耳朵感到很吵而已)。』」「韓陵片石」即從文中提煉而出，比喻少見的好文章。如鄭逸梅《南社叢談・南社社友事略・林百舉》：「百舉有(葉)楚傖詩：『為問庾山枯樹好，韓陵片石又何如?』」此中的「庾山枯樹」指庾信的《枯樹賦》。

「韓陵片石」也作「寒山片石」、「片石韓陵」。用例依次為明張岱《岱志》：「余入泰山，見磨崖勒字，無一字堪入眼，故余反以無字碑為寒山一片石。」柳亞子《題南明昭宗三王壙志銘拓本後》：「更憐點畫渾難據，片石韓陵字亦訛。」

240 鴻鵠之志

「鴻鵠之志」是怎樣的志向?

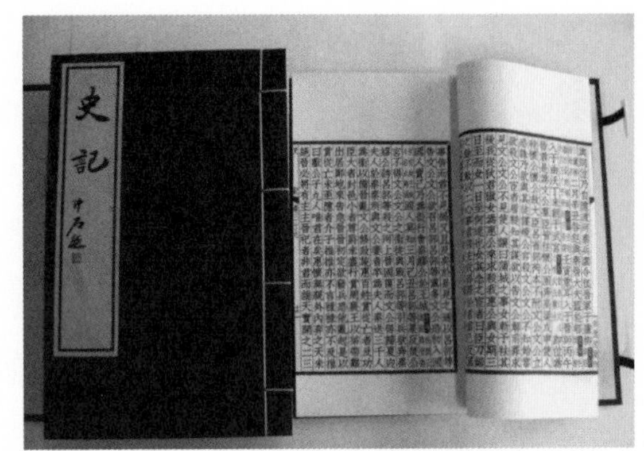

《史記》

「鴻鵠」指天鵝，因爲它飛得高，故常用來比喻志向遠大的人。語出《史記・陳涉世家》：「陳涉太息曰：『嗟乎，燕雀安知鴻鵠之志哉!』」「涉」是陳勝的字。陳涉少年時，曾經給人家當雇農。一天他在農田中幹活時「悵恨久之」，並對同伴說：「以後我們如果誰富貴了，不要忘掉其他人。」同伴說：「你給人家當雇農，怎麼能富貴呢?」這時陳涉就說了引文的話：「燕雀怎麼能知道鴻鵠的志向呢!」「鴻鵠之志」即從文中提煉而出，比喻遠大的志向。如元曲鄭德輝《王粲登樓》第一折：「大丈夫仗鴻鵠之志，據英傑之才。」

241　藏鋒斂鍔

「藏鋒斂鍔」與「藏器待時」可互相代用嗎?

不可。「藏鋒斂鍔」的「鋒」指兵器的銳利部分，「鍔」則指兵器的刃;全語的意思是：把鋒和刃隱藏收斂起來，形容謙抑含蓄，不露鋒芒。如清劉熙載《藝概・文概》：「歐陽公文章爲一代宗師，然藏鋒斂鍔，韜光沈馨，不如韓文公之奇奇怪怪，可喜可愕。」此中的「藏鋒斂鍔」即是形容歐陽修的文章有「陰柔之美」。這種「陰柔之美」的具體表現是「悠遠幽邃，隱匿含蓄」。用例如王朝聞《論鳳姐》第十六章：「多摘引要占許多篇幅，少摘引又難於說明襲人這個奴才的……那種藏鋒斂鍔的『高明』之處。」此中的「藏鋒斂鍔」則著重表現襲人的「不露鋒芒」。

「藏器待時」的「器」引申指才能，全語的意思是：胸懷大才偉略，等待施展時機的到來。此語出自《周易・繫辭下》：「君子藏器於身，待時而動。」用例如《梁書・武帝紀中》：「若有確然鄉黨，獨行州閭，肥遁丘園，不求聞達，藏器待時，未加收採；或賢良方正，孝悌力田，並即騰奏，具以名上。」此中的「藏器待時」即是。「確然」是信實正派;「鄉黨」本指鄉親，這裏指一般的人;「獨行州閭」指在家賦閑;「肥遁」語出《周易・遁》，原指崇高的隱士，這裏指隱居;「丘園」原指家園或鄉村，這裏也指隱居;「賢良方正」原是漢武帝時推選官吏的一種制度，在這裏指才德兼備的好人品;「孝悌力田」指孝順父母，尊敬兄長，努力務農的人。這段引文說的是：如果有胸懷才略等待時機的人和賢良方正的人都要具名上奏。再如明李贄《續焚書・與焦弱侯》：「李如真四月二十六日書到黃安，知兄已到家，藏器待時，最喜最喜。」此中的「藏器待時」亦是。

242 藍田生玉

是「藍田生玉」還是「藍田種玉」？

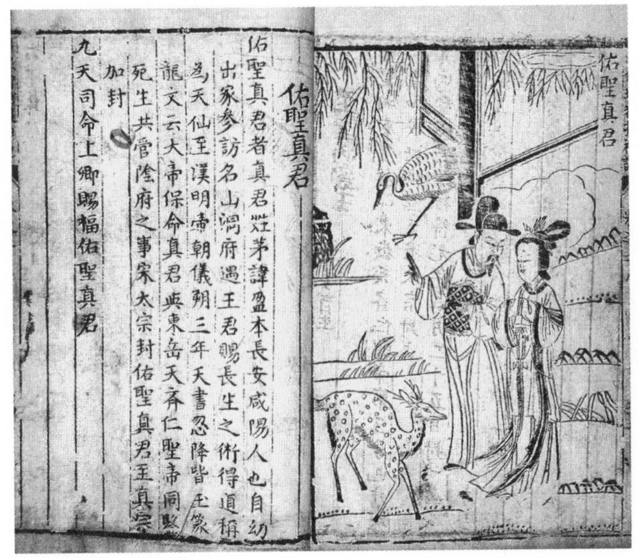

佑聖真君

佑聖真君者真君姓茅諱盈本長安咸陽人也自幼出家參訪名山洞府遇王君賜長生之術得道稱為天仙至漢明帝朝儀朔三年天書忽降皆玉篆龍文云大帝保命真君與東岳天齊仁聖帝同掌死生共管陰府之事宋太宗封佑聖真君至真宗加封

九天司命上卿賜福佑聖真君

佑聖真君

《搜神記》（明萬曆刊本）

兩語都有。「藍田生玉」的「藍田」是山名，在今陝西藍田縣東南，古時此地出產美玉。後來就用「藍田生玉」比喻父親好，生的兒子也好。如《三國志・吳志・諸葛恪傳》裴松之注引《江表傳》：「恪，少有才名……權見而奇之，謂瑾曰：『藍田生玉，真不虛也。』」《南史・謝莊傳》：「（莊）七歲能屬文。及長，韶令美容儀。宋文帝見而異之，謂尚書仆射殷景仁、領軍將軍劉湛曰：『藍田生玉，豈虛也哉。』」兩文中的「藍田生玉」 均是。「韶令」是聰慧、美好的意思，「美容儀」是儀錶堂堂。

「藍田種玉」說的是「伯雍種玉」的故事，語出東晉干寶《搜神記》：「楊公伯，雍雒陽縣人也。本以儈賣為業，性篤孝，父母亡，葬無終山，遂家焉。山高八十裏，上無水，公汲水作義漿於阪頭，行者皆飲之。三年，有一人就飲，以一斗石子與之，使至高平好地有石處種之，云：『玉當生其中。』楊公未娶，又語云：『汝後當得好婦。』語畢不見。乃種其石。數歲，時時往視，見玉子生石上，人莫知也。有徐氏者，右北平著姓女，甚有行，時人求，多不許。公乃試求徐氏，徐氏笑以爲狂，因戲云：『得白璧一雙來，當聽爲婚。』公至所種玉田中，得白璧五雙，以聘。徐氏大驚，遂以女妻公。天子聞而異之，拜爲大夫。乃於種玉處四角作大石柱，各一丈，中央一頃地名曰『玉田』。」上述引文說的是：楊公伯雍，以在市場上介紹買賣爲業。他非常孝順。父母亡故後，葬在無終山。他也就把家安在了無終山。山高八十里，沒有水。他就汲水不要錢給過路人喝。這樣做了三年。一天一個過路人喝了水以後，拿一斗石子送給他，讓他到又高又平而又有石頭的地方，把這些石子種上。接著告訴他：「種上以後會在這裏生出玉來。」送石人知道伯雍尚未娶妻，又對他說：「你以後一定會娶到一位好媳婦。」話剛說完，這個人就不見了。伯雍沒有怠慢，按照送石人說的就把石子種上了。種上以後，時時前往察看，果然見石頭上生出玉來。這時有一位顯貴的徐公，家有一女甚爲賢慧。有很多人家前往提親，徐公都不答應。伯雍也去提親。徐公大笑伯雍太不識高低，並且戲弄地說：「你拿一雙白璧來，我就把女兒嫁給你。」伯雍就到自己種玉的地方，拿了五雙白璧，交給徐公當聘禮。徐公大驚，就把女兒嫁給了伯雍。天子知道了這件事也很驚異。於是拜伯雍爲大夫，並且在種玉的地方立了四個大石柱。每個石柱高一丈，四柱之間容一頃地，給這一頃地命名爲「玉田」。後來就用「種玉藍田」或「藍田種玉」作爲成語表示三個意思：(一)原意指孝能感天，遇仙獲助而成家立業；(二)比喻男女有緣，兩家通婚；(三)今多指女性受孕，常與「珠胎暗結」並用。

243 雞蟲得失

「雞蟲得失」是怎樣的「得失」？

「雞蟲得失」語出唐杜甫《縛雞行》：「小奴縛雞向市賣，雞被縛急相喧爭。家中厭雞食蟲蟻，不知雞賣還遭烹。蟲雞於人何厚薄，吾叱奴人解其縛。雞蟲得失無了時，注目寒江倚山閣。」這首詩說的是：家中人因爲嫌雞老吃蟲子和螞蟻，殺生害命，決定命小奴把雞賣掉。當小奴捆雞時，雞拼命掙扎，這時詩人又發覺：賣了雞雖拯救了蟲蟻，但又害了雞;如果放了雞，這蟲蟻又難免受害。因此使人陷入了「左右爲難，無計可施」的悲哀之中。此詩的最後一句「注目寒江倚山閣」就是詩人無法擺脫「雞蟲困境」，只好把視線遠離現場以求暫時迴避的寫照。

有的讀者可能要問，詩是「言志」的，詩人爲何要寫這樣一首詩? 詩人寫此詩時，天下戰亂已久，國家和人民都陷於苦難之中。詩人雖有匡時濟世之志，但已年老力衰，實在感到力不從心。所以此詩是他在「計無所出」的情況下苦悶心情的流露。後來用「雞蟲得失」比喻「得失細微，無關緊要」。如吳梅《風洞山・殉烈》：「雞蟲得失原無定，今日裏結局收場也哭幾聲。」此中的「雞蟲得失」即是「無關緊要」之意。

244 騎馬找馬

「騎馬找馬」與「騎驢覓驢」同義嗎?

不同義。「騎馬找馬」比喻暫時做某一工作，同時尋找更好的工作；也比喻先取得小利，再謀大利。如《駱駝祥子》：「自然，他得一邊兒找事，還得一邊兒拉散座；騎馬找馬，他不能閑起來。」也作「騎馬尋馬」。用例爲《官場現形記》第二十一回：「如果收了我的實收，他自然照應我。彼時間騎馬尋馬，只要弄到一筆大大的銀款，賺上百十兩扣頭，就有在裏頭了。」

「騎驢覓驢」比喻東西就在身邊或手中，卻到處尋找。如《景德傳燈錄・志公和尚大乘贊》：「不解即心即佛，眞似騎驢覓驢。」這說的是：求佛的人不理解求佛就是修行自己的心，把自己的心修行得如佛心一樣，就是求佛了;如果不修行自己的心，到自己的內心之外去追求什麼，那就是「騎驢覓驢」了。北宋黃庭堅《寄黃龍清老》：「騎驢覓驢但可笑，非馬喻馬亦成癡。」

245 懲羹吹齏

「懲羹吹齏」爲何與「一遭被蛇咬，十年怕井繩」同義?

「懲羹」的「懲」是警戒，「羹」是熬或蒸成的有濃汁的食品，「齏(jī)」是切碎的冷食肉菜或調味用的薑、蔥、蒜;全語的意思是被熱羹燙過的人，心存警戒，吃冷食也要用嘴吹一吹，比喻心有餘悸、小心過甚。此語出自《楚辭・九章・惜誦》：「懲於羹者而吹齏兮，何不變此志也?」「懲羹吹齏」即由前一分句提煉而出，這句話是占夢者對屈原說的話，「君可思而不可恃(依賴)」，但屈原對他們太留戀了，所以占夢者讓屈原總結教訓，對屈原說：被熱羹燙過的人吃冷東西都知道吹一吹，你已有過教訓，爲何不接受教訓改一改「心志」?用例如《晉書・汝南王亮等傳序》：「然而矯枉過直，懲羹吹齏，土地封疆，逾越往古。」這段話說的是：漢朝興起時，鑒於秦朝因「內無社稷之臣，外缺藩維之助」因而亡國的教訓，漢高祖劉邦建國之後就「廣樹藩屏」，在外地封了許多王。這「王」的數量之多超過了「往古」。這樣做實際上等於削弱了自己的權力。所以此文中的「懲羹吹齏」是說劉邦接受秦朝的教訓，接受得小心過甚了。再如南宋陸游《秋興》：「懲羹吹齏豈其非，亡羊補牢理所宜。」 此中的「懲羹吹齏」則說這樣做是應該的。

「一朝被蛇咬，十年怕井繩」也是心有餘悸、小心過甚的意思，所以與「懲羹吹齏」同義。

清張若靄《屈子行吟圖》

246 觸類旁通

「觸類旁通」與「觸類而通」

「觸類旁通」語出兩處：第一處是《周易・繫辭上》：「引而伸之，觸類而長之，天下之能事畢矣。」意思是：天下事物的變化已基本在《周易》的變易之中，如更進一步引申，依類別推演擴大，即可做無限的應用。那樣天下可能發生的一切變化就完全包括在內了。第二處是《周易・乾》：「六爻發揮，旁通情也。」意思是：六爻的變化無窮無盡，其所發揮的作用，無不與天的本性眞情相互溝通。「觸類旁通」即由第一處的「觸類」與第二處的「旁通」結合起來組成，指接觸了某一事物或掌握了某一知識之後，就可以由此及彼，瞭解同類事物或知識。用例如清劉開《詩讀說下》：「理無盡藏，非觸類旁通則無以見(道理不可能完全包藏在某一說法中，不通過觸類旁通則無法把道理完全窮究出來)。」此中的「觸類旁通」即是。與「觸類旁通」同義的還有「觸類而通」。用例爲清方苞《古文約選序》：「學者能切究於此，而以求《左》、《史》、《公》、《穀》、《語》、《策》之義法，則觸類而通，用爲制舉之文，敷陳論策，綽有餘裕矣。」此中的「觸類而通」即是。在這句話中，「學者切究於此」的「此」，指唐宋八大家之文(在這些人的文章中又多選韓愈與歐陽修的)；「義法」是中國古代文論中一種寫作方法的概稱，實際是對於文章寫作的一種要求；「制舉之文」是「制舉考試」要寫的文章，此種考試也是選拔濟世治國人才的方式；全句話的意思是：學者切實地研究了「八大家之文」，就可以把《左傳》等史傳的義法觸類旁通了；學者觸類旁通之後，用來寫制舉考試的文章就得心應手了。

247 飄茵隨溷

「飄茵隨溷」是寫景的嗎?

不是。「飄茵隨溷(hùn)」語出《南史・范縝傳》：「人生如樹花同發，隨風而墮，自有拂簾幌墜於茵席之上，自有關籬牆落於糞溷之中。墜茵席者，殿下是也；落糞溷者，下官是也。」這段話涉及一個故事：竟陵王蕭子良，既是皇子又官至司徒。范縝是蕭子良的下級，官居尚書殿中郎。蕭信佛，范不信佛。一次兩人討論人的富貴貧賤的來由。蕭認爲人的富貴貧賤是「因果報應」。范不同意蕭的觀點，就說了引文的話。意思是：人的出生跟樹上開的花一樣，是隨風飄落。有的擦著床的帷幔落在褥墊上，有的則穿過籬笆落入廁所中。比如您就是落到褥墊上的，下官就是落入廁所的。「飄茵隨溷」就從引文中提煉而出，比喻人的富貴貧賤取決於偶然的機緣，與「因果報應」無關。如清吳梅《風銅山・殉烈》：「雖然是苦結局傷心斷魂，煞強如沒收煞飄茵隨溷。」此中的「飄茵隨溷」則指隨著偶然的機緣去發展，沒有結局。也作「飄茵墮溷」。清百一居士《壺天錄》：「飄茵墮溷各前因，地下憐香有幾人?」

248　飄飄欲仙

「飄飄欲仙」的意思是「飄飄然」嗎?

不是。「飄飄然」指隨風飄蕩輕揚的樣子，也指欣然得意。如唐李復言《續玄怪錄・裴諶》：「行數百步，方及大門，樓閣重複，花木鮮秀，似非人境……香風颯來，神清氣爽，飄飄然有淩風之意。」朱自清《毀滅》：「因湖上三夜的暢遊，教我覺得飄飄然如輕煙，如浮雲，絲毫立不定腳跟。」

「飄飄欲仙」的「飄飄」是輕飄飄隨風飛起的樣子，全語比喻輕盈飄飛如同天仙。也形容超然物外，脫離塵俗的神態。語出北宋蘇軾《前赤壁賦》：「飄飄乎如遺世獨立，羽化而登仙。」「遺世獨立」是遺棄世間之事，脫離社會獨立生活，不與任何人往來;「羽化」，道家飛升遐舉謂之羽化。如《慈禧太后演義》第二回：「當先的是兩名侍女，輕裾長袖，飄飄欲仙。」《橋隆飆十二》：「唱起來金嗓銅音，舞起來飄飄欲仙。」也作「飄然欲仙」。《老張的哲學》：「長頭發散在項後，上中下三部迎風亂舞，眞是飄然欲仙。」

249 躍然紙上

「躍然紙上」只能形容人物嗎?

不是。「躍然」雖是形容「活生生的樣子」，但並不專用於「人物」，詩文內容、藝術形象也可用「躍然紙上」形容。如清薛雪《一瓢詩話》：「如此體會，則詩神詩旨，躍然紙上。」此中的「躍然紙上」形容詩的意旨。清陳康祺《郎潛紀聞》：「讀其集中家書數篇，語語眞摯，肝肺槎牙，躍然紙上，非騷人墨客比也。」此中的「躍然紙上」則形容書信的內容。「槎牙」本爲「歧出不齊的樣子」，在這裏指「顯露」；「肝肺」指「眞實情感」。茅盾《關於長篇小說〈李自成〉的通信》：「高夫人的作用及其性格，本來是比較難以寫得有聲有色的，然而作者指揮如意，使這一個女英雄躍然紙上。」此中的「躍然紙上」則形容人物。「躍然紙上」也作「跳躍紙上」、「躍躍紙上」。清孔尙任《桃花扇凡例》：「其面目精神，跳躍紙上，勃勃欲生，況加以優孟摹擬乎。」此中的「跳躍紙上」指劇中人的人物性格。《清朝野史大觀‧楊鬍子歌》：「讀之覺公之精神意氣猶躍躍紙上也。」此中的「躍躍紙上」指人的精神意氣。

250 顧復之恩

爲何父母之恩是「顧復之恩」？

這是用了典故。此典出自《詩經·小雅·蓼莪》：「父兮生我，母兮鞠我。拊我畜我，長我育我，顧我復我，出入腹我。欲報之德，昊天罔極(爹啊，生養我，娘啊，抱著我。撫慰我、憐愛我、養育我、庇護我，不厭其煩地照顧我，出入懷抱著我。我想報答這恩情，老天啊，你爲何這樣的不公)。」此詩寫的是：孩兒懷念父母，思念父母對自己撫養的辛勤。但未得終養，心中非常痛苦！詩中罵「老天不公」也是因爲這個原因。後來即由詩中提煉出「顧復之恩」，形容父母對子女的厚愛。如唐李嶠《爲汴州司馬唐授衣請預齋會表》：「臣六時空念，五起未寧，思酬(報答)顧復之恩，願假招提之福。」此中的「顧復之恩」即是。「六時空念」的「六時」是指佛教中將一晝夜分爲六時，即晨朝、日中、日沒，爲晝三時；初夜、中夜、後夜，爲夜三時。「五起未寧」的「五起」指五更時分起床。「招提」指寺院。這四句引文的意思是：臣我晝夜惦念著遠方的父母，從早起開始就不安寧，總是想著父母對自己的養育之恩，想拜寺廟中的神靈爲父母祈福。

251 鶴長鳧短

「鶴長鳧短」與「斷鳧續鶴」

清沈銓《松梅雙鶴圖》

「鶴長鳧(fú)短」的「鳧」是野鴨；全語的意思是鶴的腿長，鳧的腿短。語本《莊子・駢拇》：「長者不爲有餘，短者不爲不足。是故鳧脛(小腿)雖短，續之則憂；鶴脛雖長，斷之則悲。故性長非所斷，性短非所續，無所去憂也(長得長的不能看作有餘，長得短的不能看作不足。因而，野鴨的腿是短的，給它接長了就會使它憂愁；鶴的腿是長的，給它截短了就會使它悲哀。所以，生來就長是不必截短的，生來就短是不必接長的。這樣就沒有憂愁可排遣了)。」此語強調的是：生來是怎樣的就隨它怎樣，不必爲此高興或悲哀。「鶴長鳧短」即由此提煉而出，比喻事物各有特點，不應強求一律。如元曲無名氏《劉弘嫁婢》第二折：「既不索可怎生短命死了顏回，卻怎生延年老了盜蹠，我想鶴長鳧短不能齊。」此中的「顏回」是賢人，按道理應該高 ;盜蹠是強盜，按道理應該短壽。但事實正好相反，不能強求。由「鶴長鳧短」又派生出「斷鶴續鳧」、「斷鳧續鶴」，比喻不按事物的特點或規律辦事，必然得不到好的效果。用例依次爲清劉熙載《藝概・詞曲概》：「既選定一人之格，則牌名之先後，句之長短，韻之多寡、平仄，當盡用此人之格，未有可以張冠李戴、斷鶴續鳧者也。」梁啓超《政聞時言・外債平議》：「必此種種機關大備，然後新式企業起於其間；乃得運行圓活。今我國於此種機關，百不一具，而唯斷鳧續鶴，欲襲取其企業之形式以移植於我國，是以格格而不入也。」

252 囊螢映雪

「囊螢映雪」與「懸樑刺股」

「囊螢映雪」原作「集螢映雪」，語出南朝梁任昉《爲蕭揚州薦士表》：「至乃集螢映雪，編蒲輯柳。」《晉書・車胤傳》：「(車胤)家貧，不常得油，夏月則練囊盛數十螢火以照書，以夜繼日焉(車胤家貧，沒有燈油。夏天時就用白絹的袋子裝許多螢火蟲照亮，在晚上讀書)。」又《孫氏世錄》曰：「孫康家貧，常映雪讀書(孫康家貧，沒有燈油，常借著雪反射出的光讀書)。」後來就從上述引文中提煉出「囊螢映雪」作爲成語，形容勤學苦讀。元施君美《幽閨記・兄妹籌咨》：「十年映雪囊螢，苦學幹祿(求取俸祿)，幸首獲州庠(xiáng，學校)鄉舉。」

「懸樑刺股」的出處如下：《太平御覽》卷三六三：「孫敬，字文寶，好學，晨夕不休。及至眠睡疲寢，以繩繫頭，懸屋樑。後爲當世大儒。」《戰國策・秦策一》：「(蘇秦)讀書欲睡，引錐自刺其股(大腿)。」後來「懸樑刺股」作爲成語形容刻苦自學。也作「刺股懸樑」。元王實甫《西廂記》第二本第四折：「可憐刺股懸樑志，險作離鄉背井魂。」

明刊本《西廂記諸宮調》

253 驕奢淫逸

「驕奢淫逸」都指什麼?

「驕奢淫逸」語出《左傳·隱公三年》:「驕、奢、淫、泆,所自邪也。四者之來,寵祿過也(驕傲、奢侈、淫樂、放恣,這都是邪惡產生的根源,而這四件事都是寵愛賞賜太過分而引起的)。」「泆」,古同「逸」。由此可見,「驕奢淫泆」指的是四種惡行。「驕」是「恃己凌物(仗著自己的某一方面而侵犯欺負別人)」,「奢」是「誇矜僭上(自誇自大,超越自己的地位,冒用自己不該用的東西)」,「淫」是「嗜欲過度(嗜好什麼東西太過分)」,「泆」是「放恣無藝(放縱自己太過分)」。也作「驕奢淫佚」、「驕奢淫侈」。意爲驕橫奢侈,荒淫無度。《晉書·楊駿傳贊》:「楊駿階緣寵倖,遂荷棟樑之任,敬之猶恐不逮,驕奢淫佚,庸可免乎?(楊駿通過攀附得到了寵倖,於是擔當了大臣的重任。大家對他敬畏還總嫌敬畏得不夠。驕奢淫逸這四大惡行,豈能在他身上避免?)」《紅樓夢》第一百零六回:「必是後輩兒孫驕奢淫佚,暴殄天物,以致闔府抄檢。」

254 蠱惑人心

爲何要愼用「蠱惑人心」這個成語?

因爲這個成語中的「蠱惑」貶義太重，不適宜用於一般的鼓動。「蠱惑人心」的「蠱」是會意字，甲骨文從雙蟲從皿，本義爲害人的毒蟲。那麼它有多毒呢? 舊說是把許多毒蟲放在同一個器皿中，使這些毒蟲互相施毒咬殺，最後只剩下一種不死的毒蟲即是「蠱」。正是因爲如此，所以篆文改此字爲三個蟲加皿，如今簡化才寫爲「蠱」。「蠱惑」指「毒害」、「誘惑」、「迷惑」。「蠱惑人心」則是「毒害人心」，其罪惡程度是很深的。清嶺南羽衣女士《東歐女豪傑》第三回：「你卻膽敢把這個反天逆地、阻礙進化、蠱惑人心的邪說謬論說將出來……還要替他做個瘟疫蟲不成。」此中的「蠱惑人心」即是。明宋濂《元史・刑法志》：「諸陰陽家者流，輒爲人燃燈祭星，蠱惑人心者，禁之。」此中的「蠱惑人心」亦是。

中國文化的「十萬個爲什麼？」
可以帶在身邊的「國學老師」

中國傳統文化博大精深，包羅萬象，
此書邀請各領域的專家研究者，
以深入淺出的文字，
配上精美的圖片解說，
讓您輕鬆了解中國傳統文化的最佳讀本。

中國人應知的國學常識

定價380元
ISBN 978-986-85927-7-3

丟了官為什麼常說丟了「烏紗帽」？
「紈袴子弟」指什麼樣的人？
何謂「門當戶對」？
中國象棋棋盤上的「楚河漢界」
是怎麼來的？
古人喝酒時如何行酒令？

中國人應知的國學常識 ❷

定價380元
ISBN978-986-86929-0-9

什麼樣的人稱為秀才？
為什麼進士登第被稱為金榜題名？
古代稱什麼樣的人為「孝廉」？
我國古代為什麼常出現「人情大於王法」
清官就一定能依法斷案嗎？

中國人應知的國學常識 ❸

定價380元
ISBN 978-986-86929-4-7

「狀元」、「榜眼」、
「探花」之名是怎麼來的？
何謂登科與及第？
何謂鹿鳴宴？
慈禧「聽政」為什麼要「垂簾」？
為什麼古代的皇帝自稱為「朕」？

不可不知道的中國歷史常識
一部輕鬆生動的簡明中國通史

ISBN 978-986-87808-4-2
定價 380元

商鞅變法是怎麼回事？

屈原是個怎樣的人？

「鴻門宴」是怎樣的宴會？

曹操為什麼被稱為「白臉」奸臣？

劉備真的曾「三顧茅廬」請諸葛亮出山嗎？

周瑜是被諸葛亮氣死的嗎？

為什麼說司馬懿是個大陰謀家？

何謂「司馬昭之心」？

「竹林七賢」都是賢者嗎？

周處的「除三害」是怎麼回事？

唐太宗依靠什麼造就了「貞觀之治」？

「請君入甕」的典故是怎麼來的？

武則天的墓碑上為什麼沒有字？

成語「口蜜腹劍」說的是誰？

「安史之亂」是怎麼回事？

「杯酒釋兵權」是怎麼回事？

楊家將的故事是真的嗎？

包拯為什麼那麼有名氣？

岳飛因何被殺？

劉伯溫為什麼被稱為「大明第一謀臣」？

孝莊文皇后死後為什麼不與皇太極合葬？

中國歷史上在位時間最長的皇帝是誰？

雍正帝到底是合法繼位還是陰謀篡位？

中國歷史上最後一個封建盛世是哪個時期？

火燒圓明園的究竟是英法聯軍還是八國聯軍？

「末代皇帝」是誰？

什麼是禪讓制？

何謂「約法三章」？

何謂「罷黜百家、獨尊儒術」？

何謂「三綱五常」？

中華五千年文明發展的歷史

本書是國學大師，著名歷史學家、文獻學家張舜徽先生（1911—1992）撰寫的一本關於中國古代社會生活的普及讀物。書中通過農業生產的發展、科技的創造、生活資料的豐富、藝術的進步、工程的修建、對保健養生的重視、醫藥知識的豐富、文字的創造與改進、書籍的出現、文學的發展等十個方面，對中國古代社會生活的方方面面進行了細緻的講解。特別值得提出的是，作者將古代的保健養生、醫藥知識作爲社會生活史的重要內容，進行了專門介紹，使我們對於古人的生活有了更加全面的瞭解。全書重在對事物發明創造與發展演變的梳理，用極其精煉的文字，勾勒出了中華五千年文明發展的歷史，是現代讀者瞭解中國傳統文化的優秀讀物。

<本書特色>

1．大專家寫的「小」讀物。本書是著名國學大師張舜徽先生專為大衆讀者撰寫的普及讀物，內容豐富，深入淺出。

2．內容極其豐富。涉及到古代社會生活的方方面面，如農業、科技、衣食住行、文學藝術、文字發展等，特別值得提出的是，作者將古代的保健養生、醫藥知識作為社會生活史的重要內容，進行了專門介紹。

3．注重細節的描述。如細緻講解紅茶、綠茶、烏龍茶製作方法的不同；海鹽、井鹽的不同提取方法；紙的製造過程；等等。使讀者如身臨其境，親身感受中華文明的博大。

4．圖文並茂，直觀生動。書中根據內容插配300多幅圖片，雙色印刷，既直觀，又大大拓展了本書的知識含量。

ISBN 978-986-87808-7-3
定價 380元

作者：張舜徽著

國家圖書館出版品預行編目資料

中國人應知的成語常識 / 吳桐禎編著.--初版.
-- 臺北市 : 華品文創, 2015.04
320 面 ; 17×23 公分 插圖本
ISBN 978-986-91336-2-3(平裝)

1.漢語 2.成語

802.183 104003732

華品文創出版股份有限公司
Chinese Creation Publishing Co.,Ltd.

《中國人應知的成語常識》

編　　著：吳桐禎
總 經 理：王承惠
總 編 輯：陳秋玲
財 務 長：江美慧
印務統籌：張傳財
美術設計：vision 視覺藝術工作室
出 版 者：華品文創出版股份有限公司
地址：100台北市中正區重慶南路一段57號13樓之1
讀者服務專線：(02)2331-7103 (02)2331-8030
讀者服務傳真：(02)2331-6735
E-mail：service.ccpc@msa.hinet.net
部落格：http://blog.udn.com/CCPC
總 經 銷：大和書報圖書股份有限公司
地址：242新北市新莊區五工五路2號
電話：(02)8990-2588
傳真：(02)2299-7900
網址：http://www.dai-ho.com.tw/
印　　刷：卡樂彩色製版印刷有限公司
初版一刷：2015年4月
定價：平裝新台幣380元
ISBN：978-986-91336-2-3